KB153992

어둠의 축제

김원일 소설전집 1

어둠의 축제

1판 1쇄 발행　|　2009년 7월 13일

지은이　　|　김원일
펴낸이　　|　정홍수
편집　　　|　김현숙 김현주
펴낸곳　　|　(주)도서출판 강
출판등록　|　2000년 8월 9일(제2000-185호)

주소　　　|　서울시 마포구 서교동 460-45(우 121-841)
전화　　　|　325-9566~7
팩시밀리　|　325-8486
전자우편　|　gangpub@hanmail.net

값 10,000원
ISBN　978-89-8218-134-4　　04810
　　　　978-89-8218-133-7(세트)

이 도서의 국립중앙도서관 출판시도서목록(CIP)은 e-CIP 홈페이지(http://www.nl.go.kr/cip.php)에서
이용하실 수 있습니다.(CIP제어번호:CIP2009001901)

김 원 일
소 설
전 1 집

김원일 장편소설

어둠의 축제

강

일러두기

1. 이 소설전집의 맞춤법 및 외래어 표기는 현행 맞춤법통일안에 따랐다.

2. 수록된 모든 작품은 최종적인 개고와 수정을 거쳤다.

3. 권별 장편소설 배열과 중단편소설집 배열은 발표 순서에 따르는 것을 원칙으로 하였으나, 여러 권짜리 소설 『늘푸른 소나무』와 『불의 제전』은 장편소설 끝자리에 배치하였고, 연작소설은 별도로 묶었다.

김 원 일
소 설
전 1 집

차 례

1장

1961년 이월 중순.

진종일 가랑비가 내렸다. 도시는 온통 비에 젖어 있었다.

오전 수업을 마치자 광대와 나는 시내로 나왔다. 우리는 김밥 한 줄에 막걸리 한 되로 점심을 때우곤, 세미클래식 애호가가 주로 찾는 화신백화점 뒷골목에 있는 '메트로' 음악감상실에 죽치고 앉아 시간을 보냈다. 비에 젖은 감정을 걸러내듯 꽝꽝 울리는 재즈가 장내를 흔들었다. 광대는 의자에 어깨 파묻고 코 골아가며 잠을 잤고, 나는 컴컴한 간접조명 아래 종합교양지 『사상계』의 민족주의를 다룬 국내외 논문들을 읽었다. 톱밥 난로가 우리 곁에서 후끈한 열기를 공급하지 않았다면 그토록 오랫동안 말없이, 그렇다고 음악에 몰입하지도 않은 채 시간을 죽여내지 않았을 것이다. 어둡기 전에 거리의 빗발 속으로 나서선, 각자 몸 뉘일 곳으로 발길을 돌렸을 것이다.

어둠이 도시의 지붕 위로 재처럼 내려앉기 시작한 오후 여섯시쯤, 광대와 나는 음악감상실을 나섰다. 우선 배가 출출했고 무료함을 더 배겨낼 수 없었다. 거리에는 약해진 가랑비가 안개비로 변해 하늘하늘 풀어져 내렸다. 우리는 바지주머니에 손을 꽂고 어깨 움츠린 채 종로 3가 버스정류장 쪽으로 걸었다. 동대문 쪽에서 달려온 전차가 레일 위를 철거덕대며 광화문 쪽으로 멀어졌다.

"뭐든지 먹어야지." 내게 그만한 돈은 있었다.

"넌 하숙집에 가서 밥 달라면 안 되나."

"하숙비 제때 못 내니 끼 때 놓치면 밥 차려달라기도 뭣해."

나는 광대를 끌고 간이식당으로 들어갔다. 손님이 없었다. 알전구 전등불 아래 소녀가 파를 다듬고 있었다.

"밥 있나?" 늘 그렇듯 광대가 대뜸 말부터 놓았다.

"국수밖에 안 되는데요."

"국수라도 먹자." 내가 말했다.

"밀가루 음식은 근기가 없어. 그런데 화력이 좋구나."

우리는 열에 단 구공탄 난로 옆으로 도마의자를 당겨 앉았다. 주전자 얹힌 난로에 광대가 사자 대가리 같은 쑥대머리를 털자 물방울이 튀었다. 소녀가 컵을 식탁에 놓고 갔다. 나는 주전자의 더운 물을 컵에 따랐다. 광대가 굵은 목을 빼고 건너편 벽에 붙은 달력을 보더니, 머시기가 갑자기 꼴리네 하며 히죽 웃었다. 달력 사진은 해변에서 수영복 입고 파라솔 든 서양 여배우였다.

"럭비부 재정 문제가 계속 꼬이는 모양이지?"

"힘들어 못해먹겠어. 잘 풀린다면 머리부터 쌈빡하게 깎았을 걸" 하더니, 광대가 구시렁거렸다. "사일구 같은 거 올해도 한번 더 터졌으면 좋겠다."

"등록금 댈 처지 못 되는 애들, 그런 말 하더라."

"서울은 살맛 안 나. 순곤아, 뭐 좋은 꺼리 없나?"

나는 할 말이 없어 주머니에서 담배갑을 꺼냈다. 광대의 젖은 머리카락에서 김이 피어올랐다. 머리를 언제 감았는지 쉰내가 건너왔다.

종업원 소녀가 와서 뭘 먹겠냐고 물었다.

"냄비국수 둘" 하곤, 광대에게 물었다. "너 술 할래?"

광대 대답이 떨어지기 전에 소녀가, 식사만 된다고 말했다.

습기 밴 꿉꿉한 '백양'은 연기 통로를 막아 두 번이나 성냥을 그었다. 뜨거운 보리차로 목을 축이자 담배 맛이 좋았다.

국수가 올 동안 양파 껍질을 벗기는 소녀의 거친 손을 보았다. 아린 파 냄새 탓인지 이따금 터진 손등으로 눈을 닦았다. 타인의 시선을 느꼈던지 이쪽을 보곤 멋쩍게 웃더니 주방 앞 탁상에 놓인 라디오의 스위치를 켰다. 손님 주의를 다른 데로 옮기는 그녀의 재치까지 합쳐, 소녀의 험한 손은 이 바닥에서 엔간히 시달린 티가 났다.

잡음을 가르고 노래가 흘렀다. 우리말로 번안된 샹송이었다.

무대가 어두워지네
나를 찾는 손님은 없는데
무대가 막을 내리네……

"하기사 사일구 정신이 막 내렸지." 광대가 말했다.

"정치 세력화를 시도 안하고 우린 학교로 돌아갔으니깐."

"어디나 이런 날씨는 우울한 모양이군. 방송국 디제이가 날씨보고 판 골랐나?"

"저 노래 요새 유행 타더라."

"곡조가 궁상맞게 처량해."

　오늘은 어디서 잘까

　낙엽은 지는데

　바람둥이처럼

　도시로 도망 온 시골 처녀……

우리는 냄비국수로 몸을 덥힌 뒤, 식당을 나섰다. 비는 여전히 가로등 불빛 아래로 흩날리며 풀어져내렸다.

"술 한잔하고 내 방에서 자고 가." 내가 말했다.

"그냥 갈까봐. 누님한테 잡비 좀 부쳐달라 캤는데, 돈이 왔을지 몰라."

광대가 종로통 양쪽을 살폈다. 전차가 오지 않았고, 지나다니는 차량도 없었다. 뛰자, 하며 그가 길 건너로 뛰었다. 나도 그를 뒤따라 무단 횡단했다.

"전주서 돈 오면 애들 납입금 챙겨주고 양식 팔아놓곤, 대구로 내려갈래. 운동이고 뭐고 때려치우고 팔공산에 들어가 산이나 탈까봐." 광대가 말했다.

"애들한테 볶이지 말고 고모네 집에서 나오지 그래?"

"나오면 당장 숙식을 어데서 해결해?"

"나도 부모님한테 미안해 새 학기부터 자취할 작정이다. 내하고 다시 같이 있어." 내가 말했다. 새 학기까지는 두 달이 남았는데, 광대와 동숙하게 된다면 전세 값에 월세는 내가 마련할 수 있을 것 같았다.

"생각해볼게."

광대의 거뭇한 코밑수염에 묻은 물기가 가로등 불빛에 반짝였다. 교복이나 양복 대신 외출복으로 입고 다니는 그의 검정 스웨터는 이슬비에 젖어 후줄근했고, 여드름 자국 숭숭한 얼굴이 비를 맞아 번들거렸다. 이런 날씨에 우산 없이 골덴 바지에 스웨터만 걸친 광대나, 검정 물 들인 미군 담요 외투에 물 올라오는 군화를 질퍽거리며 다니는 내 외양을 볼 때 집에서 돈이 오면, '용돈을 하루 얼마씩 쓴다'를 딱 부러지게 정해놓고 반드시 실천할 것을 다짐했다. 돈이 생기면 흔전만전 써버려 열흘 못 넘겨 주머니가 말랐고, 그 점은 나보다 광대가 더했다.

우리는 버스정류장에서 걸음을 멈추었다. 직장 퇴근시간대라 버스 탈 승객이 몰려 있었다. 라디오나 레코드를 취급하는 전파상 처마 밑에서 비를 피했다. 조곤조곤 내리는 안개비와, 도시 거리의 잡다한 소음과, 귀갓길을 재촉하는 사람 떼거리 속에 우리는 버려진 듯 우두커니 서 있었다. 비닐우산 여러 개를 낀 소년이 다가왔다.

"아저씨, 우산 하나 팔아줘요."

"너나 써. 비 맞고 댕기면 감기 걸려." 광대가 말했다.

"하루 종일 따르는 빈데, 이백 환인데 백오십 환에 쓰세요."

"우산 쓸 돈이 없어."

진열장 불빛에 드러난 비에 젖은 새앙쥐 꼴의 소년 모습이 어둠 속으로 사라졌다.

"내일은 수업 없고, 월요일은 학교 나오지?" 내가 물었다.

"봄도 다가오는데, 월요일부터는 기동해야지. 첫 연습을 소집해놓았어."

"봄에 시합 있는 모양이군."

"작년엔 사일구 데모로 춘계시합도 없었잖아. 올해는 열린다니, 몸 좀 풀어야지."

"너한테 안된 소리다만, 우리 학교는 이제 가망 없잖나?"

"삼회전 진출 실력 정도는 돼야 연습할 재미라도 있지. 따라지 팀으로 지목되니, 미쳐. 사기가 떨어져 군기가 안 서니 일학년짜리들은 연습도 사보타지야. 사실 걔들 불평도 이해는 가. 쥐꼬리 예산이라도 제때 나와야 돼지비계라도 원껏 먹으며 운동 시키지. 코치 초빙은 미루더라도 훈련비와 합숙비는 해결돼야 하는데……"

광대는 우리 대학 럭비팀 주장이었다. 그가 럭비 명문인 대구의 C상고에서 체육 장학생 조건으로 스카우트된 삼 년 전만 해도 우리 대학은 '전국 대학 럭비선수권 대회'에서 준우승한 관록의 팀이었다. 그러나 재작년 가을 '추계 대학선수권 대회'의 준준결승에서 신생팀 전남 K대학교에 패해 위신이 추락된 뒤, 지금은 졸업생 선배들의 지원으로 명맥만 유지하는 형편이었다. 주전 멤버의 졸업과 군 입대도 원인이지만, 신임 학장의 무관심이 더 컸다. 학장은 럭비에 문외한이라 예산의 대폭 삭감부터 지시해 우수 고교선수를 뽑을 수 없었다. 작년 신학기의 체육부 예산 편성 땐 럭비부를 폐쇄한다는 말까지 돌았으나 부학장의 건의로 겨우 살아남은 셈이었다. 대학 역사와 함께 이어온 전통을 하루아침에 무너뜨릴 수 없다는 부학장의 말에, 럭비부의 기대가 자못 컸다. 광대가 여러 차례 부학장을 면담했으나 예산 집행은 계속 미뤄지고 있었다. "자기로서도 어쩔 수 없다는 부학장 말에 이해는 가. 예산 문제로 들어가면, 부학장이 체육부 예산 쪽에는 발언권이 없다니……" 광대의 말이었다.

면목동행 버스 기다리기가 무료한지 광대가 주위를 살폈다. 우리 앞에 우산 든, 바바리코트에 스카프 맨 젊은 여자가 서 있었다. 여자는 약속이 있는지 발을 동동거리며 불빛에 자주 시계를 비쳐보았다. 장난기가 발동했는지 광대가 여자의 우산살 끝을 손가락으로 퉁겨 빗물이 튀게 했다. 여자가 놀라 돌아보자 광대가 꽈악, 하고 거위 소리를 내지르곤 혀를 날름했다. 여학생들 놀릴 때 자주 쓰는 녀석의 연기였다. 광대 외모가 험악해 건달로 보였던지 여자가 황급히 자리를 피했다. 광대는 고교 때부터 별명이 '하이에나'라고 했다.

"하도 버스가 안 와 장난 좀 쳤어요. 아가씨, 미안해요. 좋은 밤 되세요." 광대가 서울 말씨로 말하곤 손을 흔들었다.

"몇 푼 안 되지만 식대에나 보태." 나는 광대 바지주머니에 푼

돈을 찔러주었다. 이 정도의 적선이 버스비마저 떨어졌다는 그의 형편에 별 도움이 안 될 줄 알지만 그런 얄팍한 우정이라도 베풀고 싶었다. 베푼 만큼 반드시 갚는 친구이기도 하지만.

 내가 광대를 사귀게 되기는 대학 일학년 프레시맨 때였다. 학교 부근 하숙집에 우연히 동숙하게 된 게 인연이었다. 대학 부근에 쪽방을 열 개나 다닥다닥 앉혀 하숙을 전문적으로 치는 집이었는데, 두 명이 한 방을 썼고 그가 내 짝이었다. 그와 나는 북도와 남도로 달랐지만 같은 경상도 출신이었다. 나는 보통 키에 보통 체격의 시골 출신 신출내기였다. 무엇에든 특별히 뛰어난 데도 없고 그렇다고 모자라지도 않은, 어디에 끼여도 늘 중간 정도를 유지하는 평범한 학생이었다. 광대는 대구 출신으로 키가 일미터 칠십사 정도여서 운동선수로서는 작은 편이었으나, 목과 팔뚝이 굵고 체격이 옆으로 벌어진 땅땅한 몸이었다. 뼈대가 발달한 안면 골상이 네안데르탈인을 닮아 못생기긴 했으나 별명에 걸맞게 야성적인 체취가 풍겼다. 처음 만났을 때, 그는 럭비공을 품고 잠을 잤고 하숙집 공동 식탁에서 밥을 먹으면서도 한 손으론 럭비공을 던졌다 받았다 했다. 나이도 같은데다 한 방 쓰며 서로 말을 트자, 그와 나는 학과가 다른데도 동성연애하듯 붙어 지냈다. 우리는 두 가지 면에서 마음이 맞았다. 주머니 사정이 좋을 때면 곧잘 술독에 빠진다는 것과 등산을 좋아한다는 점이었다. 이외별로 닮은 데가 없었으나 '타관에 던져진 경상도 출신'이란 이유만으로 하숙을 옮길 때도 같이 옮겼으니, 단순하지만 끈끈한 '우정'이란 유대감이 서로를 맺어주고 있었다. 광대와 내가 떨어지게 되기는 넉 달 전이었다. 그때까지 남동생 하숙비와 용돈을 전적으로 부담해온 광대 누님 집의 경제사정이 갑자기 나빠졌으니, 대구 변두리의 누님네가 운영하던 가구공장에 불이 났다고 했다. 누님으로부터 송금이 끊기자 광대는 하숙 생활을 청산하고 면목동에 살던 고모네 집으로 들어갔다. 공무원이었던 고모부가 마침 전주로 전근가자 자리 잡을 동안 당분간이란 조건으로 고모만 따라갔고, 고등학생 둘과 중학생 하나인 아이들은 남게 되었다. 광대는 숙식을 공짜로 해결하는 대신 그애들 사감 역할을 맡게 된 것이다. 그가 내 곁을 떠나자 그의 체취는 하숙방에서 사라졌고, 나는 밤마다 그가 없는 허전함으로 뒤척였다.

고물 버스 한 대가 전조등을 밝히며 달려왔다. 광대가 탈 버스가 아니었다. 미아리 간다며 남자 차장이 악을 쓰자, 사람들이 버스 문으로 몰려갔다. 버스는 설 자리도 없는 만원이었다. 노파가 내리고, 잽싼 젊은 치 셋이 버스 발판에 올라서자, 차장이 힘으로 그들을 우겨넣었다. 차장이 버스 철판을 주먹으로 쾅쾅 치며 밀려드는 사람들에겐 다음 차를 이용하라고 소리쳤다. 노선이 좋은 서울의 버스 사정이 그랬다. 버스는 빗물을 튀기며 떠났다. 버스에서 내린 노파가, 늙은 사람을 짐짝처럼 다룬다고 투덜거렸다.

"사람 사는 게 맨날 왜 이래?" 추녀 밑을 나서며 광대가 말했다.

"그래서 새 세상으로 바꿔보자고 사일구가 일어났는데도……"

"물가만 다락같이 올랐을 뿐, 달라진 것도 없잖아. 정당만 난립해 제 주장만 외쳐대며 싸움질만 해대니."

"그래도 자유가 좋은 거 아냐. 뭐라고 떠들어도 누가 잡아가?

자유당 시대엔 오죽했냐. 말 잘못했다간 바로 가는 정치깡패 세
상 아니었어?"

"자유, 민주주의? 말이사 좋지." 광대가 비에 젖은 머리를 별
의미 없이 끄떡거렸다.

"이승만 식으로는 안 돼. 세대 교체돼서 새 헌정 질서를 만들어
야 해. 시대가 바뀌었다고."

내 말을 듣는 둥 마는 둥 광대가 인도 끝으로 나서서 버스가 오
는 쪽을 보았다. 이윽고 버스 한 대가 헤드라이트를 가랑비에 튀
기며 왔는데, 면목동행이었다. 십오 분은 좋게 기다렸다며 광대
가 저만큼 앞쪽으로 빼서 서는 버스 쪽으로 내달았다. 만원이라
승객을 더 못 태울 때 버스기사가 하는 짓거리였다. 한 무리 사람
들이 광대를 뒤따랐다.

"나 먼저 갈게. 이 비 끝나면 백운대라도 오르자." 광대가 돌아
보며 손을 흔들었다.

만원버스에서 교복짜리 여학생 여럿과 술 취한 사내가 내리자,
남자 차장이 서둘러 문을 닫으려 했다. 광대가 일착으로 한사코
버스에 매달렸다.

"비 오는데, 얼마나 기다렸다고." 그는 태클하듯 차장을 밀어
붙이며 버스 발판에 올랐다.

버스가 빗발 속에 멀어졌다.

악기점 처마에 내놓은 스피커에서 흘러나오는 유행가를 들으
며 빗속에서 떨고 서 있자니 기분이 말이 아니었다. 이런 기분으
로 하숙집에 기어들기가 싫었다. 양쪽에서 차가 안 올 때, 아까처

럼 나는 종로를 무단 횡단했다. 낙원동으로 걸었다. 그쪽 골목에 지게꾼처럼 하루벌이로 사는 남정네가 애용하는 허름한 술집이 있음을 알고 있었다. 젊다는 게 뭐냐, 이렇게 하릴없이 추위 속에 비 맞으며 방황할 수도 있잖아. 그럴듯한 이유를 붙이자 취기를 빌린 김에 고성방가로 취객 행세해도 괜찮을 것 같았다. 그런 의미에서 작년 봄 사일구 때는 그럴만한 이유가 있었기에 젊음을 송두리째 내던질 수 있었다.

나는 낙원동시장으로 꺾어들었다. 시장통 골목 안에는 드럼통 몇 개에 도마의자 놓은 순대국집이 여럿 있었다. 길거리에 걸어놓은 국솥에서 푸짐한 김이 피어올랐다. '페이조아타'라는 순대국 비슷한 브라질의 서민용 대중음식이 떠올랐다. 먹어본 적은 없었으나 브라질 안내책자를 읽다 알았고 사진판 그림으로도 본 적 있었다. 조금 전 광대와 내가 먹었던 우동은 겨우 다섯 젓가락 정도여서 한창 먹성 좋은 우리 나이엔 새참거리도 못 되었다. 광대와 이런 곳에 들어왔어야 했다는 때늦은 후회가 들었다. 그가 없는데 미련하게 순대국을 혼자 퍼먹고 싶지는 않았다.

외등이 안개비를 빨아들이며 불을 밝힌 산부인과 병원 옆을 돌아 어둑한 골목길로 빠져 들었다. 젓가락 장단에 맞춘 간드러진 유행가가 빗발에 하늘거리며 뿌려졌다. 한복 입은 작부가 술상머리에 앉는 골목 안 '방석집'이었다. 내 처지로선 넘볼 수 없는 주점이었고, 나는 그런 곳에서 술을 마셔본 적이 없었다.

지난 겨울방학이 생각났다. 광대와 함께 열흘 동안 지리산 동계 등반을 마치고 내 고향에 도착했을 때는 방학도 끝날 즈음이었다. 며칠 뒤, 엄마가 준 묶음 돈을 안주머니에 넣고, 나는 광대와 집을 나섰다. 새벽 찬바람을 무릅쓰고 엄마와 막내아우는 삼킬로 거리인 역까지 우리를 배웅했다. "돈 단디 가져가서 하숙비부터 먼첨 치라라. 서울은 사람이 하도 많이 살아 나뿐 데 가모 멀쩡한 사람 혼도 뺀다 카더라. 한눈팔지 말고 부디 공부에만 진력해. 건강이 젤이니 끼 때 놓치지 말고 단디 챙겨 묵고……" 진영에서 삼랑진까지 와서, 서울행 보통급행으로 갈아탈 동안 엄마말이 귓전에 매달려 쟁쟁거렸다. 차가 대구역에 정차했을 때 광대는 내리지 않았다. 그는 한사코 제 엄마를 보려 하지 않았다. 기차가 대구를 벗어나 창밖으로 야산이 나서자 광대가 말했다. "내리지 않기를 잘했어. 늙은 엄마 만나면 도대체 무슨 할 말이 있노." 마음이 홀가분해졌는지 그는 차츰 명랑해졌다. 소주를 사서 나누어 마셨다. 그는 K대학과 럭비시합 중 삼 점 차로 패배를 앞둔 십이 초 전, 단독 러닝으로 트라이에 성공했을 때의 감격을 떠들었고, 손뼉 치며 돼지 멱따는 소리로, "사랑을 위하여 왕실도 버리고……" 하며 「공주의 비련」을 불러 주위 승객을 웃겼다. 그는 음치였다. 두 달 만에 밤의 서울에 도착하자, 내 안주머니 덕에 우리는 대취했다. 광대는 하수구에 빠져 수챗물을 뒤집어썼고, 나는 얼마나 토해댔는지 눈물이 마를 정도였다.

그때를 생각하며 꼬불꼬불한 골목길을 들어갈 때, 개털모자 쓴 소년이 튀어나와 앞을 막았다.

"형, 가요."

"어디로?"

"그, 있잖아요." 여염집 들창 불빛을 받은 소년이 배시시 웃었다. "열일곱인데, 반반해요. 비도 오니 따신 방에서 몸 푸세요."

"사람 잘못 봤어. 안 가."

"더 들어가야 쓸 만한 애 없어요."

"애가 아니라, 돈이 없어."

소년은 침을 찍 갈기곤 떠났다. 더 들어간다면 골목이 종로 3가 쪽으로 트일 것 같았다. 싸구려 주점이 나올 만한데, 하고 고개 갸웃거리며 골목을 빠져나가기로 했다. 잠시 더 들어가자, 앞쪽에서 귀에 익은 음악이 '갑자기 눈앞에서 반짝인다'고 표현해야 마땅하게, 내 귀를 화끈하게 때렸다. 음울한 늦겨울 밤과, 습기에 온통 싸발린 컴컴한 골목길과, 추위와 외로움으로 쪼그라든 내 마음을 한순간에 날려버리려는 듯, 음악은 빛살 같은 경쾌함으로 가랑비를 휘저었다. 나는 소리의 출처를 두리번거렸다. 삼십 촉 알전구 불빛 아래 저만큼 판때기에 쓴 글자가 눈에 들어왔다.

'CLUB AMAZON'

그럴싸한 주점 이름과는 달리 함석 처마 내단 흔한 여염집이었다. 나무 문짝에 달린 창을 통해 실내의 불빛이 비쳐 나왔다. 주점 안에서 들리는 음악은 분명 내 귀를 현혹시키는 라틴 리듬이었다.

그때 그 시간, 내가 그 골목에서 '클럽 아마존'을 발견한 것은 우연이었으나 신이 존재한다면 그분이 나를 그 골목으로 인도한 듯, 우연치곤 운명적이었다. 길을 걷다가 첫눈에 반한 낯선 여자에게 일방적으로 구애 작전을 편 끝에 결혼에 성공했다는 예가 확률은 낮으나 그럴 수 있다고 수긍하듯, 클럽 아마존의 발견이 그런 경우였다. Y대학 서반아어과에 다니기도 했지만 나는 라틴 음악을 특히 좋아했다. 경쾌하면서도 애상(哀想)이 느껴지는 탱고, 삼바, 맘보에 흠씬 빠져 있었다. 그래서 학과 애들과 시내로 나와 음악감상실 '돌체'나 '메트로'에서 시간을 보낼 때면 디제이에게 신청곡으로 라틴음악 몇 곡을 쪽지에 적어내곤 했다. 그런 내게 클럽 아마존의 발견이란 황금광이 금맥을 발견하거나, 심마니가 '심봤다'를 외친다거나, 첫눈에 반한 평생 배필감을 본 것과 다름 없었다.

나는 술을 마실 적당한 쉼터를 찾은 셈이었다. 주점 문짝을 힘 차게 밀고 들어섰다. 디근자 여염집 마당의 천장 덮은 양철지붕 을 대나무발로 엉성하게 가린 스무 평 정도의 주점을 어떻게 설 명해야 좋을까. 홀은 젊은 술꾼으로 들어찼는데도 미군부대 주변 의 클럽같이 이국적인 데가 있었다. 갈겨쓴 벽낙서와, 이국풍물 로 장식된 각종 포스터와, 미군부대 주변의 고물상을 뒤져 구해 온 듯한 각종 부엌용구와 가재도구가 장식된 사방 벽이, 실내디 자인에 개성적인 티를 제법 내고 있었다. 술상은 사인용 탁자에 등받이 없는 개인용 도마의자였다.

내가 아마존에 첫눈에 혹하게 되기는, 카운터 쪽 전축의 스피 커에서 터져 나오는 타악기 손북 장단에 맞춘 라틴음악 남성 사 중창이었다. 빠른 리듬에 호응하듯 출렁대는 실내 공기는 바깥의 안개비에 젖은 어둠과 무관하게, 젊음과 열정으로 후끈 달아 있 었다. 나는 곧 한 가지 연상을 떠올렸다. 리우 데 자네이루의 코

파카나바 해변의 선술집 분위기였다. 그런 주점은 후텁지근한 열기와 독한 담배 연기 속에 선정적인 라틴음악이 튀고, 팔뚝 굵은 선원과 추파 날리는 다갈색 피부의 젖통 큰 젊은 여자들로 북적대기 마련이었다.

자리를 얼추 채운 취객은 새 손님으로 들어선 나 따위에는 아무런 관심이 없었다. 무엇이 그들 마음을 빼앗고 있는가를 캐보려 했으나, 나는 벌써 혼란한 열기에 휩쓸려들고 있었다. 문 앞에 섰기가 민망해 나는 앉을 자리를 찾았다. 내가 차지할 빈 술상이 없었다. 비에 젖어 무거워진 외투를 벗어들고 출입문 옆 사과궤짝에 엉덩이를 걸쳤다. 담배를 피워 물고선 촌닭 꼴로 실내를 두리번거렸다. 카운터 뒤 벽에 붙은 차림표에는 각종 전, 낙지볶음, 생선구이, 돼지 두루치기가 있었지만, 술안주로 내가 좋아하는 간천엽도 있었다. 끼리끼리의 제 이야기에 정신이 팔린 술꾼은 대체로 이십대 전반이었는데, 내 또래라 그 점 또한 반가웠다. 서울의 도심 뒷골목에 이런 주점이 있었던가 싶게 나는 마음이 들뜬 채, 무엇보다 광대를 먼저 보낸 게 아쉬웠다. 그가 여기 있다면 내 어색함이 한결 덜할 터였다. 한편, 클럽 아마존이란 주점을 '발견'했다는 사실을 그에게 알릴 흥분으로 마음이 설렜다.

"혼자 오셨네요. 이쪽으로 오세요." 얼굴 해사한 십대 소녀였다.

나는 소녀를 뒤따라 술꾼 사이 좁은 통로를 헤집었다. 소녀는 카운터 가까이의 귀퉁이 자리로 나를 안내했다. 사인용 식탁은 술꾼 둘이 선점해 있었다. 그녀가, 손님 한 사람을 더 받겠다고 양해를 구했다. 자리를 잡자 나는 소녀에게 막걸리 한 되와 간천엽을 주문했다.

사인용 술상을 차지한 젊은이 둘은 영화 이야기에 열중했는데, 줄리앙 뒤비비에의 예술영화에서 존 포드 서부극까지 도마에 올려 종횡무진 편력했다. 옆자리 술꾼 말이 설핏 내 귀에 스쳤다. "경험 없는 여자는 그럴싸하게 흉내만 낼 뿐이야. 마릴린 몬로가 남자 경험이 없었다면 그렇게 섹시한 몸짓으로 남자의 관능을 자극할 수 없어. 남성을 세뇌시키는 데는 상상력이 아닌, 실전 경험이 중요해." 그들은 섹시한 여자의 유형을 두고 이마 맞대고 소곤거렸다.

자리를 안내한 소녀가 주전자와 간천엽 접시를 날랐다. 카운터에는 아마존 주인인지 마담인지 트레머리한 여인이 주방에서 연방 안주 접시를 받아내었고, 홀 잔심부름은 소녀가 맡은 듯했다.

"올 손님 또 있어요?" 소녀가 내 앞 식탁에 차림하며 물었다.

"오늘은 없어. 그런데?"

"술을 대포로 안 시키구 한 되 시키시기에……"

"한 사람이 다 마시면 안 되나?" 적절치 못한 질문이었으나 나는 소녀와 말을 하고 싶었다. "네 이름은 뭐니?"

"후경이에요." 소녀가 빵긋 웃곤 카운터로 갔다.

막걸리 한 잔을 시원스럽게 비워내자 들떴던 마음이 안정을 찾아갔고, 실내 분위기에도 차츰 익숙해졌다. 내 뒤쪽의 젊은이들은 도스토예프스키의 실연 행각과 도박을 두고 이야기했고, 몇십 년을 같은 교재로 지식을 파는 세일즈맨 교수를 성토하는 소리도 들렸다. 대화에 열중하지 않는 술꾼은 전축의 스피커에서 쏟아지는 음악을 따라 흥얼거리거나, 발바닥으로 장단을 맞추거나, 어깨를 흔들어댔다. 철학적인 심오함에서 헤매는 듯 묵묵히 술잔만 비우는 모주꾼도 있었다. 이렇게 해서 라틴음악 흥청대는 클럽 아마존은, 내게 또 다른 상상을 불러일으켰다. 유럽 해양국가가 남미 대륙에 발을 딛기 전, 태양신을 섬기던 메스티소인의 사육제 분위기였다. 반라의 원주민이 '카포에이라'의 율동과 타악기 장단에 맞추어 발 구르며 춤추는 장면이 눈앞을 스쳤다. 몇 달 전 재개봉관에서 보았던 마르셀 카뮈 감독 「흑인 오르페」의 감명이 서울 종로 뒷골목에 재현된 느낌이었다. 「흑인 오르페」는 브라질의 리우 데 자네이루 산꼭대기 빈민가의 핍진한 생활과 그 속에서 꽃핀 비극적인 사랑을 라틴음악 선율을 깔고 표현한, 제3세계의 괄목할 만한 영화였다.

2장

    오후 두시 반으로 수업시간이 끝난 뒤, 나는 늦게까지 학교 도서관 잡지열람실에 있었다. 대운동장이 내려다보이는 서쪽 창가에 앉아 이 달 치 교양잡지 『새벽』의, 사일구의거 일주년을 앞두고 지난해 학생의거를 여러 각도에서 조명한 특집을 읽었다. 어느 정치학자의 견해가 눈에 띄었는데, 이승만 정권 시절 보신에 철저히 안주하며 출세했던 교수 몇은 학생 피의 대가로 자유민주주의를 쟁취하자 거기에 편승해 과거 기성세대의 독재와 부정부패 공격에 앞장서고 있다는, 지식인의 언행불일치를 논박한 글이었다. 그동안 뭘 했는지 모르지만 그렇게 비판하고 나선 필자 역시 오물로 제 면상을 황칠한 글로 읽혔다.

    놀이 하늘을 붉게 물들일 때까지 운동장에선 럭비 트레이닝이 끝나지 않고 있었다. 나는 럭비 연습이 끝나기를 기다리던 참이었다. 참고자료를 필사하던 마지막 학생마저 퇴실하자, 열람실에는 나만 남았다. 더 앉아 있기가 미안해 보던 월간지를 도서계원에게 넘기며, 요즘 무슨 책 대출이 많냐고 물었다. 오후 여섯시 퇴근 무렵의 직업적인 피로를 보이며 계원은, 일본의 청춘물 번역소설이라고 말했다.

"장면 정권 덕택 아닙니까."

"이승만식 반일(反日) 청산과 세대 교체론도 좋지만 당국의 적절한 통제가 필요하다고 봐요. 일본의 청년문화를 통째로 베끼겠다는 풍조는 분명 문제가 있습니다." 도서계원은 자못 심각하게, 일본의 청년층이 향유하는 대중문화의 통속성에 현혹된 요즘 시류를 개탄했다. 의거가 끝난 지 한 해가 지났는데 학생들이 아직도 우쭐한 기분에 들떠 있어서야 되겠느냐는 것이다.

"학생의 본분은 공붑니다. 현실정치 참여는 졸업 후에도 늦지 않아요."

도서계원의 말이 비약했다. 새로 들어선 장면 정권이 일본과 국교를 트자 금기시되었던 번역판 일본 대중소설이 붐을 이루는 현상과, 학생의 현실정치 참여는 다른 문제였다.

"일본 대중문화에 혹하는 패와 정치판 기웃거리는 패는 질이 다른데…… 저도 작년에 경무대까지 진출해봤지만 정치판엔 관심이 없고, 그렇다고 일본 소설을 읽지도 않습니다."

"어느 사회든 정상적인 룰이 사회를 이끌면, 예외도 있죠. 양쪽 다 본분을 망각한……"

"사일구 때도 도서관서 근무했어요?"

"여긴 작년 가을에 취업했어요. 사일구 땐 수도방위사령부에 복무 중이었는데, 그날 저도 명령에 따라 어쩔 수 없이 데모 진압에 출동했지요."

"학생들 반대쪽에서, 좋은 경험 했습니다."

나는 그가 다른 말을 걸어오기 전에 도서실을 나섰다. 싱거운 대화였다.

현관을 나서며 몸 전체가 비치는 거울 앞에 섰다. 핏발 선 눈을 보자 무슨 증상 때문인지 몰랐으나, 나쁜 시력 탓이 아닐까 여겨졌다. 집에서는 안경을 권했으나 안경을 낀다는 게 신체 일부를 훼손하는 것 같아 싫었고, 아직은 안경 없이도 별 불편을 못 느꼈다. 럭비 부원이 '사일구 의거탑' 쪽 잔디밭으로 뛰어가는 게 거울을 통해 보였다. 광대의 럭비 포지션은 후커였다.

화랑대에서 불어오는 저녁 바람에 귓볼이 얼얼했다. 책과 노트를 외투 주머니에 말아 꽂곤 운동장을 가로질러 의거탑 쪽으로 갔다. 먼 데서 보아도 부원을 상대로 떠드는 녀석이 광대였다. 광대가 나를 보았다.

연습 끝나지 않았냐고 내가 묻자, 광대는 끼고 있던 럭비공을 발로 튀겨 받으며 일곱시에 럭비 부원들이 부학장 집을 방문한다며, 아무래도 늦겠다고 했다.

"농성이 시작될 모양이군."

"부학장이 저녁 일곱시에 집으로 오라 카데. 학교에선 말 못할 뭐가 있는 모양 같아. 결판내야지, 춘계대회래야 이제 석 달밖에 안 남아 콧등에 떨어진 불이야."

"몇 시에 끝날 것 같으냐?"

"여덟시는 돼야 할걸."

"연습 부족이라면서, 춘계대회는 참가할 모양이군."

"여름방학 때 대학 선발팀을 구성해 일본 원정 간다 카데. 작년 가을에 경동고 야구부도 일본 원정 가서 반타작하고 안 왔나. 양국이 스포츠 교류부터 시작할 모양이라. 이번 춘계대회가 그 선발도 겸할 모양인데, 글쎄 우리 학교는……" 광대가 자신 없다는 듯 머리를 흔들었다.

"그럼 나중에 봐. 그 주점서 기다릴게. 클럽 아마존이 어딘지 위치는 알겠지?"

나는 그에게 클럽 아마존 위치를 다시 설명해주었다. 광대는 찾을 수 있겠다고 말했다. 그는 공을 부원이 쉬고 있는 의거탑 쪽으로 프리킥하곤, 포물선을 그으며 나는 공을 쫓아 달려갔다. 양팔을 겨드랑에 붙여 피스톤처럼 달리는 폼이 멋졌다.

클럽 아마존에 나가기에는 시간이 일러 하숙집으로 돌아와 저녁밥 먹곤 삼십 분 정도 서반아어 고대문법을 복습했다. F학점 이하는 추가시험이 마지막 기회라는 게시판 공고를 보았던 것이다. 지난 학기말 서반아어 고대문법 시험 때였다. 출제된 네 문제 중 세 문제는 대충 답을 메웠는데 한 문제는 아리송했다. 거짓말로 빈칸을 적당히 메우기는 자존심이 허락하지 않았다. 나는 낙서 삼아, 현대문법이 아닌 고대문법 문제를 세 문제나 풀었으니 C학점은 달라고 빈칸을 메웠는데, 그 실없는 짓이 담당 교수의 자존심을 건드린 모양이었다.

바깥에 땅거미가 내려서야 외투를 걸쳤다. 내가 대학에 합격하자 엄마가 읍내 오일장에서 중고품 군용담요를 구입해 염색집에 맡겨 검정 물 들여선 읍내에 두 곳밖에 없는 양복점에서 맞춰준 외투였다. 대학 입학 기념 선물이었는데 엄마 말이, 서울의 겨울은 엄청 춥다니 이 정도는 입어야 얼어 죽지 않을 거라고 했다.

안채 마루에 앉아 주인아줌마와 이웃 아낙네가, 뛰어도 너무 뛴다며 쌀값을 비롯한 생필품 값을 두고 얘기하고 있었다. 농사꾼이 자식 대학 보내려면 소를 팔아야 학자금을 댈 수 있다 해서 우골탑(牛骨塔)이라 했는데, 신학기에는 하숙비가 또 오를 것 같았다. 늘 제때 내지 못한 하숙비 탓에 인사를 그만두기로 했다. 발소리 죽여 대문께로 가다 옥외 변소에서 주인집 아들이 부르는 동요를 듣자 막내동생이 생각났다. 지금쯤은 녀석이 저수지에서 썰매타기를 마치고 저녁밥 먹으러 집으로 종종걸음 칠지 몰랐다. 나는 군것질이나 하라고 동전 세 개를 변소 앞 디딤돌에 놓고 대문을 나섰다. 버스정류장을 향해 밭 사이 길로 걷자 파릇한 시금치를 추리던 옆집 할머니가 알은체했다.

퇴근시간대라 시내로 나가는 승객이 별 없어 버스 좌석이 많이 비었다. 나는 이십 분 만에 종로 2가로 나왔다. 클럽 아마존에 서둘러 도착하고 싶은 마음으로 발걸음이 바빴다. 아마존 문을 밀고 들어서자 초저녁이라 빈자리가 많았는데, 전축에선 행진곡풍의 남성합창이 울려 퍼지고 있었다. 홀에서는 마침 재미있는 장면이 벌어진 참이었다. 가죽점퍼에 물 빠진 청바지를 입은 체격 듬직한 젊은이가 카운터 안에 선 마담의 팔을 한사코 당겨내고 있었다.

"누님한테 박수가 모자라는 모양입니다. 한 번 더 짝짝짝!" 가죽점퍼가 익살을 떨고 있었다.

좌석에서 브라보, 하며 박수와 웃음이 터졌다. 휘파람 소리를 내는 치도 있었다. 화기애애한 가족적 분위기에 불청객이 된 어색한 입장이 장내의 무관심 속에 숨겨진 게 다행이었다.

"전 노래를 잘 못해요." 누나로 불린 마담은 삼십대 중반 나이라 어깨며 허리에 군살깨나 붙었는데, 그 나이에 진홍색 스웨터가 어울렸다.

"학생의거 일 년 차, 기성세대 독재정권이 타도되자 사회 각계의 진보세력이 제 목소리를 내기 시작했도다." 가죽점퍼가 과장 섞인 제스처로 무성영화 변사처럼 가성을 읊어댔다. "그동안 무산대중은 반공이란 족쇄를 차고 벙어리로 말 못했으나, 이제 용광로의 쇳물처럼 언로의 자유가 분출되기 시작했도다. 각종 주장과 호소를 담은 시위와 데모, 시위를 위한 시위의 홍수…… 돛대 잃은 조각배는 어디로 흘러가느냐. 주장이 있는 자는 시위 대열에 동참하라. 시위대에 동참하지 않는 우리는 음악과 알코올로 자유를 말하리라. 부어라, 마셔라. 노래하고 춤추자!" 가죽점퍼의 몸짓과 표현은 다분히 코미디언이나 삼류극단 배우였다. 그는 일부러 그런 흉내를 떠벌이는지도 몰랐다.

나는 맹물에 기름처럼 겉돌았기에 출입문 앞 구석자리에 얌전히 앉았다. 어떤 자리서든 촌놈 티 내며 기죽는 법 없이 당당한 광대가 옆에 있다면 이렇게 수줍음 타지 않아도 되리란 생각이 들었다. 나를 본 후경이가 알은체 목례를 해 조금은 위안이 되었다.

"할 수 없네. 후경아, 음악 좀 끄렴." 마담이 상기된 얼굴로 말했다.

환성과 휘파람이 홀을 흔들었다. 전축에서 쏟아지던 합창이 멎고, 마담이 마스카라 올린 눈을 깜박이며 무슨 노래를 부를까 잠시 망설였다. 목청 가다듬고 부른 노래가 「오, 대니 보이」였다. 굵은 몸과 달리 목청은 떨림 있게 가늘어 애잔한 추억을 읊는데 제격이었다. 노래가 끝나자 더 큰 환성과 박수가 일었다.

"여러분의 열화와 같은 재청이 있었으니 누님께 한 곡만 더 부탁드리겠습니다. 브라보!" 가죽점퍼가 만면에 웃음을 띠고 마담을 껴안을 듯 팔을 벌렸다.

박수가 섞갈리고 다시 환호성이 터졌다. 주방에서 부엌일하던 아줌마까지 홀로 나와 그 장면을 구경했다. 마담이 관객의 호응에 용기를 얻은 듯 손을 허리에 걸쳐선, 목청을 한 음계 높였다. 「말라게이나」를 머리 까딱여가며 원어로 불렀다. 뱅긋뱅긋 웃음까지 날리는 폼이 전력이 있는 가락이었다. 마지막에 가선 높은 음 처리에서 목청이 갈라지자 그네가 부끄러워하며 얼른 주방으로 몸을 피했다.

"숨긴 왜 숨어요? 그만하면 수준급인데." 가죽점퍼가 마담의 무안을 감싸듯 박수를 쳤다.

후경이 전축에 레코드판을 걸자 타악기 연주가 부산하게 쏟아졌다. 가죽점퍼는 제자리로 돌아갔고, 술꾼들도 제가끔 자기네 대화에 몰입했다.

그날로부터 한 달쯤 뒤, 해 떨어지기 전에 클럽 아마존에 들렀다 홀이 한가한 틈을 기화로 무슨 이야기 끝인가 마담이 털어놓은 자신의 이력이 대충 이러했다. 마담은 서울내기로 유복한 가정에서 행복한 소녀 시절을 보냈다고 했다. 고녀 때는 노래에 소질이 있어 합창단 멤버로 낀 경력도 있었다는 것이다. 전쟁이 터지고, 아버지가 별세하자 집안이 기울어져 대학 진학을 포기한 채, 서둘러 맞선 보고 결혼했다고 한다. 신혼생활도 잠시, 신랑 입대로 신혼의 단꿈은 깨어졌고 얼마 후 전사통지서가 왔다는 것이다. 딸린 자식이 없었기에 재가(再嫁) 권고도 받았으나 마담은 자립의 길을 선택했다. 전쟁 직후라 여성이 나설 직종이 흔치 않았다. 여학교 친구가 돈이 흔전만전 뿌려지는 곳이 미군부대 주변이라며, 아는 사람을 소개해주었다. 처음 뛰어든 곳이 동두천에서의 미제 물건 장사였다. 그러나 몇 달 못 가 사기를 당해 돈을 떼이자, 오기로 밴드단의 연주무대를 갖춘 미군 상대 바에 보조무용수로 뛰어들었다. 가수 뒷전에서 노래에 맞추어 춤추고 베이스 넣는 역할이었다. 직업 같잖은 그 일에 시달려 스트레스가 심했는데, 전쟁고아로 거리를 떠도는 후경이를 데려와 같이 사는 데 낙을 붙였다. 밴드가 곧잘 라틴음악을 연주하자 마담은 왠지 경쾌하면서도 슬픔이 깃든 그쪽 노래가 좋아 레코드판을 한두 장씩 모으게 되었다. 몸이 붇자 무용수 노릇도 못하게 된 참에, 그곳 여성들 대부분이 매춘업에 종사해 외출 나온 미군이 자신까지 덤으로 매춘 여자로 취급해 한차례 봉변을 당하기도 했다. 그곳 생활에 환멸을 느껴 손 털고 서울로 나왔다. 서너 해를 미장원, 꽃집을 하다 여윳돈이 모이자 작년에 클럽 아마존 문을 열었다는 것이다. 라틴음악을 주로 들려주는 음악실 겸한 주점을 해보고 싶었다고 했다. "미군 상대 바에 일할 때, 라틴음악의 흥겨운 분위기를 좋아한 게 동기였죠. 서울만 해도 명동의 '돌체', 광화문에 '르네상스', 화신 뒤에 '메트로', 그 외에도 대학생들을 상대하는 음악감상실이 여러 군데 있구, 그런대로 영업이 되잖아요. 거기서 용기를 얻어 개업했죠. 돈 크게 벌겠다는 욕심은 없구 밥 먹고 살 정도만 된다면, 하고 문을 열었는데 처음 와본 손님이 친구를 끌고 와요. 그러다보니 여섯달째부터 이렇게 젊은 손님이 차기 시작했어요. 이 나라 청년들이 얼마나 이런 쉼터에 목말랐나를 늦게 알았다고나 할까……" 마담 마리누님이 한 말이 그랬다.

나는 후경이에게 막걸리 한 되와 간천엽을 시키곤 무료함을 달랠 겸 가죽점퍼 입은 사내를 주시했다. 곱슬머리가 이마를 반쯤 가린 채 헝클어졌고, 숱 많은 눈썹에 부리부리한 눈과, 중앙에 자리한 주먹코가 인상적이었다. 그는 자기 술상에 둘러앉은 친구 셋에게 괄괄한 목소리로 제스처 써가며 장황하게 수다 떨고 있었다. 평소 버릇인지 말을 하며 코끝을 자주 비틀곤 했는데 자세히 보니 콧날이 조금 휘어져 있었다. 휘어진 콧날을 바로 세우겠다는 게 습관이 된 짓거리 같았다. 그런 외모가 조금은 이국적 체취를 풍겼는데, 체격이나 외모만 두고 말한다면 몽골 씨름선수나 그 곳의 말 잘 타는 기수(騎手)쯤으로 보였다.

"……하여튼 세상은 요지경이더군. 고삼 시절 초여름이니, 그 때만도 난 웰터급 유망주였지. 링에 오르면 패배를 몰랐거든. 복싱의 기본틀이 눈물로 빵을 먹어본 자란 말이 있잖아. 어쩜 승부를 결판내는 덴 거지근성이 있어야 해. 그런 면에선 내가 적격이지. 참, 내가 무슨 얘기하다 엇길로 나갔나? 그래 맞아. 야간 스파링 끝내구 링에서 내려오자, 선글라스 잡순 그 여자가 점잖게 다가오더군. 패션모델 흉내 걸음을 내며 말이야. 난 운동할 땐 여자에겐 관심을 안 둬. 애써 만든 몸을 망치니깐. 그래서 코치에게 볼일이 있나보다며 관심 없이 샤워실로 가는데, 그 여자가 뒤쪽에서 말을 걸어. 댁이 강장익 선수냐 그러데. 왜 그러냐고 내가 물었지. 루즈 빨갛게 칠한 큰 입으로 묘하게 웃더라. 큰 키에 늘씬한 몸을 흔들며 척하니 악수까지 청하는 거야. 그런데 그 손을 잡고 보니 금방 전기가 찌르르 오잖아. 미치겠데. 뭐랄까, 뽀송뽀송 부드러운데, 대리석같이 미끈한 게, 기분 참 묘하더라."

　가죽점퍼가 말을 끊고 건너편 나를 후딱 보았다. 자기를 보는 내 시선을 감으로 느꼈던 것이다. 여자의 손을 두고 부드러움의 반대 질감인 대리석을 언급하는 그자의 어울리지 않은 비유에 내가 실소를 머금던 참이었다. 나와 눈길이 마주치자, 왜 쳐다보냐고 묻듯해서 나는 시선을 피했다.

　"……그 여자 말이, 연습 끝난 모양인데 시간 좀 내줄 수 있겠냐는 거야. 그거야 어렵지 않아, 그럽시다 했지. 도장 앞에 있는 다방으로 갔어. 자긴 커피 마시고 난 우유를 시켰어. 마주보고 앉아 무슨 이야기 한 줄 알아? 그 여자가 자기소개를 하는데, 남편이 을지로 3가에서 활판인쇄소를 운영했는데 육이오 때 입은 상처가 악화되어 별세했다나. 인쇄소를 자기가 맡았다니, 어쨌든 마흔 살도 못 된 여사장 아냐. 체육관 선전 포스터며 복싱시합 포스터를 주로 인쇄했기에 복싱도장 사무실에 수금차 더러 올 때, 도장서 스파링 연습하는 나를 본 모양이야. 내가 전쟁고아 출신이란 이력까지 다 꿰구 왔어. 그래서 한다는 말이, 내가 국가대표로 뽑힐 때까지 재정적으로 돕고 싶다는 거야. 나 같은 동생이 있었는데 전쟁 때 폭격으로 죽었다고 말하데. 그때만 해도 난 대구의 큰아버지를 만나기 전이었으니 혈혈단신이었지. 미군 흑인 중사로 양아버지가 있긴 했지만, 앞뒤 생각할 것도 없이 웬 떡이냐며 승낙했지. 여사장과 의남매를 맺었어. 전쟁 끝난 지 얼마 안되어 형제자매 잃은 사람이 하도 많아 그때만도 의남매 맺기가 유행이었잖아. 난 사실 따뜻한 가정이 그리웠거든. 지금도 엄마를 그리 달갑게 생각하진 않지만, 여자 정을 모르고 컸단 말이야. 체육관에서 숙식을 하다 몇 달 후 의누나 여사장 집으로 숄더백 메고 들어갔지. 그런데 한 달을 못 넘겨 누나가 본색을 드러냈으니…… 자는 잠에 그냥 따먹히고 만 거다. 그것두 여자 복에 드냐? 나보다 열댓 살 연상인데 말이야. 처지가 그렇게 돌변하자 내 장래가 꼬일 수밖에. 그땐 내 몸 괜찮았지. 이젠 술에 곯아 형편없이 됐지만서두. 하여간 섹스 밝히는 여성들 보기엔 내게 그 어떤 강렬한 성적 매력이 있나봐. 사실 내 얼굴이야 잘생겼지. 그건 너들도 인정하잖아. 햄릿 역을 맡았던 로렌스 올리비에나 「워터프런트」의 말론 브랜드쯤 믹스한 얼굴이라고, 누가 말했더라? 맞아. 우리 과 빤들머리가 그랬지. 내 말 뭐 잘못됐냐?" 이야기를 들어주는 측이 면구스러울 정도로 으스대는 객설이었다. 그러고 보니 그가 말한 두 서양 배우와 닮은 점이 있는 것 같기도 했다. 가죽 점퍼는 숨을 돌릴 때마다 술잔을 비워가며, 줄기차게 담배 연기를 뿜어댔다. "……그 미망인 여사장 육체는 정말 기가 막혔어. 바가지만한 젖통에 튼튼한 허리, 어디 나무랄 데 없더군. 훗날에야 그렇게 느꼈지만, 도장에 들렀다 나를 보곤 처음부터 자기 성적 도구로 만들겠다고 맘먹은 모양이야. 결과적으로 나는 링을 떠날 수밖에. 아무리 유망주래두 그짓에 빠져 살며 어떻게 링에 올라. 상대방 혹 한 방이면 다리가 풀려서 주저앉고 마는 형편이니. 이러단 제 명대로 못 살겠다 싶어 두 달 만에 술 깝북 처먹곤 여사장과 빠이빠이했지. 국가대표 선발은 요원한 꿈이었지만 내가 어떻게 밤마다 그 미망인 육체에 노예처럼 봉사만 할 수 있겠어? 그때 난 미팔군에 근무하던 양아버지 로우건 중사 도움으로 고등학교 야간부에 적을 두고 있었으니, 그 여사장을 떠나도 됐어……"

어디까지가 참말이고 어디까지가 허풍인지, 그 경계를 가늠할 수 없는 그의 말은 계속 이어졌다. 강장익이라 했겠다. 듣자니 이름 또한 강장제와 발음이 비슷해 섹스의 화신 같아 보였다.

장익이란 녀석은 이따금 말을 끊곤 누가 자기를 부른 듯 주위를 둘러보곤 했다. 그런 그의 태도는 왜 내 이야기의 청중이 이 머저리 친구 셋밖에 안 되냔 듯 더 많은 청중을 모으고 싶어하는 눈짓이었다. 한마디로 이런 재미있는 얘기를 셋에게만 들려주기는 아깝다는 불만이 경박하게 털어대는 그의 발장단에서도 짐작이 갔다. 좀이 쑤실 정도로 초조하다는 증거였다. 그 역시 청바지

밑 신발은 구두나 농구화가 아닌, 나처럼 군화란 공통점은 있었다.

전축이 곡목을 바꿔 라벨의 「볼레로」를 시작했다. 그때까지 광대는 나타나지 않았고 술꾼이 자꾸 밀어닥쳐 홀은 더 앉을 자리가 없었다. 나 혼자 사인용 술상을 차지하고 있자니 미안해서 합석 자리를 양보해야 할 형편이었다. 여태 오지 않는 광대를 욕질하며 거푸 술잔을 비워냈을 때, 카운터 앞에서 벌어진 작은 언쟁이 내 호기심을 끌었다. 혼자 술을 마시기에 따분한 참에 장익이 주목한 쪽으로 내 시선이 따라가다 보게 된, 주점에서 흔히 있는 주인과 술꾼의 유쾌하지 못한 실랑이였다.

나와 대각선을 이루는 건너편 쪽에서 술을 마셨던 애송이들 셋이 술값을 계산하러 카운터로 가선 마담과 난처한 흥정을 벌인 것이다. 셋 중 하나가 혀 꼬부라진 소리로 대뜸, 마신 술값의 외상을 선언해버린 것이다. 나머지 둘도 취해 있긴 마찬가지였는데, 주머니 탈탈 털어 버스비 곱절 정도의 푼돈을 내놓으며 나머지를 다음에 갚겠다고 애걸했다. 그들은 성년의 문턱에 막 들어선, 십대 후반 나이쯤으로 보였다. 적당한 취기가 주는 기분을 즐기기엔 아직 이른 티를, 취기의 힘을 빌려서도 감출 수가 없었다. 술을 마시면 어떻게 취할까가 궁금해서 자기들도 이를 시도해보려 주점을 찾은, 주점으로 들어서는 데도 용기가 필요했을 만큼 순진한 애송이들이었다.

"······댁들 딱한 사정은 이해해요. 이 돈으론 어림없구, 그럼 이렇게 합시다. 당신네를 의심해서가 아니라 서로 부담을 덜기 위해 차고 있는 시계라도 맡기세요." 마담의 말이었다.

"그런데…… 시계 찬 친구가 없어요." 얼굴색이 홍당무가 된 치가 말했다. 사실 대학생들 중에도 절반 정도는 시계를 차고 다닐 형편이 못 되었다.

"그럼 한 사람이 돈을 구해 올 동안 두 분이 여기서 기다리세요. 나도 장사라고 벌인 이상 공짜 술을 대접할 순 없잖아요."

"가방을 두고 가면 안 될까요? 새 교재에, 사전까지 들어있어요. 두 시간 안에 돈 가져와 찾아갈게요. 인질로 남겨두자니 저 친구가 너무 취해서 실수할 것만 같아……" 키가 멀쑥한 안경잡이가 아이디어를 냈다.

장익은 줄기차게 지분대던 객담을 거두고 한 손으로 코를 주무르며 그 딱한 흥정을 지켜보고 있었다. 주점에서 더러 볼 수 있는 기둥서방 '어깨'답게 그가 그 흥정에 개입할 것이란 예감에 나는 엉뚱한 기대를 걸었다.

"이 친구가 군에 입대하게 돼서 한잔한 건데…… 계속 안주를 시키기에 술값이 있는 줄 알았죠. 주인아줌마, 어떻게 좀 봐주세요." 홍당무가 말하곤, 카운터에 머리를 박고 횡설수설해대는 입대한다는 친구를 흔들었다. "정신 차려. 정신 좀 차리라구."

"경무대 앞에서 죽었어야 했는데, 친구는 죽구, 난 살았어…… 수학시간에 우린 수업 박차고 책가방 든 채 교문 나서선, 독재정권 타도에……" 군에 입대한다는 녀석이 혀 꼬부라진 소리를 읊었다. 정신이 아주 가버린 상태는 아니었으나 정신을 온전하게 회복하기엔 한동안 글러 보였다. "대학 입학하구 처음 만난…… 너들, 실연의 아픔을 알아? 모르지? 모든 게 끝났어. 자원입대로 결론을…… 잊기로, 떠나려고, 탈출구는……" 하더니, 왝왝 헛구역질을 해댔다.

후경이가 어마마, 하고 놀라며 행주를 가져와 수습에 나섰다.

대취한 치는 실연의 상처를 입자 입대를 앞두고 친구 둘과 주점을 찾은 모양이었다. 그 친구를 보자 술을 마셨다 하면 토하기만 하던 대학 신입생 시절이 떠올라 엔간히 동정이 갔다. 그래서 아닌 말로, 광대를 기다리자면 한동안 더 아마존에 머물고 있어야 할 내가 저들 대신 인질로 잡히고 싶은 마음이었다. 아니나 다를까, 장익이 담배를 입술에 끼운 채 자리에서 슬며시 일어났다. 나는 바짝 긴장한 채 그를 주시했다. 굵은 목에 넓은 어깨, 뒤로 젖힌 당당한 체격이 복싱선수 출신다웠다.

"내가 형씨들 담보로 여기 남겠어." 가죽점퍼 지퍼를 풀어헤친 장익이 마담과 젊은이 사이에 끼어들었다. "형씨가 아니라 한참 후배 같으니 자네들이라 부르겠어. 난 사람을 잘 믿는 게 탈이지만, 순진한 후배들을 위해 두 시간 정도 내가 이 주점 인질 노릇을 자청할게. 두 시간 후 자네들이 술값 안 가져오면 내가 대신 지불할 수밖에 없어. 너들 믿어도 되지?" 장익이 홍당무의 어깨를 어루만졌다. 자기와 아무 상관없는 일이라도 비비고 들어 간섭하고 싶어하는 젊은이 특유의 다혈질이 드러나는 순간이었다.

"서로 모르는 사인데, 그런 법이 어딨어요. 장익씨가 뭐 갑부 아들인가." 마담이 참견했다.

"누님, 제 제안 멋있잖아요? 이래서 인생은 쬐끔 살맛이 난다니깐." 장익이 마담에게 젠체하며 말했다.

"맛, 멋? 다 좋은 말이네. 한 세상 그렇게만 살 수만 있다면 얼마나 좋겠어요."

"오빠 남의 일에 참견 말아요." 취한 자의 구토물을 닦아낸 후 경이가 말했다.

"술값 떼어먹고 영영 안 나타난다?" 이제 장익은 애송이 셋을 집안 동생 다루듯 얼렀다. "바야흐로 인생 출발점에 선 자네들이 평생 가슴에 못 박힐 그런 추억은 남기고 싶진 않을 거야. 앞으로 늙도록 술을 마시겠다면 말이야. '우리 처음 술 배울 때 말인데, 어느 골 빈 새끼가 우리 술값 대신 자신이 인질을 자청하잖아. 그래서 술값 가져오겠다 하곤 그냥 토꼈어. 허긴 오래된 옛날 얘기야.' 너들 늙은이 시절에 당도하면 궁상떨며 쩨쩨한 이런 잡담 하며 킥킥거릴 놈들 아니지?"

나는 치졸한 흥미에 사로잡혀 장익을 홀린 듯이 바라보았다. 「볼레로」가 비올라, 첼로, 드럼의 반복적인 리듬을 웅장하게 폭발시켜 홀 안이 쩡쩡 울렸다.

"당신이 누군데…… 깡패요, 뭐요? 왜 간, 간섭…… 나서기요?" 입대한다는 자가 고개를 들더니 장익에게 외치곤 이젠 숫제 무릎 꺾고 시멘트 바닥에 주저앉아버렸다.

"내 선의를 모독하는군. 자네들, 그렇게 생각 안해?" 장익이 덜 취한 애송이 둘에게 말했다.

홍당무가 입대할 친구를 부축해서 일으키며, 추태 그만 부리라고 충고했다.

"이분도 우리 집 손님인데, 여러분을 민구 편의를 베푸는데, 그냥 받아들이세요. 시간 허비하지 말구 빨리들 다녀와요." 마담이 장익의 제안을 받아들이겠다는 결정을 내렸다.

"면목 없습니다. 그러면 빨리 가서, 어떻게 돈을 마련해 오도록 하겠어요." 안경잡이가 허리 굽실거리며 장익의 호의를 받아들이 겠다고 나섰다. 진심으로 고맙다기보다 창피한 현장에서 빨리 빠져나가고 싶어 안달을 냈다.

"안 돼. 초라한 우리 꼴에 쾌감을 느끼는, 악취미는 용서 못해!" 입대한다는 치는 게우고 나자 정신이 조금 돌아온 듯했다. 그가 메고 있던 가방을 벗어 카운터에 놓았다. "내 책가방 맡겨. 돈 가져와 떳떳하게 한잔 더 하자구!"

"말에 조리가 서는 걸 보니 완전히 뽕 가진 않았군." 장익이 껄껄대며 웃었다.

"그따위로 시비 걸지 말구, 날 쳐. 치라구! 사일구 때 못 죽어 원통한 놈이 바로 나야!"

"이거, 작년의 사일구 후유증이 아직도 종로 바닥에 온통 깔렸어." 장익이 말했다.

"너 실례하고 있어. 무슨 오해야?" 안경잡이가 친구를 어깨걸이해서 끌어내며 장익에게 죄송하다며, 곧 돌아와서 술값을 갚겠다고 말했다.

"그 책가방 도로 가져가게. 앞으론 다시 책 잡히지 말구. 학생이 학생 본분 잃구 책가방 잡히고서 술 마셔서야 되나. 그럼 이따 봐." 장익이 일장 훈시한 뒤 책가방을 안경잡이에게 넘기곤 자기 자리로 돌아섰다.

순간적으로 나는 내 주머니의 돈을 계산했다. 나도 그들 사이에 섞여 어떤 역할이든 하고 싶은 충동을 더 억제할 수 없었다. 뒷날, 장익도 그때의 현장에 자신이 개입했던 심정을 두고, 무엇이든 어디든 부딪치고 싶어 '몸이 근질근질 했다'고 말했지만, 내 마음 역시 그 애송이 녀석 셋의 딱한 처지를 동정해서라기보다 '어쨌든 무조건 개입하고 싶었다'는 게 솔직한 표현일 것이다. 물론 장익이란 자와 안면 트는 기회가 생기리란 예상도 마음에 깔아두고 있었다.

나는 카운터 앞으로 다가가 천 환짜리 석 장을 내놓았다.

"웬걸 이렇게 많은 돈을…… 어느 자리에요?" 마담이 내가 나선 자리를 눈으로 더듬었다.

"아닙니다. 이 친구들 술값을 대신 맡겨놓고 싶어서…… 친구 기다리자면 어차피 한두 시간 더 있어야 하니깐. 저도 술 마시곤 술값이 모자란 이런 딱한 경험이 있으니깐요."

마담이 입을 동그랗게 벌리고 한동안 나를 바라보았다. 댁이 누군데, 댁까지 끼어들 이유가 뭐예요, 하는 표정이었다.

"빨리들 갔다 와요." 나는 마담 눈길을 피해 애송이 셋에게 말하곤, 입대할 친구에게 손을 내밀었다. "용약 자원입대를 진심으로 축하합니다."

입대할 자가 어설픈 웃음을 깨물며 내 손을 잡았다. 기분이 유쾌한지 마담이 느닷없이 웃음을 터뜨리며 손뼉을 쳤다. 쾌활한 웃음소리는 이런 경우의 민망한 분위기를 적당히 얼버무리는 데 효과가 있었다.

"참 착한 분들이에요. 아마존 개업 이후 이렇게 땡큐인 적이 없어요. 문 연 보람 만끽해요. 제가 대포로 한 잔씩 써비스할게요."

"원더풀!" 내가 깜짝 놀랄 정도로 장익이 두 팔을 번쩍 쳐들고 과장스레 고함질렀다.

마담이 양은그릇 술잔 다섯 개를 카운터에 내놓고 술을 쳤다.

"클럽 아마존의 영원한 번영을 위하여!" 장익이 외치며 술잔을 들었다.

그러나 잔을 비워내기는 그와 나뿐이었다.

"왜들 안 마셔요?" 내가 셋에게 물었다.

"미안해서, 어디 마실 수가 있겠습니까. 돈 가져와서……" 안경잡이가 말했다.

홍당무가, 죄송하다고 굽실거리며 친구 둘을 출입문 쪽으로 밀었다. 그들은 총총히 아마존을 떠났다.

"말투 억양을 보니 경상도 촌놈이군. 야, 임마. 너 정말 마음에 든다!" 장익이 내 어깨를 치며 탄성을 질렀다.

그가 말을 놓으며 그 말을 했을 땐, 내가 그에게 선수를 빼앗긴 게 분할 정도였다. 그의 말은 예의를 갖추지 않은 건방진 고함이었으나, 말하는 순간 그의 얼굴은 개구쟁이 소년같이 순진한 티가 뚝뚝 묻어났고 큰 눈은 소년의 눈빛같이 천진스러웠다. 그래서 백년지기를 만난 듯 친근감이 들어 과히 불쾌하지는 않았다.

"내 한잔 사마. 술을 사고 싶어. 내 이 청을 거절하진 않겠지? 넌 최소한 술자리의 멋이 어떻다는 것쯤은 제대로 아는 놈이야. 난 자네 같은 친구를 여태 찾고 있었어." 내 어깨를 다정하게 껴안는 그의 목소리가 정감에 넘쳤다.

장익은 카운터 옆 빈자리로 나를 이끌었다. 그때 「볼레로」는 마지막 클라이맥스에서 문득 숨을 끊었으니, 한순간에 모든 악기들이 소리를 멈추었다. 실내가 갑자기 침묵 아래로 곤두박질쳤다.

"뭐, 우리 말 놓구 얘기하자. 그게 편하잖아. 우리 나이에 존칭 따위는 정나미 떨어져. 그렇잖아, 친구?" 마주보고 앉자마자 장익이 흥분한 목소리로 말했다.

"넌 처음부터 말을 놓았어."

"그랬나? 어쨌든 좋아. 그럼 서로 말 놓기로 해. 내 소개부터 해야겠지? 장익이라 불러줘. 성은 강가야. 이름 괜찮지? 긴 날개란 뜻이야. 펼치면 해를 가릴 독수리 날개쯤은 될걸. 너두 체격 좋다. 그래, 무슨 운동 하니?"

"별도로 운동 같은 거 안해봤어." 말을 하고 보니 내가 좋아하는 등산도 운동이란 생각이 들었다.

"대학생이 맞군. 학삐리 냄새가 풀풀 묻어나. 내 눈은 못 속여. 무슨 대학인데?"

"Y대학."

"전공이 뭐야? 무슨 과?"

"서반아어과. 이름은 순곤이라고……"

"서반아어과라? 순곤이 자네, 남미 이민 가려고 그 과 찍었나? 짜식. 네 얼굴엔 그렇게 쓰였어. 그래서 이민 떠나기 전, 클럽 아마존에 분위기 파악차 들렀군."

"이민 목적으로 대학 가는 놈도 있나?"

"왜? 그럼 이민 안 갈 테야? 이 땅에 또 전쟁 터질까봐 이민이라면 모두 사족을 못 쓰잖아."

"이민 걸고 웬 시비야."

"전쟁과 가난이 지긋지긋하다보니, 이민자가 속출해서 묻는 말이야. 특히 미국이라면 이민 못 가 안달이지."

"시시껄절한 질문은 관둬."

"전공 과가 특별해서 물은 말이야. 어쨌든 너도 해외 도피병에 단단히 걸렸군." 그는 꿈꾸듯 한 눈매를 천장에 풀어놓으며 말을 이었다. "서반아어권인 중남미…… 원시림 울창한 아마존 유역, 거기를 탐험하는 모험가…… 아니, 이건 좀 신파다. 이 주점 이름이 아마존이라, 연상이 엇길로 나갔어. 브라질 리우 데 자네이루 알지? 아니지, 그 나라는 포르투갈어를 쓰잖아. 아르헨티나가 좋겠어. 탱고 어때? 카바레 불빛 아래 늘씬한 미녀와 탱고로 뺑뺑이 한판 돌면 멋있잖아. 호텔 테라스에서 꿀맛 같은 키스, 더블베드에서 섹스 몰입은 또 어떻구…… 너 이런 꿈 꾸고 서반아어과에 들어간 거 아냐? 네 상판에 그렇게 쓰였어." 그는 내 말을 철저히 무시하며 자기 말만 지껄여댔다.

"한마디로 입심 한번 대단하다. 아는 것도 많고." 나는 그의 입심에 진정 감탄했다.

"그런데 난 한국이 좋아. 전쟁이 터져 나를 고아로 만든 한국이. 말이 좀 우습냐? 증오하기 때문에 사랑한다는 말도 있잖냐. 우습냐? 웃지 마. 난 진지하게 말하고 있어. 난 한국을 사랑한다, 이 말이거든. 못났두 어쨌든 내 조국이잖아." 그는 자기도취에 빠진 채 기고만장했는데, 이젠 말 같잖은 말을 지껄여댔다.

"원체 그렇게 잘 떠벌리나?"

"옳은 말씀. 떠벌리고 싶을 땐 누가 뭐래두 난 떠들어. 내가 떠들 땐 아무도 못 말려. 말리는 놈은 그 자리서 패주고 싶어. 그런데 너 나쁜 습관이 있구나. 남의 말 함부로 자르는 버릇 말이야."

"도대체 누가 할 말 누가 해? 너가 내 말을 중동무이로 만들면서." 어이가 없어 나는 그저 웃을 수밖에 없었다. 매사에 덤벙대는 천진스런 망나니였다. 그러고 보니 클럽 아마존에서 턱시도 하고 웨이터 노릇 하면 마담과 죽이 잘 맞을 것 같았다. 안하무인으로 으스대며 아는 체하는 말버릇은 체질화된 듯했으나, 악의가 느껴지지는 않았다.

"서반아어과란 말이지. 몇 학년인가, 삼학년쯤 되겠네?"

"잘 맞췄어. 봄이 오면 삼학년이지."

"그럼 이학년 때 사일구 겪었으니, 학년은 나하고 같군. 군엔 안 갔다오구?"

"아직은."

"난 고아 출신이라 군도 면제야. 몇 살이니?"

"스물한 살."

"말 먼저 놓고 보니 내가 한 살 손해 봤어."

"그럼 형으로 모실까?" 내가 비꼬았다.

"그런 뜻은 아니구. 그냥 말 놓자. 우린 친구니깐. 그건 그렇구, 여기선 널 처음 봐. 서반아어과라면서 클럽 아마존을 여태 몰랐다니. 넌 경상도 촌놈이라 서울 종로 뒷거리 주점엔 정보가 어둡

더래두, 그 과 애들은 종로통으로 놀러도 안 나오나?"

꽤 지분거리는 녀석의 입을 까뭉개고 싶은 충동을 느끼며, '진달래' 한 가치를 꺼내 물었다. 지금 이 자리에 역시 경상도 출신인 광대가 있다면. 광대는 분명 장익이란 녀석 말에, "뭐 경상도 촌놈이라고?" 하며 스프링처럼 튕겨 일어나 허공에 주먹 휘두르며 발끈했을 것이다. 광대가 이 자리에 빠졌다는 게 못내 섭섭했다. 지금쯤 부학장 집에서 나와 부원들과 듬뿍 퍼마시고 술집 아랫목에 늘어졌을는지도 몰랐다. 나는 광대를 더 기다리지 않기로 했다. 벌써 아홉시가 넘었고, 약속시간을 잘 지키지 않는 녀석의 버릇은 친구들 사이에서도 알려져 있었다.

"이제 그럼 슬슬 마셔볼까. 이럴 때야말로 마셔야 되고 취해야 해. 목구멍이 술을 부어달라고 요구하거든." 그는 막걸리 한 되를 달라고 카운터에 말하곤, 나를 보았다. "안주는 뭘루 해? 오늘 밤, 넌 내 손님이니깐 너가 좋아하는 안주를 시켜. 아니, 이제부턴 친구지. 친구에게 오늘은 내가 술을 사마."

"마시던 술과 안주 가져올게."

나는 내 자리로 가서 술과 안주 접시, 수저와 잔을 날랐다.

"간천엽을 드셨어. 좋아. 핏덩이 생식을 좋아하는군. 그렇게까지 보이진 않는데, 야성적이셔?"

"어릴 적부터 시골집에서 자주 먹었어."

어릴 적 몸이 약했던 나를 두고 부모님은 집안의 장자라고 읍내 도수장의 소 잡는 날을 알아두었다 나가선 금세 잡은 소의 간과 지라를 구해와 내게 장복시켰다. 참기름 소금에 온기 남은 느글느글한 그것을 찍어 먹자면, 비윗살이 엔간히 있다 해도 헛구역질을 하게 마련이었다. 그러나 용케 꾸역꾸역 잘 먹는 나를 엄마가 흐뭇이 바라보곤 했다.

"뭘 생각해?" 장익이 물었다.

"여기 오기로 한 친구가 있어. 그러나 이제는 텄는걸. 약속을 늘 까먹는 녀석이라……"

"돌변한 분위기가 흡족하면 애인이나 단짝 친구가 떠오르는 법이지. 불러내서 같이 자리하고 싶으니깐. 그러나 지금은 너와 나뿐이잖아. 자, 둘이서라도 새로운 우정을 위해서 마시자. 우리 마음 터놓구 마음껏 취해봐."

우리는 우정의 술잔을 부딪쳤다.

"난 아마존에 출입한 지 두 달쯤 됐어. 내가 술 마셨던 저 자리, 저 시시한 친구들 소개로 왔지. 저 치들 골통은 비었어도 술집 길눈은 밝아. 어떻게 여기를 개척했는지, 내게 내기를 걸잖아. 주점하나를 텄는데 낸 마음에 들면 내가 술을 사고, 마음에 안 들면 자기들이 사겠다, 이러잖아. 결국은 내가 술을 샀지. 마음에 들었거든." 장익이 갑자기 목소리를 낮추었다. "그런데 저 친구들, 한마디로 저질이야. 그저 계집애들하고 이불 속에 기어드는 것밖에 몰라. 작년 사일구 땐 세종로에 총성이 터지자 딱총 터지듯 전쟁날 거라는 생각에 피난 준비하며 집구석에 박혀 있었다는 겁쟁이들이야. 그래서 아까 내가 교육 좀 시킨다구 떠들었지."

"복싱과 의누나 이야기도 교육인가?"

"야, 너 내 얘기 다 듣고 있었구나. 임마, 남의 자리 얘기 엿들으면 어떡해." 장익이 씩 웃으며 내 어깨를 쳤다. 복싱을 해서인지 손이 커 어깨를 치는 게 거의 폭력 수준이었다. "참, 내가 무슨 말을 하구 있나? 자, 술 들자. 아마존을 위하여!" 장익이 술잔을 들었다. "건배다!"

"건배 따블이다." 나도 따라 말했다.

"너도 무슨 애기든 말 좀 해봐. 날 처음 만났으니 할 말이 많을 게 아냐? 왜 그렇게 날 멀거니 보고만 있니. 물론, 내 얼굴이야 잘생겨먹었지. 이건 부정할 수 없는, 확실한 부동산 아닌가. 종중 땅처럼 팔아먹을 수도 없어. 틀거지가 제법 남성적으로 생겨먹었지? 그래서 이 돈 주앙에 반해 여자가 붙는단 말이야. 뭐 해, 안 마시구? 마셔. 마시는 게 남는 거야."

"강요하지 마. 내 주량은 내가 아니깐."

"한창 나이에 이까짓 쌀뜨물 한두 되에 의식 잃게 됐어? 아까 외상 깔고 간 초짜들은 몰라도 말이야. 관상을 보자 하니 너도 술깨나 마시게 생겼어. 그런 것쯤은 한눈에 알아보지. 안주로 간천엽을 시키는 게 초짜들과 다르잖아."

"졌어. 너 수다 떠는 건 못 당하겠군."

"나도 술꾼 소린 듣고 싶잖아. 분위기를 즐길 따름이지. 주점 분위기란 세 가지 뜻이 있어. 같이 술 마시는 친구가 마음에 들어야 하구, 술값이 비싸지도 싸지도 않아야 하구, 분위기가 있어야 해. 하여간 난 분위기에 죽구 분위기에 살아. 그건 그렇구, 내 소개 좀 할까?"

"뭐라고? 지금까지 떠든 건 소개 아닌가?"

"내 소갠 아직 안한 듯싶은데?"

"그랬던가?" 나는 어리벙벙해졌다.

장익과 술판을 벌였던 친구 중에 하나가 이쪽으로 오더니, 술 값 냈으니 먼저 간다고 말했다. 장익이 따라갈 듯이 어딜? 하고 묻자, 말한 치가 모르겠다고 둘러말했다.

"내 빼고 너들끼리 종삼 가서 재미 보자는 것 아냐?" 장익이 킬킬대며 물었다.

"거기에 박을 돈까진 없어." 한 녀석이 손사래 쳤다.

"이 앞 여인숙도 여자 있더라. 멀리 갈 것까진 없어."

장익의 말에 대답 않고 그들이 가버렸다.

"잘 들어둬. 난 연극에 미친놈이야." 장익이 큰 두상을 내 앞으로 불쑥 내밀었다.

이 말을 서두로 장익이 '연극'이란 또 다른 화제를 술상에 펼쳐놓더니, 지치지 않고 말을 이어갔다. 그는 쩡쩡 울리는 목소리로 한 가지 이야기를 매듭짓지 않고 스치는 다른 생각을 덧붙이고, 비유나 주석을 끌어들이고, 갑자기 말의 본줄기에서 이탈하여 마담을 부르거나 후경이를 잡고 쓸데없는 간섭까지 해가며, 유창한 말솜씨로 자기 말대로 술판 '분위기'를 장악했다. 아마추어 연극학도답게 새겨둘 만한 말도 있었으니, 그는 극작가 알비, 베케트, 이오네스코를 언급했고, 현대 연극의 조류에 대해 내가 듣든 자기 말에 도취되어 열변을 토했다. 프랑스 부조리극 운동, 미국의 리빙 시어터 소극장 운동을 언급한 뒤, 갑자기 미래의 연극은 음유시인이 읊는 시가 되어야 한다는 말로 이야기를 비껴갔다.

다른 예술 장르는 발전을 통해 거듭 변모해왔으나 연극은 희랍시대부터 지금껏 모형 틀을 바꾸지 않은 유배 상태라 했다. 내가 유배란 단어가 거기에 알맞은 적절한 표현이 아니라고 지적하자, 남이 열심히 말할 땐 이야기를 꺾는 법이 아니라며, 다소곳이 경청만 하면 된다고 윽박질렀다. 그는 내 말을 아예 무시했기에, 그가 떠들 때는 아무도 그 말을 막을 수 없겠음을 실감했다.

"너, 무용의 특질을 알지? 무용은 심미적이며 상징적 율동으로 테마를 표현한단 말이야. 연극이 시가 되면 어떻겠나, 생각해 봤어? 한정된 무대 때문에 어쩔 수 없는 공간을 무한대로 확장할 수 있잖아" 하더니, 셰익스피어가 리얼리즘을 집대성했으나 연극 무대는 아직도 셰익스피어 수준에서 한 발도 전진하지 못한 상태라고 말했다. 엎친 데 덮친 격으로 이십세기에 들어서서 매스미디어의 경이적인 발전으로 텔레비전과 영화의 시대를 맞자, 연극은 설 땅을 잃어버렸다는 것이다.

"연극에서 환상이나 상징을 차용하면 관객과 더 멀어질걸."

"사실은 그게 딜레마야. 이오네스코를 이해하는 자가 몇이나 돼? 리얼리즘극도 힘든 판이잖아?"

"허긴 그래."

"원시인들의 손짓 발짓으로 시작된 연극을 이제 구닥다리라 무시하거든. 무대에서 육성으로 호소하는 삶의 진실을 신파조라며 천대해. 오늘의 현대인은 육성을 가짜로 확대 재생산하는 첨단 기계의 매력에 빠졌어. 그게 전파 타는 스피커고, 스크린의 배우 입술 뒤에 감추어진 성우 목소리잖아." 그가 자기도취에 빠져 열변을 토할 때는 큰 눈동자가 광기로 번득였다.

"연극무대가 시들해진 지 제법 됐잖아. 해방 직후까지 무대는 인기 있었는데 말이다. 우리 읍내 공회당까지 연극이며 국악 공연패가 왔었어. 그런데 전쟁 후론…… 언젠가는 연극 중흥기가 다시 올 테지. 지금은 연극하겠다고 나서면 가시밭길 걸을 각오부터 해야 할걸."

"너도 예술이 뭔지 대충은 아는군. 내 마음을 정통으로 찔러" 하더니 술상에 얼굴을 들이밀고 주위 눈치를 살피며 귀엣말로, "북쪽은 리얼리즘 연극이 굉장한 인기래" 했다.

"인공 시절, 명동 중앙극장에서 북쪽의 빨치산 투쟁 연극을 봤다는 과 친구도 있어."

"그 얘긴 그쯤 해둬. 시국이 아직은……" 장익은 장황하게 지껄여 목이 말랐던지 그때야 말을 멈추고 술잔을 비워냈다.

그는 자기 말에 너무 도취된 나머지 현실과 환상 사이로 경계 없이 넘나들었고, 잠시 말문이 막힐 때는 술잔을 들었다. 그렇게 쉬지 않고 열 내어 지껄였음에도 불구하고 그날 밤을 통틀어 강장익이란 친구에 대해서 내가 알게 된 것은 불과 네 가지 정도였다. 그는 G대학교 문리대 연극영화과 이학년이며, 나이는 나보다 한살 위며, 웰터급 아마추어 복싱선수 출신이며, 전쟁고아 출신의 호색한이란 점이었다.

그날 밤, 장익과 나는 많은 양의 술을 마셨는데 위장은 별 부담 없이 술을 잘 받아들여선 오줌으로 걸러냈다. 나중엔 그와 나의 우정을 맺게 해준 입대자 애송이들이 가져온 돈마저 술값에 털어

넣었다.

자정이 가까워 장익과 나는 만취 상태로 자리에서 일어났다. 이젠 주점 안은 음악도 멈추었고 통금을 앞둬 술꾼도 대충 빠져나가버려, 파장을 맞고 있었다. 객이라곤 우리 둘과 술상에 머리 박고 횡설수설해대는, 뒷날 알게 된 서양화 전공의 소아마비 앓아 목발 짚는 미술학도뿐이었다. 하루가 막을 내리려는 홀에, 후경이는 그동안 얼마나 피곤했던지 카운터에 턱을 괸 채 졸고 있었다.

"인정 많은 청년들, 또 봐요." 마담이 청소할 채비로 머릿수건을 싸매며 말했다.

"내일이면 또 만날 텐데요. 안녕!" 장익이 비틀걸음으로 문을 나서며 혀 꼬부라진 소리로 말하곤 손을 흔들었다.

"클럽 아마존 안녕. 아스타 라 비스타." 그를 뒤따르며 나도 소리쳤다.

우리는 골목을 빠져나갔다. 큰길로 나오자 거리는 통행인과 차량이 뜸했다.

"전차는 물론이고, 버스마저 끊겼겠고, 합승 타야지?" 시계를 보며 내가 말했다.

"통금이 한 시간 연장된 게 작년 십일월부턴가? 한 시간 연장만도 숨 쉬기가 훨씬 편해. 새벽 한시까지 우리의 자유가 보장되도다!" 장익은 두 팔을 벌리고 고함쳤다.

"집이 어딘데?"

"학교 앞 흑석동서 자취해."

"너무 멀군. 내 하숙방에서 자면 어때?"

"어디서 자든, 그건 아무 문제가 아냐."

"통금도 연장됐겠다, 그럼 좀 걷지 뭘."

"좋아. 난 밤을 사랑하니깐."

우리는 어깨동무했다. 장익은 머리를 내 어깨에 기대고, 술은 역시 좋다고 읊다 마침내, "두만강 푸른 물에 노 젓는 뱃사공……" 하며 노래를 흥얼거렸다. 은근하고 굵은 목소리는 밤의 찬 공기를 타고 퍼져나갔다. 급기야 나도 그의 노래에 합세했다.

우리는 고함으로 얼버무린 흘러간 유행가를 곡목 바꿔가며 불러댔다. 그래서 봇물 터지듯 연일 데모 행렬이 이어지는 시청 광장과 국회의사당 앞을 지나 영하의 찬 기온에 아랑곳 않고 광화문 일대를 휘질렀다.

한시를 넘길 때야 나는 장익을 내 하숙집으로 데려왔는데, 그는 합승 안에서도 "돌아오네 돌아오네 고국산천 찾아서……"하며 해방 직후 유행가를 불렀다. 밤늦은 시간에다 친구까지 데리고 오자 대문 따주던 주인아줌마의 눈총이 따가울 수밖에 없었다.

"이거 죄송합니더. 술까지 마셔서……" 나는 말끝을 흐렸다.

"젊은 사람이 이 정도면 양호하지요 뭘." 장익이 비윗살 좋게 덧붙였다.

방으로 들어오자 연탄불이 괄게 타는지 아랫목이 끓었고 방안 공기가 후끈했다. 우리는 윗도리와 바지를 벗었다. 나는 내복을 입었고, 장익은 바지 안에 트레이닝복을 입고 있었다. 둘의 지독한 발 고린내가 술에 취한 코에도 맡아졌다.

담배 있으면 하나 달라고 장익이 말했다. 나 역시 담배가 떨어져 책상 서랍에서 피우다 꺼둔 꽁초 두 개를 찾아냈다. 장익은 트레이닝복 차림으로 앉은뱅이책상에 걸터앉아 맛좋게 담배를 피웠다. 나는 꽁초 몇 모금을 빨다 그제야 취기가 머리끝까지 올라 담배를 껐다. 이불은 장익에게 양보하고 요 밑을 파고들었다. 그는 트레이닝복을 벗고 팬츠 바람에 이불도 덮지 않은 채 아랫목에 번듯이 누워 네 활개 펴고 금방 잠에 들었다. 불어대는 콧소리가 천장을 뚫을 정도로 요란했다. 밤중에 소피 보러 일어난 그가 바깥 변소를 찾는 데 편하도록 전등은 끄지 않았다. 눈을 감으니 방이 요지경처럼 회전하기 시작했다. 방 안이 무더웠고, 그래서 어질증이 더 심해 도저히 잠에 들 수가 없었다. 일어나 북창을 열고 찬바람을 한껏 들이켰다. 그러자 정신이 조금 돌아왔다. 바깥은 고요했고 환한 달빛 아래 빈 가지를 벌리고 선 버드나무가 보였다. 다시 자리에 누워 광대와 함께 올랐던 지리산 동계 등반을 떠올리며, 잠에 든 장익이란 허풍쟁이의 코골이에 신경을 쓰며, 천장이 회전하는 어질증에서 헤어나려 노력했다.

"여자란 요물이라구? 그럼 마리누님도 요물이요?" 코를 골던 장익이 갑자기 헛소리를 질렀다.

나는 머리를 들고 그의 얼굴을 보았다. 방이 더웠던지 그의 얼굴이 온통 땀으로 질펀했다. 깊이 잠든 친구 얼굴을 보자 어린 시절 전방에서 휴가 나와, 잠에 얼마나 포원이 졌던지 저녁밥 숟가락을 놓자마자 코를 불며 한잠에 들었던 땀에 찬 작은삼촌이 떠올랐다. 어린 나는 작은삼촌이 벗어놓은 군복 계급장을 만지작대

며, 총 쏘는 싸움터가 얼마나 재미있을까 상상했다. 일주일 휴가
가 끝나자 삼촌은 씩씩한 모습으로 다시 전선을 향해 떠났고, 그
길이 마지막이었다. 삼촌이 전사한 후에도 전쟁은 일 년 더 계속
되었다.

3장

　—가장 사랑하는 자는 패배자요 괴로워하지 않으면 안 된다.

　토마스 만이 「토니오 크뢰거」에서 말했듯, 나는 강장익을 알게 된 뒤부터 그를 친구로서 사랑하기 시작했기에, 패배자로서의 열등의식에 빠져들었다. 대학에 입학하고 광대를 하숙집에서 처음 만났을 때도 사람 체질이랄까 개성이 어떻게 이토록 다르냐를 두고 열등의식을 느꼈지만, 장익을 알게 되자 그 패배감이 더 심화된 셈이었다. 사랑하지 않으면 괴로워할 일도, 패배감이나 열등의식에 빠져들 이유도 없다. 어쩌면 사랑하기에 질투하게 되고 질투가 괴로움을 수반한다고 볼 수도 있었다.

　학업을 마치고 의무복무인 군 생활을 필한 뒤, 나의 미래가 어떻게 열릴 것이며 나는 어떤 인간으로 이 사회 한 자리에 끼이게 될 것이냐를 따질 때면, 당당하게 나서겠다는 생각보다 자신 없이 사회 한 귀퉁이에 끼어들려 기웃거리는 모습부터 먼저 상상되었다. 언젠가 장익이 이런 말을 했다. "순곤이 너 장래를 내 점괘로 예견하자면, 넌 익명의 서민으로 가족 잘 챙기는 평범한 가장은 될 거야. 세속사회에 적당히 적응하며 기복 없는 한 평생을 보낼 팔자가 맞아." 그 말에 내 대답이, "너와는 달리 개성 없는 나 자신을 내가 알지" 하고 시무룩이 긍정했지만, 의기소침해진 채 안으로 괴로움을 삼켜야 했다. 돌이켜보면, 당시 내 재능이 어떤 방면에 재질을 보일까에 대해서는 희망적인 어떤 단서도 발견하지 못하고 있었다. 법조인, 정치인, 사업가, 교수, 예술가, 체육인…… 등, 특정 직종의 종사자가 되려고 그 방면의 공부에 매진한 적 또한 없었다. 나는 내가 가진 재능을 자기 비하의 심정으로 늘 하찮게 여겼으니, 그저 평범하게 흔한 돌멩이 같은, 보통인간일 뿐이라고 생각했다.

대학에 진학할 때는 어느 과를 택하느냐를 두고 망설이다 우연히 중남미를 소개한 기행문 책자를 읽자, 그 지역 풍물이 마음에 닿았고 낙천적이고 정열적인 라틴아메리카 사람들이 내 상상력을 자극했다. 그런 작은 동기가 원인 제공을 했지만, 속내를 좀더 깊이 들여다보면 내 성격의 낭만성과, 마산의 중간치 고교를 중간 정도 성적으로 졸업한 내 공부 깜냥이 서울의 하고 많은 대학 중에 중류인 Y대학 서반아어과에 원서를 내게 했던 것이다. 그만큼 전공 선택의 동기가 인생 설계 차원에서 계산적이지 못했으니, 졸업 후를 내다본다 해도 반드시 달성하고 싶은 현실적인 꿈이란 게 없었다. 입학원서를 내기에 앞서 아버지는 내 전공 선택에 아무런 토를 달지 않았다. 시험 치러 상경하기 하루 전, 자식들 장래는 스스로가 책임지기를 바란다는 말로 내 대학 선택은 일단락되었다. "자기 직분에 성실하며 남의 처지를 배려할 줄 아는 삶이면 그것으로 족하다." 평소 아버지가 내세우는 생활신조였고, 자식도 그렇게 살기를 바랐다.

대학 입학 후, 내성적인 성격의 반발에서인지 내 생활이 급격히 변해감을 깨닫기가 첫 학기를 넘길 즈음이었다. 학교생활은 공부 반 놀기 반이다 보니 수업은 중간치로 따라가는 형편이었고 장학생 같은 건 애초에 바라지 않았고, 될 수도 없었다. 입학 후 나는 담배와 술부터 배웠다. 영화와 서양의 대중음악에도 쉽게 빠져들었다. 청춘의 자유분방한 특권을 어느 만큼 향유하면, 언젠가는 아버지가 바라는 성실한 나 자신으로 돌아오겠거니 여기며 매사에 중도(中道)의 균형감각을 유지하려 노력했다. 그 정도의 끈은 놓치지 않고 살아가려는 나를 재빨리 간파하고 장익이, 익명의 서민 운운했는지도 몰랐다.

젊음이란 바쁠 것이 없는데 늘 바빠 허둥대지만, 한가한 어느 한순간도 있기 마련이다. 그럴 때면 문득 자신의 미래를 예측해 보는 기회도 갖게 된다. 대체적으로 '장차 나는 무엇이 될 것인가?'란 평범한 질문이다. 그럴 때면 나는 늘 한 가지 연상에 귀착되고 말았다. 언젠가는 아버지를 이어 과수원에 묻혀 살 거라는 결론이었다. 그래서 늙마에 이르면 장성한 자식에게 들려줄 젊은 날의 추억이란 객지 생활로 겪은 대학 시절의 에피소드 이외는 별로 남길 게 없겠다는 추측도 가능했다. 나는 젊은 한때를 우정과 술에 젖어 보낸 뒤 병역의무를 치러야 하고, 사회로 나서면 우리나라 남자 중 십 퍼센트 대에 머무는 대학 졸업생이란 자격으로 도시에서 무슨 직종이든 직장 생활을 하게 될 터였다. 그렇게 봉급쟁이자가 된다면 쉰 나이 정도까지는 그럭저럭 도시 생활을 겪다가 자식들 학업이 대충 마무리될 즈음 낙향해선 과수원에 칩거하리라 예상할 수 있었다. 대학 졸업 후 그런 사무직 자리라도 구하지 못한다면 낙향해 아버지의 과수원 일을 돕는 길밖에 없었다. 나는 어디로 튈지 모르는 럭비공처럼 무엇에든 저돌적으로 부딪혀가며 앞날을 열어갈 광대의 강심장을 가지지 못했고, 장익처럼 연극 같은 예술 분야에 열정을 쏟을 만한 재능은 물론, 세상의 모든 현상이 궁금해서 못 견디겠다는 다혈질의 체질도 아니었다. 달리 말한다면 타인의 삶을 관찰하는 관전자로서의 역할은 잘 수행할 만한, 강변의 흔한 자갈처럼 범속한 인간이 나였다.

장익이 하룻밤을 묵어간 다음 한 주일을 나는 집 밖엘 나가지 않고 하숙방에 박혀 지냈다. '1936년 스페인 내란' 리포트를 쓴답시고 도서관에서 대출한 책을 참고로 논문 작성에 몰두했다. 학기 끝나기 전에 제출해야 학점을 인정받을 수 있었다. 제2공화국 인민전선 좌파 정부가 성립되자 프랑코 장군 중심으로 군부 파시스트들이 부르주아 우익, 사제단, 왕당파를 업고 쿠데타를 일으킴으로써 '스페인 내란'이 시작되었다. 좌파 인민전선이 위기에 몰리자 세계 저명한 지식인들이 프랑코 장군을 성토하며 인민전선을 지지하고 나섰다. 소설가 헤밍웨이, 조지 오웰, 앙드레 말로와 멕시코 민중화가 시케이로스가 국경을 초월해 인민전선 병사로 지원했다. 내 논문은 작년 사일구의거에서 나와 동지들이 어깨 겯고 경무대 부근까지 진출했듯, 당연히 인민전선을 지지하는 입장에서 논문을 풀어나갔다. 이 점은 한글로 민주주의를 학습한 해방 후 첫 세대로서, 불의에 항거했던 의분심의 당연한 발로였다. 논문 집필에 부대끼면, 탐정소설『리마의 음울한 저녁』을 사전의 도움을 받으며 읽거나, 더러 자위행위로 달짝지근한 감미로움에 빠지기도 했다. 그러면서 낮 시간은 내내 대문간에 신경을 두고 지냈다. 고향 집에 사만 환을 송금해달라는 편지를 보냈기에, 송달될 등기우편을 고대하고 있었던 것이다. 돈이 오면 밀린 하숙비를 청산하고, 전당포에 맡긴 시계를 찾고, 아마존 외상 술값 오천 환을 갚고, 환고향하려 작정하고 있었다. 신학기가 올 동안 고향 과수원에 칩거할 요량이었다.

외출을 중단한 지 일주일 만인 토요일, 드디어 고향에서 온 편지를 받았으나 등기우편이 아니었다. 초등학교 오학년인 막내아우가 연필로 눌러 쓴 편지는, 송금이 지연되는 까닭을, 음력설 지난 후 폭락한 단감 값이 회복되지 않아 출하를 못하고 있으며, 지난 장날 황소를 내다팔려고 우시장으로 나갔으나 팔지 못했다는 우울한 소식을 엄마가 불러준 대로 대필한 뒤, 자기 작문을 첨부하고 있었다.

……2월 7일입니다. 지난밤에 닭 한 마리가 없어진 것을 알았습니다. 닭털이 닭장에 흩어진 걸 두고 아버지가 족제비 짓이라고 했습니다. 닭을 물고 간 족제비 집을 찾으러 과수원을 돌아다녔습니다. 9일에야 과수원 울 옆 바위틈에 닭 날개가 흩

어진 걸 발견했습니다. 족제비 땅굴도요. 땅굴 앞에 불을 놓아 연기를 피웠습니다. 한참 만에 족제비 어미가 튀어나와 도망쳤습니다. 조금 뒤 새끼가 튀어나왔습니다. 놀라서 당황하는 새끼를 엉겁결에 몽둥이로 때렸더니 그만 죽고 말았습니다. 무섭고 후회가 되었습니다. 새끼를 잃은 어미가 얼마나 나를 원망했을까 생각하니 벌 받아 마땅했습니다. 새끼를 고이 묻어주고 용서를 빌었습니다……

막내아우는 이 글짓기로 교내 백일장에서 상을 탔다고 자랑하곤 추서를 달았다. 지난 주말, 마산에서 공부 중인 누나와 작은형이 다녀갔다며, 다음 말로 편지를 끝맺었다.

큰형, 국어책에서 「큰 바위 얼굴」을 읽고 큰형을 생각했습니다. 서울서 열심히 공부해 어니스트 할아버지처럼 큰 바위 얼굴 같은 훌륭한 사람이 되십시오. 뵈올 때까지 몸조심……

그날 저녁, 나는 클럽 아마존으로 나갔다. 봄바람이기에는 아직 이른, 한기 스민 센바람이 아마존 문짝의 유리창을 흔들어댔다. 시간이 이른 탓인지 홀은 조용했고 전축도 오랜만에 휴식이었다. 장익은 카운터 앞 술상에 이마 겨눈 채 원고지에 무엇인가 쓰고 있었다. 내가 어깨를 치자 그제야 고개 들고 빙글거리며, 국립중앙극장에서 공연 중인 「세일즈맨의 죽음」을 관람한 뒤 연극평을 쓰고 있다고 했다. 학교신문에 기고할 거라는 것이다.

"이 바람 끝에 봄비가 오겠지. 이때쯤이면 늘 그랬으니깐." 카운터 안쪽에서 여성잡지를 뒤적이던 마담이 말했다. "봄비 끝에 봄바람이 불면 처녀들은 나물바구니 들고 임 보러 나선다나."

"도래할 봄을 꿈꾼다니 마음은 청춘입니다." 장익 앞에 앉으며 내가 말을 받았다.

"환갑을 넘겨도 여자들 마음은 늘 처녀에요."

"저도 겨울이 너무 길어 지친 참이라요."

술상에 술이 없어 나는 막걸리를 청했다. 글쓰기를 마친 장익이 쓴 글을 읽어보라고 원고지를 내밀었다.

—도시 뒷골목을 잠시 스치는 陽光을 쬐려 등의자 내놓고 앉아 졸고 있는 늙은 윌리 로오만을 보라. 그는 뉴욕 마천루 뒷골목의 빈민가, 하수구를 뒤지는 생쥐 같은 존재다. 꽃집 生花에 꽂힌 먼지 쓴 假花다. 그는 멋졌던 젊은 시절의 무용담을, 듣는 이 없어도 혼자 열심히 계속 중얼거린다. 닥쳐올 生의 마감日을 모르는 행복한 치매患者다……

시적 어조를 섞어 비유를 끌어댄 연극평은, 비프 역을 맡은 신인 유현의 연기가 돋보인다는 칭찬 외, 겉멋 부린 치장으로 일관하고 있었다. '마감'과 '치매'를 한글로, 나머지 글자는 한자로 쓴 이유를 알만했다.

"너답군." 나는 원고지를 건네주었다.

장익은 연극을 관람한 느낌을 말하며, 자기 글을 두고 자찬을 늘어놓았다.

밤 여덟시에 이르자, 들이닥치는 술꾼들로 실내가 부산스러워졌다. 그동안 장익과 나는 막걸리를 한 주전자씩 비워 얼근하게 취해 있었다. 무슨 이야기 끝인지 화제가 잠시 길을 잃었을 때, 장익이 주위를 둘러보다 무엇인가 눈에 띄었는지 눈동자가 빛났다.

"저 자식 봐. 처음 보는 놈인데……"

내 시선이 장익의 눈길을 따라갔다. 허약해 뵈는 젊은이가 출입문을 밀고 들어와서 앉을 자리를 찾고 있었다. 상고머리에 얼굴이 해말쑥했고, 콧대와 턱이 뾰족해 신경질적으로 생겨먹은 녀석이었다. 그는 낙타지 고급 외투를 입었는데, 한 손에는 여성용 화장케이스 같은 소형 백을, 한 손에는 검정고양이를 들고 있었다. 하고 나타난 꼴부터 가관으로, 모노드라마에 출현한 듯 이색적인 풍모였다. 그자의 그런 외양이 장익의 주목을 끌었던 셈이다. 그는 우리 자리와 그리 멀지 않은, 변소로 빠지는 구석 자리로 가선 빈 술상을 점령했다. 백은 발치에 놓고 고양이는 탁자에 냉큼 올려놓았다.

"후경아, 여기 약주 반 되하구…… 불고기 같은 것 되니?"

"불고기는……" 후경이 머리를 저었다. "오빠, 돼지고기 두루치기는 어때요?"

"그래? 그럼 그걸로 해. 아주 싱겁게. 쫑도 식사해야 하니깐."

상고머리는 섬세한 얼굴 윤곽이 그렇듯 목소리도 가늘었는데, 안주 시키는 폼까지 귀족 티의 거드름을 피웠다.

"우리 같은 쫄다구는 한 달에 한 번 먹기 힘든 두루치기를 고양이한테까지……" 장익이 분기 띤 목소리로 소곤거렸다.

"후경이를 아는 걸 보니 처음 걸음이 아닌걸."

"이젠 확실히 자리잡았군. 젊은 패가 꼬이는 걸 보니." 상고머리가 미간에 주름을 잡고 실내를 둘러보았다.

"언니 머리가 좋잖아요" 하곤, 후경이 주방에 대고 마담을 불렀다. "언니, 나와봐요. 금호동 오빠 왔어요."

"얼마 만이야. 그동안 어디 아팠나 걱정했지." 마담이 주방에서 나오더니 반색했다.

"남도 쪽으로 돌다 왔어요."

"좋은 사진 많이 찍었나봐?"

"날씨가 나빠서…… 통통배 타구 다도해를 두루 돌아다니며 회는 실컷 먹었죠."

"듣자 하니 점점 가관이군. 카메라와 논다?" 장익이 주먹코를 주무르며 이기죽거렸다. "순곤아, 카메라 가진 집이 우리나라에 몇이나 되지? 이거 만판이냐."

"집안에 돈푼깨나 있겠지. 우리와는 별종이야."

"이반 카라마조프 알지? 냉혈한 말야. 닮은 것 같지 않아?" 장익이 물었다.

"냉정하게 보인다는 선입관에선. 그러나 꼭 그렇게 보이진 않아. 부잣집 도련님처럼 순진해 보이는 구석도 있잖나."

장익과 내가 그런 말을 몇 마디 주고받았으나, 어떻게 된 셈인지 화젯거리가 동나고 말았다.

"광대 새긴 뭐 하냐? 왜 요즘 안 보여?" 장익이 물었다.

"몰라. 전주 사촌형한테 갔을지…… 돈 떨어지자 전주나 댕겨오겠다더라. 요새는 내 하숙집에도 통 안 와."

"가난뱅이 대학생인 우린 앉으나 서나 늘 돈 문제로 시달려." 장익이 투덜거렸다.

연극, 영화, 복싱, 라틴아메리카, 라틴음악, 사일구, 현 시국, 어느 쪽도 이야기의 실마리를 잡지 못해 장익과 내가 답답한 시간을 새길 때였다.

"누님 「그린 필드」판 있죠? 저 곡이 끝나면 갈아줘요."

"오빠 생각나면 나도 그 합창 들어요." 꽁치구이 접시를 나르던 후경이 상고머리 옆을 지나가며 말했다.

"우린 겨우 공짜 술국에 고구마니, 이건 너무 불공평하잖아?" 장익이 고구마 토막을 씹으며 푸념했다.

"외상 장부에 긋고, 우리도 그놈의 두루치기 먹자. 사람 입은 다 같은데 왜 못 먹나."

마침 상고머리가 고기 냄새피우며 고양이 식사를 돕던 참이었다.

"저 치도 전쟁 와중에 소년 시절 보냈을 텐데…… 내가 이태원서 깡통 들고 미군 꽁무니 따라다니며 구걸할 때, 저 자식은 어떻게 성장했을까?" 장익이 주먹 불끈 쥔 손을 쓰다듬었다. "콤플렉슨지 모르지만, 저런 새끼들 보면 공연히 서러워져. 고아원 시절, 사이비 원장이 자주 이런 말로 우리들을 위로했지. '너희 배부른 자여, 주리리로다. 화 있을진저 웃는 자여, 너희가 애통하며 울리로다……' 그때 난 그 말이 정말인 줄 믿었어."

「그린 필드」 전주인 경쾌한 기타 반주가 리듬을 탔다. 상고머리는 정종 한 잔에 벌써 얼굴이 상기된 채 음악에 귀기울이며 고양이의 까만 털을 쓰다듬었다. 식사를 마친 고양이가 앞발로 수염을 고르고 있었다.

"순곤아, 요즘 심심하지? 너가 논문 핑계 대고 아마존에 얼굴 안 내민 것 보면 알만해. 나 역시 사건이 없어 심심했거든. 연극판은 신춘 공연까지 동면 중이구……"

"난 조만간 고향에 갈 거다. 내려가면 신학기에나 올라올걸."

"오늘 사건 하나 만들어볼까? 술맛 나게." 장익이 속달거렸다. 탐욕으로 이글거리는 그의 표정은 조금 전에 언급한 카라마조프가의 아버지 표도르를 방불케 했다.

"사고 칠 참인가?"

"넌 날 말리지 않겠지? 난 참견할래. 도저히 참을 수 없으니깐. 넌 끼지 말구, 얌전히 관전만 해."

내 의견을 말할 틈도 없이 장익이 일어났다. 그는 어깨 펴고 카리스마 넘치는 당당한 자세로 상고머리 술상 앞에 버티고 섰다. 자제력 부족한 젊은이들이 감정을 억제 못해 곧잘 폭력을 휘두르듯, 장익이 그런 배설구를 찾은 셈이었다. 나 역시 그를 적극적으로 말릴 마음은 없었다. 누구나 젊은 시절에 열병처럼 치르는 불량한 유혹에 끌렸고, 꼴 보기 싫은 타인에게 이유 없이 가해하고픈 쾌감에 순간적으로 몸을 떨었다. 나는 장익을 지켜볼 수밖에 없었다. 이를테면 사일구의거도 권좌에 있던 노인의 노욕과 추종 세력의 아첨이 꼴 보기 싫어 청춘이 분기한 결과로도 해석할 수 있었다.

"자네 나 좀 봐." 장익이 상고머리 술상에 마주보고 앉았다. "고양이 새끼 만찬에 두루치기까지 대령하는 거야 돈 많은 자네 마음이지만, 내가 용건이 있는데, 어때?" 장익이 다른 사람들이 눈치 채지 않게 조용히 말했다.

순간적으로 상고머리 안면에 술기가 그쳤다. 이런 무뢰한이 있나 하듯, 그가 장익을 흘겨보았다. 이런 경우, 폭력배에 선택된 상고머리의 허약한 체구가 가련했고, 자기와 무관한 약자에게 시비를 거는 장익의 도락에 내 마음이 씁쓸해졌다.

"혹시, 저를 압니까?"

"내가 자네를 어떻게 알아. 당연히 모르지. 모르기에 용건이 있다는 것 아냐."

"무슨 용건인데요?" 그자가 여유를 보이려 한 손으로 턱을 어루만졌으나 그 손이 떨렸다.

"잠시 밖으로 나가자구."

"여기서 말해요. 밖은 아직 추운데……"

"몇 마디 할 말이 있으니 밖으로 나가. 일차원적인 폭력은 안쓸 테니 걱정 놓구."

상고머리가 무엇을 생각하는 듯 잠시 머리를 숙이고 있더니, 도마의자에서 일어서며 고양이를 옆구리에 꼈다. 어떤 결단을 내린 듯 표정이 긴장기를 띠었다. 둘의 흥정은 감쪽같게 이루어졌으니 홀은 그만큼 시끄러웠고 남의 대화에 귀기울이고 있는 인간은 나말고 없었다.

상고머리는 마담에게 카메라 백을 맡기며, 잠시 나갔다 오겠다고 말했다. 둘은 조용히 밖으로 나갔다. 나도 담뱃불을 붙여 물고 의자에서 일어났다. 고양이나 끼고 다니는 폐병쟁이 같은 녀석이 무얼 믿고 서슴없이 장익을 따라나설까 싶었으나, 대결이랄 것까지 없었으니 승부는 이미 결판이 난 것과 다름없었다.

"고양이 끼고 지금 나간 저 녀석, 마담이 어떻게 압니까?" 내가 물었다.

"이태원 그쪽에서 미장원 할 때 알았죠. 파티가 있을 때면 미 팔군에 근무하는 여군들이 머리하러 자주 왔거든요. 그녀들 머리 볶는 사진 찍겠다며……"

"미 여군 사진을?"

"전쟁 때 미군 폭격기에 가족이 당했는지 원……"

나는 잠시 나갔다 오겠다며 바깥으로 나섰다. 골목길은 바람이 드세었다. 처마에 걸린 간판이며 뽑아낸 연통이 덜렁댔다. 외투 깃 세우고 장익과 상고머리가 사라진 굽은 골목으로 돌아갔다. 저쪽에서 비치는 여인숙 가등 불빛이 골목길의 어둠을 웬만큼 밝히고 있었다. 나는 둘과 떨어진 위치의 처마 밑 그늘에 걸음을 멈추었다.

"돈푼깨나 있는 집 자식인 줄은 알겠다만, 네가 내 심기를 거슬렀어. 시건방져서 도저히 보아낼 수가 없었단 말이야." 장익이 시비조로 말했다.

"무슨 말씀인지 도무지…… 심기를 어떻게 거슬렀다는 건지 모르겠군요."

"내 말 못 알아듣겠어? 고양이한테 돼지고기 두루치기까지 먹게 하는 짓거리는 집구석에서나 하라구. 우리 현실을 돌아봐. 전쟁 끝난 지 몇 년째, 미국에 원조를 구걸해 겨우 나라꼴을 지탱하구 있어. 도시 서민은 동사무소서 나누어준 배급표로 버티고. 농촌은 춘궁기 닥치면 하루 잡곡밥 두 끼도 제대로 못 먹어."

"도대체 지금 내한테 무슨 설굽니까? 그따위로⋯⋯"

"뭐, 그따위로, 라구?"

"내가 형씨한테 무슨 피해를 입혔어요? 그 점만 말해보세요." 상고머리가 내 쪽을 힐끗 보며 물었다.

"고양이한테 두루치기를 처먹이는 네놈 쌍통을 이겨주고 싶어. 왜, 못마땅해?"

"두루치기 값은 내가 내는데, 댁이 왜 시비요? 형씨가 고기 값 내려니 불쾌하다는 거요?"

"내가 왜 그 값을 내?"

돼지고기 두루치기를 누가 먹었네, 안 먹었네, 누가 돈을 내야 한다는 따위로 대화가 유치하게 풀리고 있었다. 그자가 옆구리에 끼고 있는 고양이가 짧고 날카롭게 울었다.

"형씨가 갈비 값을 안 낼 거라면 시비 걸 이유가 없잖아요. 내가 갈비를 누구에게 먹이든, 어디까지나 내 문제지 댁이 나서서 간섭할 권리가 어딨소? 내 말 어디 틀렸나요?"

"왜 그리 부언 설명이 많아. 한마디로 넌 내 눈에 썩 거슬렸어. 내 이유는 그거야."

"그래서, 어떡하겠다는 겁니까?" 그자가 한 발 뒤로 물러섰다.

"날 주먹패로 취급하는군. 좋다, 나도 어차피 깡패 취급 당했으니 깡패 짓이나 할 수밖에. 난 정치깡패가 아니구, 건달깡패다. 그래, 네놈 돈푼 좀 있어 보이는군. 낙타 외투가 맘에 들었어. 그 외투는 너보다 나한테 더 어울리겠구." 장익이 가죽점퍼 어깨를 으쓱해 보였다.

"이제 알겠군요. 외투를 벗어달라?"

"너 자꾸 웃길 테냐? 한 방 맞을래?"

"폭력으로 해결하겠다면, 그건 생각해볼 문젠데요. 이 골목만 나서도 파출소가 있구, 치안을 담당하는 경찰도 있소."

술 힘을 빌렸는지 말라깽이 고수머리가 배짱 있게 나왔다.

"이 새끼, 보자 하니 못하는 소리가 없어!" 장익이 드디어 목청을 높였다.

"당신이 날 치구 도망간대두 클럽 아마존 마담한테 물어보면 누군지 신분 밝혀질 테구……"

"넌 말이 너무 많아. 너와 입씨름은 더 하고 싶지 않구." 장익이 한 발짝 상고머리 앞으로 다가갔다.

이제 턱을 감싸고 나가떨어질 상고머리를 일으켜줘야 하나 어쩌냐를 두고 내가 걱정해야 할 형편이었다. 어쨌든 장익과 맞선 녀석의 패기는 인정해줄 만했으나, 명색 청춘이라고 자존심 세워 안간힘 쓰는 상고머리가 측은하기도 했다.

"기어코 실력 행사를 하겠다는 거요?"

"우정의 선물이라 여기구, 한 대만 맞아봐."

'우정'이란 단어에서 나는 장익이 상고머리에게 시비 건 단서를 발견했다. 그자의 첫인상에서 내 경우처럼 '너 정말 마음에 든다!'가 장익의 가슴에 와 박혔음이 분명했다.

"그럼 좋습니다. 나도 생각이 있는데……"

상고머리의 다급한 목소리에 장익은, 대화가 더 필요 없다고 말을 잘랐다. 이어, 장익은 가죽점퍼 가슴을 펴고 주먹을 들어 모션을 썼다.

다음 순간, 사건은 의외의 방향으로 튀고 말았다. 장익이 주먹을 날리기 전에 상고머리가 옆구리에 끼고 있던 고양이가 날렵하게 뛰어올라 장익의 얼굴에 매미 앉듯 붙어버렸다. 아니, 고양이가 맹수처럼 몸을 날려 적의 면상을 공격했다기보다, 그자가 장익의 면상에 고양이를 던지자, 그 영악한 조그만 짐승이 떨어지지 않으려고 엉겁결에 발톱을 세워 장익의 얼굴에 앉은 것이다.

엉겁결에 당한 봉변이라 장익의 입에서 비명이 터졌다. 그는 고양이를 잡아채어 땅바닥에 팽개쳤다.

"쫑, 컴 온!" 상고머리가 팔을 벌리고 부르자, 고양이가 그의 품으로 냉큼 뛰어들었다.

순간적으로 결판나버린 돌변한 사태 앞에 나는 망연자실했다. 나는 급히 현장에 뛰어들었다. 얼굴을 가린 장익의 손가락 사이로 피가 비쳤다. 갑자기 장익이 웃음을 터뜨렸다. 그는 자신의 어처구니없는 패배를 감추기라도 하듯 껄껄대며 웃어젖혔다. 나는 차츰 사단의 슬픈 종말을 직시했다. 친구의 웃음소리가 호방하기는커녕 가련하게 밤바람에 싸여 퍼져나갔다. 장익이 내 기대에 부응 못한 초라한 주먹패로 전락하는 순간이었다.

"내 운동 센스는 아무것도 아냐, 고양이 공격을 전혀 예측 못했다니……"

웃음으로 얼버무리는 장익의 위장술은 희극이라기엔 서글프고, 비극이라기엔 가소로운 희극이었다. 사태에 전혀 어울리지 않게 껄껄대는 친구의 굴욕을 위해서, 그보다도 우리의 창피를 만회하기 위해서라도 내가 그자를 상대해야 할 입장이었다. 싸움을 해본 적이 없지만 하기로 한다면 못할 것도 없었다. 내가 나섰다.

"보자 하니 고양이 훈련 솜씨가 제법인데? 내 얼굴에도 고양이를 던져봐!" 내가 상고머리의 외투깃을 틀어쥐었다.

고양이의 공격을 받고도 왜 키들거리며 웃는지 영문을 몰라 하며 엉거주춤 선 채 장익을 멀뚱히 보던 상고머리가 그제야 자신의 다급한 처지를 깨달은 모양이었다. 그자가 멱살 잡힌 내 손을 뿌리치더니, 고양이의 앙칼진 울음을 끌고 여인숙 쪽으로 달아났다. 사태가 이렇게 되어버리자 상고머리를 추적하기보다 고양이 발톱에 당한 친구의 상처가 더 급했다.

"어째 됐나?" 나는 얼굴을 가린 친구 손을 떼어내고 상처를 살폈다. 오른쪽 눈 아래에 홈이 파였고 왼쪽 뺨에 할퀸 선이 뚜렷했는데, 피가 흘렀다.

"재밌는 놈이야. 내가 폭력을 포기했는데 왜 도망쳤을까?" 장익이 상고머리를 동정하는 투로 말했다.

"지금 너 무슨 말이야?" 나는 장익의 신소리에 화가 났다.

내가 손수건으로 친구 얼굴의 피를 닦아주고 있을 때, 의외로 상고머리가 여인숙 불빛 아래 나타났다. 끼고 있던 고양이는 보이지 않았는데, 불룩한 외투주머니에서 앙칼진 울음소리가 들렸다.

"미안합니다. 전 이러고 싶진 않았는데…… 부근에 약국이 없어서 빈손으로……" 그자가 헐떡이며 말했다.

"역시 나타났군. 내 그럴 줄 알았어. 내가 사람 하난 제법 알아본단 말이야."

"병원은 봤어요. 거기로 가서 치료부터 합시다." 상고머리가 말했다. 내 자리를 밀치고 녀석이 장익을 부축했다.

"너 언제부터 고양이를 훈련시켰어?" 장익이 물었다.

상고머리가 대답 없이 장익 면상을 살피더니, 출혈이 멈춘 모양이라며 병원으로 가자고 이끌었다.

"됐어. 뭐 병원까지. 한잔해야지. 이럴 땐 술을 마셔야 돼. 알코올이 소독제거든. 가자구, 아마존으로."

"고양이 발톱엔 독이 있다던데, 그냥 두면 흉터 져요."

둘이 나란히 여인숙 쪽 골목 입구로 걸었고, 바지주머니에 손 꽂고 내가 그 뒤를 맥 놓고 따랐다. 사태가 이따위로 수습된 경위를 따져보자, 내 기분이 참담했다. 상고머리를 볼 때마다 힘이 빠졌고, 또 다른 열등의식에 빠져들었다. 사건 발생 때 나는 관전자에 불과했으며 사건이 끝난 뒤는 열외자로 뒷전에 밀린 처량한 신세로 전락하고 만 셈이었다. 우리는 클럽 아마존을 거쳐 큰길 어귀에 있는 외등 밝은 산부인과 병원으로 들어갔다.

산부인과 병원으로 들어서자, 당직인지 그 시간까지 간호사가 있었다. 우리를 보자 간호사는, 여긴 상처를 치료하는 데가 아니니 외과 병원으로 가라고 말했다.

"워메, 워째서 밀어낸당께." 장익이 간호사에게 가성으로 지방 사투리를 연극대사처럼 흉내냈다. "내 이래두 이런 으원서 생겨 났어라우. 이쁜 간호원이 고출 맨저보구서는 머시매라구 어매한 테 일러준 데가 이런 부인병원 아닌감. 봐여, 그란께, 인술이 으 술이란 말도 있잖당가……"

우리를 내치려던 간호사가 장익의 연기에 웃음을 터뜨렸고, 장 익이 부득부득 군화를 벗고 마루청으로 올라섰다.

"간단한 치료만 해주세요. 이 밤중에 외과 병원 찾아 어디로 나 서겠어요." 상고머리가 통사정했다.

"바늘로 꿰매는 건 못해요." 간호가가 말했다.

"거기까진 손을 안 써도 될 것 같아요."

「로미오와 줄리엣」 연극의 사랑의 세레나데를 장익이 이번은 표준말로 읊어대자, 요오드팅크로 얼굴 상처를 소독해주던 간호 사가 자꾸 웃으면 치료를 할 수 없다고 주의를 주었다.

장익은 불명예스러운 딱지인 거즈를 붙인 채 병원을 나섰다. 장익과 녀석 사이에는 따뜻한 친밀감이랄까, 찐득한 우정 같은 게 자연스럽게 싹트고 있었다.

"친구야, 아마존에서 술이나 마셔. 오늘은 역사적인 밤이니깐."

장익이 마치 개선장군처럼 나와 상고머리 어깨에 양팔을 걸쳤 다. 의기양양해하는 장익의 허풍에 진력이 났으나 돌변한 분위기 에 나도 어쩔 수 없이 편승해야 했으니, 그런 내 꼴이 더 한심해 나는 아무 말도 하기 싫었다.

"나이가 비슷한 것 같은데, 나도 말 놓아도 되겠지?" 상고머리 가 장익에게 조심스럽게 물었다.

"나보다 어려 보이긴 하지만, 좋아. 말 놓으라구. 넌 돼먹었어."
장익이 호탕하게 말했다.

"나 이제 스무 살 됐어."

"그 봐. 내가 맞췄잖아. 넌 나보다 두 살이나 아래야."

"형이네?"

"말 놓으래두 그러네. 참, 이 친구하고 인사해. 아르헨티나 있
잖아, 거기 탱고 추는 댄서를 따먹고 싶어 환장한 친구지."

"난 아직 형이 누군지도 모르는데?"

"허긴 그렇군. 그럼 내 족보를 말해주지."

장익의 간략한 자기소개에 이어, 상고머리가 자신을 밝혔다.
이름은 신연표로, S대학교 문리대 미학과를 한 학기만 마치고 휴
학 중이라고 했다.

"작년에 대학 입학하구 사일구 났잖아. 늘 휴강인 학교 생활에
진력이 나서 휴학계 냈지. 역마살이 꼈는지, 카메라가방 메고 산
천경개를 유람 중이야. 캠퍼스보다 더 넓은 세계로 나다니는 게
내 생리에 맞아." 연표란 자의 말이었다.

우리는 클럽 아마존의 문을 활짝 열고 들어섰다. 장익은 얼굴
에 붙인 자신의 훈장을 변호하듯 호방한 웃음을 터뜨리며, 자리
정하기도 전에 카운터를 향해 술 가져오라는 고함부터 질렀다.
로버트 와이즈 감독, 폴 뉴먼 주연 「상처뿐인 영광」의 한 장면이
재현된 꼴이었다.

"얼굴이 왜 저래? 조금 전만 해두 말짱했는데…… 싸웠나요?"
마담이 두 군데나 거즈를 붙인 장익의 얼굴을 보고 놀랐다.

"다 기억해둘 상첩니다. 마리누님, 이런 꼴로 껄껄대는 놈은 분명 착한 사람 맞지요? 순곤이가 술값 대신 몸 잡히던 그날처럼, 오늘 밤도 감격적입니다." 장익은 우리가 처음부터 있었던 술상을 다시 차지하자, 술상 사이로 쏘다니는 후경이에게 호기롭게 말했다. "후경아. 막걸리하고, 이 친구 좋아하는 간천엽에, 술국 좀 내와. 지금부턴 내가 물주다."

나는 장익의 허풍으로 일관하는 제스처가 역겨워 내내 입을 다물고 있었다. 고양이 달려드는 것도 막지 못한 전직 복싱선수가 무슨 호들갑이냐 싶었다. 그가 복싱선수 출신이라고 떠들어대니 그런가보다 했지, 진짜 복싱선수였는지 어쩐지 증인이 없으니 그 점도 알 수가 없었다.

"그만 좀 떠들어. 오늘은 자숙하는 게 너한텐 어울려." 내가 볼멘소리로 말했다.

"이럴 땐 난 가만있질 못해. 떠들며 마셔야 돼. 순곤아, 제발 내 성질 건드리지 말아줘." 장익은 무엇에 홀려 정신이 사로잡힌 듯, 내 말뜻을 깨닫지 못했다. 스스로 주전자, 잔, 깍두기 그릇을 나르며 부산을 떨었다.

"장익 저 친구, 흥분 상태일 땐 아무도 못 말려. 그것부터 알아둬." 내가 연표에게 귀띔했다.

장익 꼴을 볼수록 내 심기가 불편했다. 그와 외양이 대조적인, 매사에 눈치 보며 조심 차리는 연표 보기에 더 창피했다. 나는 담배를 깊이 빨며, 이건 한 편의 코미디라고 중얼거렸다. 장익이 카운터에서 마담과 밀담을 나눌 때 후경이가, 저 오빠 얼굴이 왜 저렇게 되었냐고 내게 귀엣말로 물었다.

"전봇대와 박치기했어." 나는 아무렇게나 말해버렸다.

"누구하고 싸웠거나 여인숙 여자한테 할퀸 게 맞지요?" 후경이 다그쳤다.

"저 체격이 맞고 다니겠어? 여인숙엔 들어가지도 않았고." 그렇게 변명을 늘어놓아야 하는 내 마음이 서글펐다.

그럴 동안 연표는 주머니 속의 고양이를 만지작거리며 말이 없었다. 그는 여전히 장익에게 미안한 마음을 털어내지 못하는 눈치였다. 장익이 내 어깨에 팔을 걸치며 털버덕 옆자리에 앉았다.

"술이 들어가면 상처가 덧날 텐데요." 연표가 말했다.

"덧나면 덧나래지. 오늘 밤은 안 마실 수 없으니깐." 장익은 뭐가 그리 좋은지 대단히 만족스러운 얼굴이었다. "순곤아, 마시자구. 우거지 인상 좀 펴라. 오늘은 우리의 우정을 위해 기억해둘 만한 밤이야. 내 꼴 우습지? 이렇게 상처뿐인 영광까지 입게 될 줄이야. 그런 의미에서도 브라보!" 장익이 연표 잔에 술을 치곤 술잔을 높이 들었다.

잔을 받는 연표 손가락이 여자같이 희고 가느다랬다. 잠시의 휴식 시간에 이어 전축에서 새 노래가 터졌다.

"좋군, 진짜 기분 땡이다! 벨라 폰테의 「바나나 보트 송」이야. 서인도제도 출신 폰테가 연극 지망생으로 뉴욕 브로드웨이에 진출했다는 건 너들 모르지? 연극보다 먼저 가수로 출세길을 밟았지만……" 상익이 술을 마시다 흥분하여 재채기로 술을 토해내기까지 했다.

홍분 상태인 장익은 물론이고 점잖 빼는 연표 꼴이 보기 싫어 나는 그들을 외면한 채 음악에 귀를 맡겼다. 밀림을 뚫고 흐르는 아마존 강, 보트의 원주민이 두드리는 손북 소리가 귀청을 쟁쟁하게 울렸다. "데에오 데에에오……" 보트는 빠른 물살을 가르며 나아갔고 그들의 노랫소리가 강안에 울려 퍼졌다. 그 울림은 클럽 아마존에 그대로 전달되어 실내를 흥겹게 했다. 장익이 노래에 끼어들더니 신명이 끓어오르는지 자리 박차고 일어나 손뼉치며 발바닥 장단까지 맞추었다. 주위의 술꾼이 보든 말든 그는 악을 써대며 음악에 몰입했다.

전축 음악이 「베네수엘라」로 바뀌었을 때부터 우리 셋은 열심히 잔을 주고받으며 막걸리를 마셨고, 나와 연표가 침묵한 대신 장익이 말을 독점해서 쏟아냈다. 아니, 우리가 말할 기회가 없었다. 술이 약한지 연표는 의무적으로 몇 모금씩 나누어 마시며 경청하는 태도로 장익을 말끄러미 건너다보았다. 마담이 상처가 아물 동안 술을 절제하라고 충고했으나 그 말에 귀기울일 장익이 아니었다.

화제가 학교 쪽으로 옮아갔을 때, 연표는 취해버렸다. 그의 얼굴색은 창백했고 계속 딸꾹질을 해댔다. 증세가 저 정도라면 손가락으로 목젖을 건드려 토할 걸 미리 게워내어 위장을 비우는 길밖에 없겠다 싶었다.

"휴학? 휴학이 아니야. 학교를 아주, 영 그만뒀어." 술에 취하자 연표도 이제 자기 말을 시작했는데, 횡설수설이었다. "학교구, 교수구 모든 게 싫어. 식구 꼴도 싫구…… 이렇게 모든 게 싫다면 결국은 이 세상 하직하는…… 눈감는 길밖에 없다던데……
무엇에 씌었는지, 나도 알 수 없구……" 연표의 말은 발음조차
제대로 되지 않았으나, 술상에 올려놓은 손은 무의식적으로 고양
이를 쓰다듬었다.

"나잇살 얼마 안 먹은 놈이 인생 다 살아본 듯 말해. 야, 그만둬.
치우라구. 우리 인생은 이제 시작이야. 바야흐로 황금기, 청춘의
닻을 올렸어. 내일을 향해 힘차게 진군해야지. 국가의 장래가 우
리 어깨에 달렸잖아." 장익이 연표 어깨를 다독거렸다.

주인 어깨에 손을 대는 장익을 보고 고양이가 암팡스런 눈길로
수염 세워 날카롭게 울었다.

"내 취미는 오직 실사 촬영…… 피사체인 자연을, 인간의 모습
을, 영점 일초 그 순간…… 그 순간을 놓치면, 순간은 다시 오지
않아. 인생이 다시는……"

"너 철저한 보헤미안이구나. 시골 간이역 플랫폼에 멀죽이 서
있는 네놈 모습이 휜하다야." 장익도 취기가 한껏 올라 있었다.

"카메라 가방 들고, 고양이 끼고 피사체 찾아 정처 없이 떠돈
다는 말이군." 내가 말했다. 긴장해선지 셋 중 내가 가장 덜 취한
상태였다.

"봄이 오잖아. 봄의 전령을 찍으러…… 휴전선으로 떠날 테야."
연표가 휴전선을 입에 올릴 때야 조금 정신을 수습한 듯했다.

"휴전선?" 장익이 눈을 크게 떴다. "그래, 휴전선이야말로 사
진 찍어 후대에 남길 만하지. 전쟁의 상흔, 남북 분단의 상징, 철
조망, 버려진 녹슨 철모…… 그런 사물에 카메라 렌즈 들이대기,

주제가 근사하잖아."

"맞아. 주제를 아는군. 휴전이 된 마당에 이 땅에 미군이 왜 아직 철조망 치구 있어야 하는지……" 탁자에 머리를 박으려다 연표가 얼굴을 들었다. 눈동자가 또렷해졌다. "요즘 사회 이슈로 시끌벅적한 남북한 문화 교류…… 물꼬 트자는 주장을, 너들 어떻게 생각해?"

"사일구 덕에 그런 말 해도 될 만큼 세상이 변했잖아. 말의 자유가 얼마나 귀중하다는 것도 알았고." 내가 말했다.

"모두가 정치하겠다고 나서니, 나라도 관심 없는 체하고 싶어." 장익이 말했다.

운동을 했거나 하는 녀석들은 다 그런지, 광대 역시 정치 문제에는 별로 관심이 없었다. 정치 문제라면 '골부터 때린다'고 했다.

"만약에…… 만약에 물꼬가 터져 한강과 대동강 물이 합쳐진다면…… 난 그 시절이 오기 전에, 그 시절 못 보구 죽을 것만 같애……" 연표 면상이 다시 술상에 떨어졌다.

"새끼, 죽음타령 엔간히 읊는군. 그런데 한 가지 물어보자." 장익이 연표 어깨를 흔들었다.

"뭔데?" 연표가 거슴츠레한 눈으로 고개를 들었다.

"주인에게 폭력을 행사하려는 놈은 눈알을 뽑아버리라구, 고양이를 늘 훈련시켜?"

"미안해. 그땐 말이야…… 정당방위는 아니었어…… 난 알아. 네가 눈감고 다가서는 걸 보면서…… 나를 치지 않고 왜 눈감나 하고 순간적으로, 이상하게 생각하면서…… 엉겁결에 쫑을 얼굴에 던진 건······" 연표는 자신의 그때 행위가 부끄러운지 여윈 손가락으로 얼굴을 가렸다.

"변명은 안해도 돼. 겁에 질려, 공포심으로 고양이를 던진 거잖아. 그쯤 변명하면 됐어. 단지 난 그걸 확인하고 싶었을 뿐이야. 연표 너 그 심정 알아. 내가 오히려 미안해."

"사실 난 그러고 싶진 않았어······ 너무 당황했거든. 사과하지만······" 연표는 혀 꼬부라진 말을 더 잇지 못했다.

"쉽게 항복하지 않구 따라나선 네 용기가 가상해. 임마, 잘 들어둬. 난 말이야, 내가 시비 건 이상 절대 상대방에게 먼저 주먹 쓰진 않아. 한 대 맞아주고 시작하는 게 내 원칙이야. 넌 싸움 안해봤지? 사람 한번 보면 그쯤은 감 잡지. 너 같은 약골이 무슨 힘이 있겠어. 난 네 주먹을 한 대 맞아주기로 하고 눈감고선 이빨 앙다물었지. 그런데 그건 주먹이 아니구······" 장익이 포효하듯 웃음을 폭발시켰다. 한바탕 호탕하게 웃어젖히곤 '백양'을 성냥불 붙여 물었다. 그는 자기 말에 만족한 듯 어깨를 으쓱했다.

"사실 난 비겁한 놈은 아냐. 갈 데까지 가본다고 오기로 버티는, 신경질쟁이 스타일 있잖아? 난 혈액형이 에이비로······"

"시시하게 무슨 변명이야. 내가 이해한다구 했잖아. 어쨌든 그 사단으로 우린 친구가 됐어. 내 얼굴에 신경 쓸 필요는 없다구. 흉터쯤 생겨두 분장하구 무대에 오르면 괜찮으니깐."

"두 놈 공히 그쯤 변명했으면 됐다. 마지막 잔 들고 일어서자고. 아마존 영업 끝낼 때 됐어."

내 말에 연표 면상이 술상에 또 떨어졌다.

"지금 내 머린 폭발 직전이야…… 오늘같이 많이 마신 적 없어…… 난 술도, 몸도 다 약하구……" 연표가 주절댔다. 그가 술상에다 여태 먹은 것들을 꾸역꾸역 게워내기 시작했다.

장익이 얼른 카운터로 가서 헌 신문지와 행주를 가져오며, 이 친구가 이토록 빨리 취할 줄 몰랐다며, 아무래도 집까지 데려다 주어야 되잖겠냐고 말했다. 연표가 어깨 들먹이며 꺼이꺼이 울기 시작했다. 술에 만취되면 아무에게나 주먹부터 휘두르는 자, 꼬투리 잡아 시비 거는 자, 비밀 지키기로 한 친구와의 약속부터 깨뜨려 소문 내는 자, 술값 안 내고 냈다고 우기는 자, 고개방아 찧으며 잠부터 자고 보는 자, 아무 데나 방뇨하는 자 따위의 여러 형태로 주사(酒邪)를 보이는데, 이유 불문 엉엉 우는 자도 그중 하나였다. 연표 머리 곁에서 주인 울음에 호응하듯 고양이 쫑도 따라 울었다.

4장

이월 하순, 그해 겨울은 왠지 길었다.

거리의 양장점 쇼윈도에 때 이르게 내걸린 꽃무늬 유행 옷처럼 봄이 빨리 왔으면 좋으련만 날씨는 전혀 그런 기미를 보이지 않았다. 볕이 낮 시간 동안 제대로 머물 짬 없게 북풍이 대기를 채워 따스해지려는 볕을 흩어버렸다. 하늘을 지르는 햇살이 대지의 살얼음을 풀기 전에 어둠과 함께 찾아온 한류가 대지를 다시 결빙시켰다. 해가 지면 도시 사람들은 시간부터 아껴서 썼다. 외출에 나섰던 자는 혹한 막아줄 따뜻한 방이 그리워 귀가를 서둘렀고, 직장인은 퇴근 후 약속도 시간을 아꼈다.

겨울 바람에 휘둘려 덜거덕대는 가로의 간판과, 전차의 메마른 기적과, 함부로 버려진 골목의 연탄재와, 서울식 신 김치와, 객지 생활의 쓸쓸함으로 나는 넌더리 내며 서울에서의 늦겨울을 나고 있었다. 침침한 음악실의 자욱한 담배 연기 속에 거슈윈의 「서머

타임」이 트럼펫 솔로의 절규로 흐느낄 때, 여름은 끝내 오지 않는 다는 전언처럼 들렸다. 그때까지 고향에 내려가지 못한 채 보낸 이월 하순의 서울 추위는 지금도 내 피부에 차갑게 닿는다. 만약 광대와 장익, 클럽 아마존과 음악실, 동시상영 영화관이 없었다 면 내 객지 생활은 더 암담했을 것이다.

광대가 전주에서 올라온 뒤, 우리 셋은 특별한 용무도 없이 매 일 만나 함께 쏘다녔다. 학교는 시험이 없었고 학년말 때의 휴강 잦은 학교 강의는 우리 발걸음을 그쪽과 뜸하게 만들었다. 아침 부터 클래식과 경음악을 섞어 들려주는, 젊은이들의 휴식처인 음 악실이나, 시간을 적절히 때우고 새 화제를 마련해주는 외국영화 두 편 동시상영 삼류극장의 딱딱한 의자에 앉아 낮 시간의 대부 분을 보냈다. 저녁이면 클럽 아마존에 진을 쳐 늦게까지 술을 마 시며 온갖 이야깃거리를 잡화상처럼 떠벌렸다. 그렇게나마 함께 시간을 보내려면 수중에 돈이 있어야 했다. 그 충당을 위해 나는 주인아줌마께 넘긴 한 달 치 하숙비 중 일만오천 환을 다시 빌리 는 편법을 썼고, 광대는 전주 사촌형한테 뜯어온 돈을 쪼갰고, 장 익의 가죽점퍼는 전당포로 갔다. 장익은 가죽점퍼를 맡기며 격한 목소리로, "너도 이 추위와 함께 잠시 쉬거라. 보름 안에 반드시 너를 찾으러올 테니" 하고 작별사까지 읊었다. 아마존 치부책에 는 우리 셋 이름 밑에 외상 액수가 늘어갔다.

쫑을 끼고 카메라 가방을 들고 다니던 연표는 사흘 동안 아마 존에 출입해 새 친구로서 우정을 다독거리더니, 그 이후 모습을 볼 수 없었다. 그는 장익과 내게 아무 언질 없이 사라져버렸는데,

장담대로 겨울의 끝자락을 보러 휴전선 쪽으로 갔는지 몰랐다. 그러나 언젠가는 클럽 아마존에 불쑥 얼굴 내밀고 해사한 얼굴에 소년처럼 미소를 날리리라 믿었다.

광대가 대구 누님으로부터 삼만 환 송금이 와서 자기 앞에 널린 외상값 정리를 대충 한 뒤 대구로 가던 날 밤, 우리 셋은 클럽 아마존에 있었다.

"「소매치기」 어떻든?" 대화가 끊기자 장익이 낮에 본 영화 이야기를 꺼냈다.

오후에 만나 우리는 재개봉관에서 프랑스 영화 「소매치기」를 보았다. 로베르 브레송이 「저항」에서 보여준 특이한 소재 선택과 리얼한 묘사력에 감동한 바 있어 나는 이번 영화도 기대했는데, 기대만큼 실망하고 말았다.

"뒤가 텅 비잖아? 넌 그걸 못 느꼈어? 줄거리를 그런 식으로 잡았다면 무엇을 더 기대한다는 게 무리야." 내가 말했다.

"네 말에는 동감이다. 시나리오가 전체적으로 엉성했어. 그러나 이런 점은 참고할 만해. 인상적인 신 한두 개가 기억에 남는다면, 그건 무시할 수 없지. 그 영화도 어필되는 신이 두어 개는 있잖든?" 장익이 말했다.

"보는 각도에 따라 달라. 넌 너무 주관적이다."

화제가 이렇게 돌면 광대는 곧잘 코를 파며 심심해했다.

"난 잔느의 무표정에 반했어. 연기 없는 연기, 그게 힘든 연기야. 하찮은 일에 질금거리거나 깔깔대는 요즘 계집애들에 비해선, 엄청난 비극을 일상으로 받아들이는 담담한 표정이 연기파답잖아?

지난 전쟁 때 눈앞에서 자식을 잃으면 엄마가 미쳐버려 바보가 돼. 표정이 없는 그런 무표정을 난 어릴 적에 목격했거든. 여배우한테 미모나 섹스어필만 찾는다면 하류 관객이야." 장익이 큰 발견이나 한 듯 말했다.

"영화가 뭐 그래? 난 졸았어. 네가 옆구리 치지 않았다면 내내 잤을 끼라." 광대가 말하곤 자기 잔을 비웠다. 그는 술잔 받아선 나누어 마시는 법이 없었다.

"골통에 럭비공만 덩그렇게 차지했으니 졸릴 수밖에." 장익이 쏘았다.

"넌 뭘 그래 똑똑하다고 말끝마다 시비고. 내 머릿속에 들어가 봤나? 사람은 다 제가끔 감상법이 달라. 난 자부럽기만 하는 예술영화보다 서부활극이 훨씬 좋아. 익이 일마, 넌 액션이 싫나? 총잡이들의 액션은 통쾌하잖나." 광대가 천진하게 웃었다.

"저런 놈하곤 얘기 못해. 순곤아, 넌 광대와 말이 안 통해 어떻게 사귀나?"

"새끼, 유식한 체하지 마! 그 있잖아, 형사 주머니에 슬쩍 손 넣다 수갑 덜컥 차는 순간 말이다. 신나게 두어 대 탕탕 치고 좆빠지라 튀면 될 낀데, 잔뜩 겁먹고 잡혀가선 감빵에 면회 온 애인 보자 참회의 눈물을 뚝뚝 흘리는 꼬락서니 하고선, 정말 실감 안 나. 영화니깐 그렇겠지, 하고 봤지만 따분하고 영 시시했어. 신나는 씬이 하나도 없었으니 자부러블 수밖에." 광대는 말을 마치자 또 한 잔 술을 벌컥벌컥 들이켰다.

"작작 마시는 게 어때? 밤차 타고 내려가야 할 낀데 말이다."

내가 말했다.

"길게 뻗더라도 차 안에서 뻗으면 대구까지야 실어다주겠지."

광대는 깍두기 접시에 남은 국물을 마시곤 카운터에 대고 소리쳤다. "여기 술 좀 더 도고. 꼬치가리 많이 풀고 국물 푸짐하게 끓여, 찌개 한 냄비 올리고!"

"쟤가 이렇게 날 깔아뭉개면 영 미쳐버려. 내 얘기가 용두사미로 얼버무려지는 건 참을 수 없단 말이야." 장익이 술상을 치곤 광대를 나무랐다. "넌 제발 주둥아릴 닫아. 내 말 안 듣고 졸아도 상관 안챘어. 찌개 오면 깨울 테니깐."

"그라면 좋다. 더 씨부려봐. 미친 똥개처럼 짖는 게 니 팔자라면 더 씨부리라고. 그런데, 내 한마디만 해두겠다. 난 돌대가리가 맞다만, 날 계속 무시하면 돌대가리 헤딩으로 너 해골을 박살낼 수도 있어." 광대가 굵은 목을 흔들며 이기죽거렸다.

"순진한 녀석, 별명이 하이에나라더니 목 흔드는 꼬라지까지 꼭 하이에나답다. 그런데, 한마디 하겠다. 내가 이야기할 때는 제발 주둥이 닫아. 내가 말할 때 끼어들면 못 참는 성질 알지?" 하곤, 장익이 중단된 「소매치기」 대화를 이었다. "그래서 말인데, 놈이 임종 앞둔 어머니를 찾아 빈민가 낡은 아파트의 컴컴한 계단을 오를 때, 놈을 보던 잔느의 무표정한 얼굴 봤지? 침입자를 보던 잔느의 공허한 그 큰 눈을 아무렇지 않게 보아넘겼다면 심히 유감인걸. 달관의 무심함이랄까, 백치의 정신 빠진 표정이랄까. 그게 바로 잔느의 내면 연기 아니겠어. 『이방인』 주인공 뫼르소, 제 엄마 장례식 참석 장면에서 빌려왔음이 틀림없어. 같은 프랑스니깐."

"무슨 말이 그렇게 길어?" 광대가 시퉁해했다.

"연극학도께서 대단한 감동을 받으셨나봐." 내가 장익을 비꼬았다.

"그런 무표정한 얼굴. 복싱할 때 상대의 그런 얼굴은 두렵지. 반응을 알 수 없단 말이야. 정통으로 한 방 갈겼는데도 상대방이 무표정 그대로면, 약점을 캐치할 수 없어. 삼회전 종이 울리고도 이쪽 모션을 시시하게 여기며 피로의 기색을 조금도 안 비치는 놈은 보통내기가 아냐. 분명 점수 따는 펀치를 날렸는데도 자신이 안 선단 말이야. 내가 판 함정에 내가 빠진 기분이 들거든." 장익이 입맛을 다시며 술잔을 들었다.

"광대의 하구를 위하여. 축하까진 할 것 없고." 장익의 복싱 이야기가 별 재미없어 내가 엉뚱한 제안을 했다.

"난 술이 없는데?" 하곤, 광대는 카운터로 땡고함을 질렀다. "후경아, 뭐 하노? 술 가져오란 말이다!"

술 주전자와 깍두기가 왔다. 후경은 광대에게, 이제 가면 언제 상경하느냐고 물었다. 빠르면 일주일도 될 수 있고, 늦으면 사월 신학기에나 올라올 거라고 광대가 말했다. 수염도 안 깎고 집에 가느냐고 후경이 묻자, 광대는 턱을 덮은 수염을 마디 굵은 몽땅한 손가락으로 쓸며 벙글거렸다. 이어 꽤액, 하고 거위 울음소리를 지르곤 혀를 날름했다. 깜짝 놀란 후경이 질겁해서 물러났다.

셋은 술잔을 높이 들었다.

"광대 하구를 위하여!" 장익이 말했다.

"운동 좀 했다는 치 중에서 저래 말 잘하는 놈은 처음 봤어. 저 새끼 한참 떠들 땐 난 그저 멍청한 도라무통이 돼버려." 잔을 비우자 광대가 담배 한 가치를 불 붙여 물었다.

"그걸 깨닫는 자체가 운동하는 놈들 중에선 그래도 머리가 괜찮다는 증거지. 사실 운동선수 중엔 돌대가리가 많거든. 어떤 면에선 돌대가리라야 근성 있는 진짜배기 운동선수가 될 수 있구. 그게 모순이야."

"그럴까?" 장익 해석이 묘하게 돌자, 광대는 머리를 갸웃했다.

"순곤아, 하이에나 저 녀석 표정 좀 봐. 얼마나 순수하고 인간적이야." 장익이 말했다.

"너 계속 사람 앉혀놓고 놀릴 끼가?" 광대가 헝클어진 머리칼을 긁적이며 장익을 쏘아보았다.

"넌 내 언급에 곧 익숙해질 거야. 지금 널 칭찬한다는 걸 알아."

"말 비틀긴. 내가 언젠가는 반드시 그 아구통 손 좀 봐줄 끼다. 장익이 너, 조심해." 생선찌개 국물을 떠먹으며 광대가 말했으나 빙글거리며 웃는 표정이었다.

"광대 너 여자 싫어하지?" 장익이 불쑥 물었다.

"그렇다, 와?"

"그렇게 생겨먹었어. 별로 써먹을 데 없는 연장도 클 거야."

"새끼, 웃기긴" 하곤, 광대가 찌개에서 생선토막을 건져 뼈를 훑었다.

"그런데, 그 계집애 쓸 만하잖던?" 장익의 뜬금없는 발설이었다. "극장서 내가 슬쩍 자리 옮길 때, 못 봤니?"

"난 또 뭐라고. 집어쳐." 광대가 손사래 쳤다.

"내가 그 계집애한테 얘기 거는 것 너들 못 들었지?" 장익이 거푸 물었다. 아무도 말을 안 받자 그가 우리의 반응을 무시하며 주절대기 시작했다. "멋진 대사였어. 나는 언제나 단어 선택을 두구 신경깨나 쓰며 말하지. 좋은 연극쟁이가 되려면 최소한 단어를 가려 쓰는 데 일찍부터 훈련되어 있어야 돼. 그런데 젠장, 계집애가 밥통이라 내 말뜻을 못 알아먹었어. 오호, 통재라!"

"이제 내가 동물 구경하듯 널 구경할 차례구나." 광대가 말했다.

"……지금 우리 나이가 한창 피 끓는 청춘 아닙니까. 청춘의 뜨거운 피가 사일구의거를 성공시킨 줄은 알지요?" 장익은 연극 대사 같은 말을 잠시 중단했다. "그땐 이렇지 않았는데, 이상하게 자꾸 신파조가 되네" 하고 토를 달곤, 그는 말을 계속했다. "그러나 우리 청춘은 아픈 소년 시절의 기억을 갖고 있습니다. 총성, 포탄 터지는 소리, 항공의 폭격…… 그 소리에 뒤이어 코에 묻던 매캐한 포연 냄새를 기억합니까? 추위에 떨며 배 쫄쫄 곯았던 지난 세월을 우리 세대는 잊을 수 없습니다. 그렇게 혼을 빼앗던 전쟁은 끝나구, 시궁창의 장구벌레처럼 자라다 어느 날 문득, 청춘의 나이에 당도한 나를 발견하지 않았습니까. 그런데 이 땅엔 연인끼리 산책할 장소가 없습니다. 도포 입고 갓 쓴 시대가 아닌데도 봉건적 사고관이 남녀의 만남 자체를 불결하게 여깁니다……"

"지금 너 무슨 개수작 떠노? 아무리 껌껌한 극장 안이라도 백주 대낮에 말 같잖은 그런 객담이 새대가리인 가시나들한테 먹혀들 것 같나? 너 갸한테서 살짝 돈 놈 취급 안 당했나?" 광대가 재미있다는 듯 낄낄댔다.

"내 말 아직 안 끝났어. 광대야, 초 치지 말구 제발 경청 좀 해
줘." 자기 말에 도취된 장익이 광대에게 어린아이 투정 부리듯 통
사정했다.

"계집애가 처음에는 너처럼 입에 손 가리고 킥킥대더니, 반쯤
은 호기심으로, 반쯤은 공짜 약장순데 손해 볼 것 없다는 듯 얌전
히 있더군. 보드라운 입술을 한번 찍고 싶었으나 꾹 참고, 드디
어 본론을 꺼냈어. 청춘남녀가 우연히 극장에서 만났고, 아가씨
가 마음에 들었다는 건, 우리의 관계가 우연에서 필연으로 옮겨
갈 단계라는 이야깁니다. 아가씨가 낡은 사고방식만 털어버린다
면 우리는 지금 당장 한 쌍의 연인이 될 수 있습니다. 나는 사고
방식이 건전한 대한민국 남아로 대학 재학 중인 전도유망한 청년
입니다……"

"정말로 진짜 웃긴다. 너 말했지, 약장수라고. 약장수 말 듣고
따라 나설 미친년이 대한민국 땅에서는 없을 끼다. '청춘은 아무
리 먹어도 허기지고 배고픕니다. 그러니 영화 보고 나가서 우리
자장면 한 그릇 같이 먹는 게 어떻습니까?' 이렇게 말한다면 조
금은 먹혀들란지도 몰라." 광대는 박장대소하며 핀잔을 놓았다.

"프로포즈의 성공 여부를 떠나, 너 신파극 연습 장소와 상대역
은 도처에 깔렸군." 내가 말했다.

"시시한 소리들 치우고, 결론부터 들어봐. 그런데 마침 오줌이
마렵지 뭐냐. 문득 꾀를 냈어. 매점에 가서 땅콩 한 봉지 사올 테
니 잠시만 기다려달라구. 은근짜로 그 말 하곤 자리를 떴지."

"우리가 먹은 그 땅콩이 바로 그 땅콩이었구나." 광대 말이었다.

"변소 갔다 오며 주머니 털어 땅콩 한 봉지 사오니깐 쌍년이 바람같이 사라졌잖아. 그런 측면에서 보자면 결론적으로, 여자는 거칠게 다뤄야 해. 말이 필요 없어. 성욕으로 덤벼 쓰러뜨려야 꼼짝을 못하거든!"

"강간 같은 것?" 내가 물었다.

"사랑한다면, 조져도 된다고 봐. 내 지론이 그래."

"땅콩으로 꼬실라 카다 안 되니깐, 성욕으로 나가보겠다고? 말이 쪼매 우습네. 만약 여자가 계속 그 자리 지켰다면 그땐 어쩔래?" 광대가 물었다.

"차고 넘치는 열정을 여자에게 쏟아 부어 심장이 요동치는 황홀경으로 만들어줘야지."

"심장이 뛰는 황홀경이라기보다 네 열정은 성욕 그 자체가 아닐까?" 내가 말했다.

"잠복된 성욕일지 몰라. 나는 여자를 증오하기에 그 육체를 사랑해. 모순 같지만 사실은 사실이야."

장익은 말을 마치자 고물 홈스펀 윗도리 어깨를 으쓱 추켰다. 미군부대에서 흘러나온 옷으로, 그는 전당포에 잡힌 가죽점퍼를 아직 찾지 못했던 것이다.

"그라면 엄마도 증오하나?" 광대가 물었다.

"여자에 대한 증오는 엄마 자궁에서부터 비롯되었는지 몰라. 그 여자는 자신이 낳은 자식조차 버렸으니깐." 장익의 얼굴에 언뜻 외로움이 스쳤다. 고아 출신이었기에 그의 그런 말은 가능했다.

지금의 장익에게 『춘향전』 같은 지고지순의 사랑을 기대할 수는 없었다. 그의 남성적 외모에 혹한 여성이 등장한다면, 그는 서둘러 육체부터 정복하려 대시할 테고, 여자를 따먹자마자 얼마 못 가 펀칭볼 치듯 절교를 선언한 뒤, 펀칭볼이 원 위치로 돌아오기 전에 그녀를 잊고 다음 대상의 여자를 찾아내어 사탕발림 감언이설로 열심히 러시해갈 것이다. 그렇게 한 세월을 돈 후안으로 보낸 뒤, 콧대 높은 여자로부터 더러 딱지도 맞다 주책없이 샘솟던 열정 자체조차 식으면, 그제야 가정이란 울타리가 필요함을 깨닫고 여자 낚시 행각을 그칠지 몰랐다.

"빨리 봄이 왔으면 좋겠다. 봄은 꽃만이 아니라 연극 시즌의 개화거든." 그제야 말을 마친 장익이 상체를 젖혀 기지개를 켰다.

"우리 학교 럭비부는 쫄딱 망했어. 요새는 그런 생각까지 들어. 대학 럭비 신예인 C대학교로 이적할까 하고. C대학교 코치가 작년부터 내게 모션을 걸어오거든. 내가 참고 있는 건 우리 대학과의 의리 때문이야. Y대학서 몸 바친 시간이 아깝고, 내가 키운 후배들과 헤어지자니 섭섭하고……" 광대가 시무룩해하며 술잔을 비웠다.

럭비부원이 각자 개인 도시락까지 지참해와 연습에 매진해도 학교 당국이 별다른 지원책을 강구해주지 않자, 낙향을 선택한 그의 착잡한 마음을 알만도 했다.

"경기장 누비며 네놈 뛰는 꼴이 보고 싶군. 굵은 모가지만 봐도 넌 하이에나라 파워가 대단할 거라. 후커를 본다니 상대방 태클이 들어와도 총알처럼 박차고 나갈걸." 장익이 광대를 치살렸다.

"하이에나는 아귀힘이 얼마나 센지 한번 문 건 이빨이 빠지는 한이 있더라도 절대 놓지 않아. 기린 다리를 물어도 질질 끌려가며 놓지를 않지. 경기장에 들어서면 내 눈엔 내가 뛸 터치라인밖에 안 보여. 태클로 덤비면 태클로 밀어붙여 빠져나가지." 장익의 칭찬에 광대가 흐뭇해하며 돌주먹을 불끈 쥐었다. 운동선수들 제 장기 자랑에는 장익과 광대가 막상막하였다.

"저 봐, 내 말 한마디에 금방 넘어가는 꼴 보라니. 여자가 저렇게 쉽게 넘어가주면 얼마나 좋을까." 광대를 보고 장익이 말했다.

"대구에 있을 동안 부학장한테서 좋은 소식이 와야 될 낀데 말이다. 후배들한테 연락 취해놓고 작전상 슬쩍 몸을 빼는 기다. 약발 안 먹히면 신학기까지 그냥 대구에 눙쳐 있을 끼고."

"대구서도 술 너무 퍼마시지 말고 운동 계속해. 몸 녹설면 안 되잖아." 내가 말했다.

"하기야 그래. 손 놓았다가 다시 공 쥐면 한동안은 도통 공이 제 방향으로 날아가지 않으니, 말 안 듣는 노루새끼가 따로 없어." 광대가 생각난 듯 장익에게 물었다. "난 라디오 중계 못 들었는데, 패터슨이 이겼다며?"

"요한슨은 이제 은퇴해야 돼. 육라운드에서 패터슨의 라이트 훅 한 방에 떨어졌으니…… 그 친구 황금의 라이트 펀치도 끝났어." 장익이 자기 전공의 화제를 잡자 빠르게 지껄였다.

"뭐 그래도 삼라운드에선가, 패터슨도 한번 다운됐던 모양이던데?" 내가 말했다.

"케이오를 못 시킨 펀치였으니, 말하면 뭘 해. 어쨌든 요한슨

폼은 정통파 스타일이야. 전형적인 아웃복서거든. 깨끗한 모션답게 링에서도 깨끗이 물러나야 은퇴 후에도 '링의 신사였다'는 소리를 듣지. 그 치도 백인의 영웅이었던 전성기는 지났어. 그러나 링에서 안 내려오겠다구 한사코 버틸걸. 욕심이 때로는 이성을 마비시키니깐."

"도전자가 또 있을까?" 내가 물었다.

"난 잘해야 웰터급 정도지만, 만약 헤비급이라면 반드시 도전할 끼다. 챔피언한테 얻어맞는 것도 영광 아닌가." 광대가 말했다.

"광대 너 말 잘했어. 도전자가 있고말구. 링 안에선 영원한 승자가 없어. 지난달 미국 신간 『링』지를 보니 소니 리스튼인가, 무지막지한 녀석이 혜성같이 나타났더군. 녀석 말솜씨가 유엔 단상에서 구두짝 내리치며 호통하던 흐루시초프 연설 정도로 걸작이야. 레프트 잽만으로 패터슨이나 요한슨 정도는 케이오시킬 수 있는데 도전을 받아주지 않는다고 기자들 앞에서 투덜거린단다. 사진 보니 거구에다 인상도 험악해. 거기다 전과자 출신이야." 장익이 말했다.

"패터슨은 자선사업가 맞지?" 내가 물었다.

"크리스천이야. 어쨌든 호언장담한 리스튼이란 녀석의 레프트 한 방이 보고 싶어."

다음해 구월, 세계 권투 팬의 관심 속에 패터슨과 리스튼이 링에서 대결했다. 그 결과, 이 분 육 초 만에 장익의 기대처럼 리스튼의 레프트 훅 한 방에 패터슨이 너무 빠르게 케이오 당했다. 신문에 실린 패터슨의 실의에 찬 모습이 나를 슬프게 했다. 나는 리스튼을 싫어할 하등의 이유가 없었으나 교양과 주먹을 겸비한 패터슨이 이겨주기를 은근히 바랐던 것이다.

"복싱은 역시 프로가 재밌어." 내가 말했다.

"관중 입장에서 보면 그럴지 모르지. 그러나 아마추어 정신을 터득한 놈이 들을 땐 뼈 아픈 소리야." 장익이 응수했다.

"너 말은 이해할 수 있어." 광대가 수긍했다.

"패터슨은 열일곱 살에 헬싱키올림픽 미들급에서 금메달 땄는데, 난 뭐야. 그러나 생각해보면 난 그런 행운과 거리가 멀어." 장익이 술잔을 비우곤 깍두기를 씹으며 쓸쓸한 눈빛을 지었다. "올림픽 파견 선발 준결승전에서 말이야. 결국 판정패 당했지만 그때 시합은 잊을 수 없어. 이라운드 초에 라이트 훅으로 다운까지 시켰는데, 사 점 차로 패하고 말았으니. 이라운드 말에 힘이 빠진 녀석이 자꾸 클린치 작전을 시도하더라. 그러나 삼라운드에서 어떻게 된 판인지 사태가 역전되고 말았어. 녀석이 이빨 갈며 덤비는데…… 그 새끼 독사처럼 지독하더라. 지금 생각하면 녀석 투지에 내가 손들고 만 셈이야. 그 시합에서 난 피를 많이 흘렸어. 광대야, 내 코 봐. 그때 코뼈를 다쳐 끝이 휘어졌잖아. 그래서 내가 주먹코를 자주 주물러. 바로 세워보려구."

"코가 보기 싫게 삐뚤어지진 않았어. 걱정 마. 코끝 삐뚤어졌다고 장가 못 가지는 않을 테니깐." 광대가 말했다.

"진땀나는 얘기야. 녀석 어깨가 내 피로 흠뻑 젖었지. 내 셔츠도 물론이구. 피를 보자 녀석이 탱크처럼 달려들어. 원투스트레이트에 상처가 났으니 원. 다음부턴 복싱이 싫어졌어. 상대방 스트레이트가 쭉쭉 뻗어오면 인파이팅이고 뭐고, 머릿속은 패배했을 때의 수치감으로 가득 차니, 어디 주먹이 쭉쭉 나가줘야지."
장익이 머리를 흔들었다.

"내가 보건대, 너는 두뇌 복서라 투지가 결핍됐어. 그래서 생판 다른 연극쟁이로 돌아섰겠지만. 무슨 운동이든 승부로 결판나는 운동은 광대처럼 야성으로 밀어붙여야 돼. 넌 재주가 다각도라, 앞으로도 어디로 튈지 모르는 럭비공이야." 내가 말했다.

"그럴까?" 장익이 싱겁게 응수하곤 조용한 목소리로 말을 이었다. "낙엽이 지기 시작했으니 아마 십일월 초순이었을 거야. 찬비가 내리던 밤이었지. 글러브 벗어던지곤 을지로 체육관에서 나왔어. 밤늦게까지 안 마시던 술을 마셨지. '리틀 킹, 성공하기까지 술 마시면 안 돼. 너한테 술과 여자가 끼어들면 끝장이야.' 로우건 중사가 자주 충고했어. 지아이들은 내 성씨 강을 킹으로 불렀거든. 로우건은 이듬해 본국으로 귀국했지만, 한국에 있을 때 날 친자식같이 여겨 사랑을 쏟아부었어. 요즘도 심심풀이로 샌드백을 치면, 시합 앞두고 로우건 중사가 스파링 파트너 되어준 생각이 나. 로우건 중사는 군대 생활의 권태를 내게 권투 가르치는 낙으로 보낸 셈이지. 이 홈스펀도 로우건이 입던 거구."

"지금도 연락 있지?" 광대가 물었다.

"편지 오고 책도 가끔 부쳐. 이태원 미팔군에서 군복 벗구, 세인트루이스로 돌아가 레스토랑에서 일한대."

"너 같은 덩치가 자취한다니 용타만, 미군부대 생활했다면 밥보다 빵을 좋아하겠구나. 자취집에서 밥 같은 건 손수 안해먹지?"

광대가 엉뚱한 질문을 했다.

"순곤아, 나하구 자취 생활 해보면 어때? 광대 저새끼 징그러워 한 방 쓰기가 싫구." 코를 만지작대던 장익이 갑자기 내 어깨를 치며 물었다. 내가 싫어하는 줄 알면서도 녀석의 어깨 치는 버릇은 고치지를 못했다.

"그것도 괜찮겠지." 나는 엉겁결에 수긍했다. 생각해보니 장익과 자취 생활도 재미있을 것 같았다.

"장익 너, 순곤이하고 동성연애할라고 그카나?" 광대가 말한 뒤 히죽 웃었다. 식식거리는 그의 숨결에서 시큼한 생선 비린내가 풍겼고, 한때 한 방에서 내 살에 닿던 그의 체취가 상기되었다.

"생각이 고작 호모냐. 순곤이 방에서도 하룻밤 잤지만, 물어봐. 난 그 방면에는 깨끗한 놈이야. 설령 동성연애한다면 또 어쩔 셈이냐? 네가 밤마다 우리 사이에 끼여 훼방 놓으며 자겠다는 거냐?" 장익이 폭소를 터뜨렸다.

"내 의견은 아예 무시하고, 아주 모래자루로 만드는구나." 내가 말했다.

카운터 뒷벽에 걸린 시간이 밤 열시 십오분이었다.

"시간 됐어. 슬슬 역으로 나가자. 걸어가면 알맞겠군." 광대가 가방을 럭비공처럼 옆구리에 끼고 일어섰다.

"전차 타지 걷긴 왜 걸어." 장익이 말했다.

광대가 술값 내고, 우리는 클럽 아마존에서 나왔다.

전차 타고 우리가 서울역에 도착했을 때, 경부선 보통급행 열차 개찰이 시작되고 있었다. 광대 차표를 사려 내가 행렬 꼬리에서 있을 동안, 장익과 광대는 화장실에 들른 뒤, 사과를 바수어 먹으며 왔다. 광대는 소피 보고 단추 채우는 걸 잊어 붉은 트레이닝복 내의가 보였다. 광대가 주머니에서 사과를 꺼내 내게 주었다. 그는 클럽 아마존이 생각나면 내 하숙집으로 편지하겠다고 말했다. 너도 편지 쓸 줄 아는군, 하고 장익이 비꼬았다. 네가 상경하기 전에 장익과 함께 널 보러 대구로 갈지 모르겠다고 내가 말했다.

"대구에는 내 큰집이 있어" 하고 장익이 말하곤, 광대의 단추 안 채운 바지 구멍을 손짓했다.

"내가 대구서 고등학교 졸업하고 혼자 상경했을 때, Y대학 코치가 마중 나온다 캤거든. 그런데 여기 역 광장을 아무리 둘러봐도 코치가 안 보여. 한 시간을 역 광장에서 기다렸지. 그래도 헛방이야. 그래서 삼청동인가, 코치 집을 찾아가려고 약도를 꺼내 보는데, 역전 깡패가 수작을 걸어온 거라." 광대는 장익의 손짓을 알아차리지 못하고 계속 말했다.

"교모에 교복짜리 촌놈이 서울 약도나 들여다보는 걸 그냥 둬? 개들한텐 낚시터에 노니는 월척감 아냐." 장익이 맞장구 쳤다.

"저편 양동 가풀막 쪽으로 가서 일 대 이로 한판 떴지. 코피는 터졌지만 하이에나 근성을 보이니깐, 나 같은 깡다구는 처음 봤다고 그 새끼들 혀를 내두르더라." 광대가 흐물쩍 웃었다.

"엄마 눈 빠지게 기다려. 빨리 차나 타." 내가 말했다.

"그러면 나 가란다." 광대가 한 손을 꺾어 흔들며 개찰구로 빠져나갔다.

"친구, 자리 잘 잡아. 네 옆자리에서 예쁜 깔치가 눈 빠지게 기다릴지 몰라." 장익이 소리치곤 사과를 던졌다.

광대가 훌쩍 뛰어 머리 위로 나는 사과를 받았다. 그 통에 몸의 균형을 잃어 계단 못 미쳐 나동그라졌다. 장익과 나는 광대의 그 꼴을 보고 마음껏 웃어젖혔다. 광대는 퉁기듯 일어나, 술 처먹고 청계천 시궁창에나 빠져 죽으라고 욕지거리를 퍼부었다. 그러곤, 일백 미터를 십이 초에 끊는 총알 실력 보라며 계단 아래로 금방 사라졌다.

장익과 나는 수습할 수 없는 웃음을 풀어놓아 한동안 껄껄댔는데, 걷잡을 수 없이 터진 웃음의 발단이 무엇 때문인지조차 잊어버렸다. 우리는 가까스로 배를 싸안고 웃음을 멈추었다. 내가 눈물 밴 눈을 주위에 풀어놓을 때, 껌팔이 소녀가 이상한 눈빛으로, 구두통 든 소년은 장난기 섞인 눈초리로 내 시선을 받았다. 장익과 나는 소년 소녀의 싸늘한 시선에 묶여 있음을 깨달았다.

장익이 내 목에 팔을 걸고 돌아섰을 때, 광대를 싣고 갈 밤 열차의 출발을 알리는 스피커 소리가 멀리서 들렸다. 휑뎅그렁한 역 광장에는 차가운 밤바람만 넘쳤다. 나는 갑자기 허전했고, 결국 둘에게는 각자의 숙소로 뿔뿔이 헤어져야 한다는 쓸쓸함만이 남았을 뿐이었다. 내일이면 다시 만날 텐데도 친구와 하룻밤을 같이 있지 못한다는 게 못내 섭섭했다.

장익이 내게, 자기 방에 가면 바게트와 치즈가 있다고 말했다. 나는 빵 체질이 아니므로 대답하지 않았다. 둘은 침묵하며 걷다 버스를 탔다. 세번째 정류소를 지날 때까지 우리는 말이 없었다.

"이렇게 허전한 날은 운희누나라도 만나고 싶군." 장익이 작은 소리로 말했다.

"어떤 누난데?"

"미군부대 하우스보이 시절에 알게 됐어. 열일곱 살에 양공주로 흘러왔는데, 지금은 파주 위안소에 있어. 나처럼 전쟁 고아로 자란 가련한 여자야."

지금 장익은 재작년 극적으로 상봉한 큰아버지 신세를 지고 있었다. 그의 큰아버지는 포목점 심부름꾼으로 출발해서 자수성가하여 대구 서문시장에서 포목점을 운영하고 있었는데, 첫 해후에서 자기를 껴안고 통곡할 때 그는 오히려 담담했다고 회고했다.

"전쟁의 후유증이란 그런가봐. 죽구 죽이구, 헤어지구, 더러는 혈육이 죽은 줄 알았다가 상봉도 하구……" 장익이 말했다.

"우리 세대 생애의 첫 기억은 전쟁으로 시작되지."

"인간은 이념이 다른 적을 상대로 싸우는 게 아니라 전쟁 자체, 전쟁이란 거대한 괴물과 싸우는 셈이야. 그래서 전쟁은 나 같은 고아와 과부를 양산해내구……"

장익은 그제야 주섬주섬 집안 이야기를 털어놓았는데, 그가 보낸 불우한 어린 시절이 대충 짐작이 갔다.

"우리 집안 원적은 대군데, 할아버지가 대구 역전 마부 출신이니 집안 형편이 오죽했겠어. 그러니 그 아래 자식들 중에 이모들은 어릴 적에 부잣집 아기업개나 식모로 팔려가고, 큰아버지는 서문시장 포목점 심부름 아이로 들어갔던 모양이라. 그래서 아버지는 가난이 지긋지긋해 일찍 가출했나봐. 역전에서 어린 시절을 보내다 기차 타고 서울로 올라와 갖은 허드렛일을 했대. 그러다

충무로의 소책자 만드는 제본소 조수가 됐나봐. 그즈음 대어먹던 밥집에서 부엌일하던 엄마를 만났다더라. 남산 밑 토굴 단칸방에 살림 차려 나를 낳았대. 해방이 되고 누이가 태어났는데, 그즈음 아버지가 종이 재단 칼에 그만 왼쪽 손가락을 몽땅 잘리고 말았대. 일터를 잃자, 어릴 적부터 보아온 짐꾼들 지게 일이라, 지게꾼이 됐어. 그러니 집안 살림이 쪼들릴 수밖에. 엄마는 다시 밥집에 일을 나가게 됐구. 나는 토굴 방에서 흙 파먹으며 혼자 자랐어……"

장익의 아버지에 대한 최초의 기억은 손가락이 잘리고 없는 손이라 했다. 살림집이 토굴이라 방은 늘 어둡고 축축했던 기억밖에 없었다. 여름철엔 그런대로 지낼 만했으나 겨울철이면 냉돌방이라 떨며 살았고, 방이래야 분곽만 해서 돌아누울 틈도 없다는 엄마의 불평을 지금도 기억한다고 했다. 엄마는 여장부라 성격이 걸걸했는데 전쟁나기 두 해 전, 학교에 갓 입학한 자기와 어린 누이를 남겨두고 어떤 놈팡이와 눈이 맞아 가출해버렸다는 것이다.

"아버지와 엄마가 모두 가출 병에 걸렸었는데, 나도 끊임없이 탈출하며 세상과 부딪히다 어느새 슬그머니 성년이 됐어. 늘 가출 상태로 자랐으니깐." 장익의 말이 그랬다.

엄마가 집을 떠났지만 그렇잖아도 식당일 나가 늘 집을 비웠기에 그 뒤론 엄마를 찾지 않게 되었다고 했다. 초등학교 삼학년에 전쟁이 나고 적 치하 석 달을 굶으며 겪어냈다. 그제야 아버지는 소년 때 가출한 뒤 처음으로 대구 본가로 찾아가야겠다며, 일사후퇴로 떼밀려 내려오는 피난민 대열에 끼였다고 했다. 수원 부근까지 왔을 때, 어느 쪽인지 모를 박격포탄 세례를 받아 피난민

희생자가 많았다는 것이다. 그때 목격했던 끔찍한 충격이 지금도 꿈에서 가위눌림으로 재현된다고 장익이 담담하게 말했다.

"사방에서 포탄이 꽝꽝 터져. 나는 몸 웅송그려 개골창에 숨었어. 그런데 잠시 후 개골창에서 나와 아버지를 보니 손톱이 까져라 땅을 움켜잡고 사지를 떨더니 한순간에 동작을 멈추데. 그게 끝이었어. 눈동자를 까뒤집고 입을 크게 벌린 채 숨이 끊어진 옆자리 누이 얼굴은 또 왜 그렇게 무섭던지…… 난 울면서 막 도망쳤어. 오 리쯤 숨 가쁘게 뛰다. 문득 아버지 찾아 다시 돌아가야겠다고 생각했으나 아버지 시신을 본다는 게 너무 무서워 피난민 떨거지들 따라 그냥 내처 걸었어……" 장익의 말이었다.

나 역시 전쟁 났던 그해가 떠올랐다. 그 시절 나는 예쁘장한 돌멩이, 자잘한 시계 부속품, 용도를 알 수 없는 쇠붙이, 구슬이나 딱지를 바지 주머니가 터지도록 넣고 다녔던 호기심 많은 아홉 살 소년이었다. 그러기에 전쟁이 밀려닥쳤던 그해의 우리 집안 사정을 소상히 기억하고 있었다.

단감 과수원 울타리 밖으로 지친 걸음을 걷던 북에서 내려온 피난민의 긴 행렬. 창호지 찢어진 문이 바람을 타고 덜렁대던 동구 밖 빈 주막에 피난민이 머물다 간 뒤 유아 시체 두 구가 발견되기도 했다. 그 뒤부터 밤이면 빈 주막에서 아기 울음소리가 들린다며 마을 사람들은 그쪽으로 걸음하지 않았다. 과수원을 어슬렁거리던 검둥이가 전투기 편대의 폭음에 놀라 오래 따라 짖곤했다. 이어 닥친 단풍에 물든 가을, 투명한 햇살에 번쩍이던 비행기의 은빛 날개에 내 어수선한 꿈이 실렸다. 키가 크려고 그런 꿈을 꾼다는, 비행기에서나 절벽에서 떨어지는 아찔한 장면이었다. 감을 모두 딴 뒤, 과수원의 빈 가지를 씻으며 며칠이나 내리던 가을비가 지금도 쓸쓸하게 마음을 적신다. 뒷산 너머에서 들리던 어둠 속 총성의 메아리. 그 소리에 놀라 깨어난 젖먹이 막내동생의 울음. 할아버지가 과수원 입구에 방공호를 팔 때 우체부가 놓고 간 막내삼촌의 전사통지서. 일손을 놓자 서둘러 옥양목 두루마기를 차려입고선 나를 앞세워 선산으로 나섰던 할아버지. 불현듯 지난 휴가 때 초콜릿을 가져왔던 삼촌이 생각나서 흩날리며 떨어지던 미루나무의 노란 잎이 눈물에 어룽지던 설움. 그해 동지섣달, 빨치산 몇이 집으로 닥쳤던 밤. 반동 지주라는 이유로 죽창에 가슴 찔렸던 할아버지의 거친 숨소리를, 늘 당신과 함께 잠잤던 나는 방구석에서 떨며 지켜보았다. 나를 태우고 강둑을 어정거렸던 황소가 빨치산 손에 끌려 뒷산을 넘자, 집 안이 울음소리로 들어찼던 밤도 선명히 기억하고 있다. 할아버지 상여가 과수원 뒷산으로 떠나던 그날도, 전투가 격렬한 전선에는 많은 사망자가 속출한다는 라디오 뉴스에 이어, 「전선야곡」이 현인 목소리에 실려 터져나왔다.

5장

  어둠이 도시의 각진 공간 사이로 야금야금 전염해 오면 낮 동
안 게을러터졌던 머릿속이 도둑처럼 제가 활동할 시간을 알아,
연표와 장익과 나는 밤 시간에 클럽 아마존에서 자주 어울렸다.
광대가 대구로 내려간 자리를 새로 등장한 연표가 메운 격이었다.
밤이 베푸는 자유를 사랑하는 만큼, 그 사랑은 내 감정을 윤택하
게 했다.

  어둠이 내리면 나는 하숙집을 나서서 버스 편에 시내로 나와,
걸음걸이도 가뿐하게 아마존으로 발을 떼었다. 연표 말을 빌리
면 모딜리아니의 마지막 여자였던 잔느 에비테른느의 소녀 적 모
습이 저랬을 거라는, 후경이가 맑은 미소로 우리를 맞았다. 낮 시
간은 책가방 든 여학생이지만, 밤 시간의 후경이는 고학생인 셈
이었다. 시장을 보아오거나 외출에서 다녀온 마담이 그 시간에야
앞치마 두르고 나서며, 어서들 출근해요 하며 우리를 반겼다. 셋

은 아마존의 라틴음악에 금방 빠져들었다. 쌀로 빚은 술을 마시며 서양 대중음악에 심취된다는 이율배반을 감수하면서도, 우리는 수도 서울에서 아마존만한 안식처를 달리 발견할 수 없었다.

클럽 아마존의 단골은 날마다 열시 전후, 실내 분위기가 피크에 올랐을 때 고성방가에 분망한 춤으로 열광적인 막간극을 연출하곤 했다. 취흥이 감정 상태를 부풀려 올리면 우리는 악을 쓰며 발광을 떨어야 직성이 풀렸던 것이다. 그럴 땐 카운터 앞자리는 술상을 치워 춤출 만한 좁은 공간이라도 확보해야 했다. 흥분한 술꾼은 더 빠른 템포의 정열적인 곡을 신청했고, 클럽 안의 모든 식구가 한 패가 되어 손뼉치고 발 구르며 합창으로 어울려들거나, 남자들끼리 껴안고 얼굴 아무 데나 키스를 퍼부었다. 마담이 우리의 흥을 돋우느라 노래 제목 그대로 「정열의 꽃」 같은, 템포 빠른 춤곡을 전축에 걸어 분위기를 고조시켰다. 장익과 나는 빠른 템포에 맞추어 팔다리와 허리를 흔들어댔고, 그럴 땐 클럽의 다른 술꾼들이 손뼉으로 박자를 맞추며 무릎과 어깨 흔들면서 휩쓸려들어, 청춘을 위한 작은 축제의 공간이 마련되었다. 그해 봄까지는 세계를 휩쓴 트위스트가 한국에 상륙하기 전이라 우리의 발광 떨기는 '막춤'이란 표현이 적절할 것이다(트위스트는 그해 오일륙이 터진 뒤 뮤직홀을 중심으로 보급되기 시작해 젊은이들을 광란의 춤판으로 몰이했다). 취흥이 오르면 장익과 나는 곧잘 맘보나 로큰롤 흉내 춤을 추며, "어, 악!" 하는 단절음을 노래 사이에 끼워 넣었다. 고함이 아니라 악을 쓴다는 표현이 적합할 터였다. 장익은 미군부대 클럽에서 눈요기로 익힌 스트립쇼를 흥

내 낸 도발적인 춤으로 인기를 끌었다. 연표는 발광 떠는 무리에서 언제나 한 발 물러나 빙긋빙긋 웃음 날리며 열외의 관전자로 만족했다. 그래서 멋모르고 문을 밀고 들어선 중년층이나 노년층, 한잔 술에 시름을 달래보겠다는 하루살이 품팔이꾼들은 웬 신식 무당 짓거리냐며 눈살 찌푸리고 돌아섰다. 그만큼 클럽 아마존은 우리 청춘의 스트레스 해결 장소였고, 한편으로 휴식 공간으로서의 안식처였다. 우리들의 그런 광란의 막춤, 곧 '발광 떨기'이면에는 사일구의거의 성공에 따른 허장성세의 객기도 작용하고 있었다.

"좋아요, 당신네들을 위해 술집을 냈으니 얼마든지 즐겨요. 학생의거가 성취된 마당에 이런 축제 벌인다구 어디 영업정지 처분 당하겠어요." 마담이 이런 말로 우리의 감정에 휘발유를 부었다. 그네는 기분파라 우리들이 권하는 술잔 또한 부담 없이 받아선, "브라보!"를 외치며 잘 비워냈다. 그럴 때 술꾼들은 과장 섞인 환호성으로 축하를 보냈다. 아무렇지 않은 작은 일에도 그렇게 고함지르며 열을 올리기는, 그 점이 바로 젊음의 특권이었다.

지금에 와서 돌이켜보면 클럽 아마존에 유독 여성 술꾼이 끼이지 않았던 점이 그려진다. 여자들의 술집 출입이 보편화되지 않았던 시대적 환경 탓도 있었겠지만, 사내들의 그런 광란의 주접 떨기에 여성을 합류시키고 싶지 않았던 점도 있었다. 원양어선에 여성을 태우지 않듯, 남성들만의 전유물에 대한 자긍심과 이기심도 작용했으리라. 애인 따라와서 무심코 클립 아마존에 들어선 어떤 여대생이 너구리 잡듯 자욱한 담배 연기에 기침 콜록대다 못해, 남색가들이 지랄발광 떠는 술집이라며 뺑소니친 경우가 좋은 예가 될 것이다. 아니다. 그즈음에 자주 들른 여자 술꾼 한 명이 기억난다. S예술대학 다니는 나이 어린 작가가 있었다. 약관 십팔 세로 고교 삼학년 때 중앙지 신춘문예에 동화가 당선되었다는 조숙한 영재였다. 그가 늘 빨간 방울 무늬 실크 목도리한 예쁘장한 애인과 함께 자주 주점에 들렀다. 문학을 사랑하는 여자 성향이 그렇듯 그 여성도 낭만적이라 술도 곧잘 마셨고, 담배도 피워 천장에 대고 멋스럽게 고리형 연기를 날리곤 했는데, 술에 취해 흥이 오르면 노래를 잘 불렀다. 「별은 빛나건만」과 「카타리 카타리」가 단골 메뉴였다. 노래를 부를 때는 호소력이 강해 애절한 음조를 높이 띄우면 말 그대로 듣는 이들의 심금을 울렸다. 일 년이 못 가 시인과 사랑이 깨어졌는지 어느 비 오는 날 혼자 아마존에 들렀기에 이상하다 했는데, 술이 엉망으로 취해선 한바탕 통곡을 쏟는 소란 끝에 그 뒤부터 아마존에 발을 끊었다. 시인의 모습도 다시는 볼 수 없었다. 그래도 클럽 아마존에 여자들은 있었다. 마담과 후경이, 주방아줌마.

　술꾼들이 클럽 아마존에서 한동안 그런 분란으로 욕망을 분출하거나 기력이 소진될 때쯤이면, 고조되었던 홀 분위기를 가라앉히느라 마담이 레코드판을 조용한 음악으로 바꾸는 센스를 보이기도 했다. 갑자기 찾아온 부드러운 분위기에 모두가 나른해져 술잔을 기울일 때면 담배 연기 풀어지는 속에 스산한 고요가 홀을 지배했다. 그때야 비로소 나는 현실로 돌아와 밤마다 술로써 청춘의 황금기를 탕진하는 데 따른 뼈 아픈 반성에 젖어들었다.

내 서울 학자금에 하숙비, 잡비까지 대느라 허리 휘게 고생하는 부모님 모습이 눈앞에 어른거렸다. 그런 모습 뒤로 노랗게 잘 익은 단감 상자들과 팔려간 황소 눈망울도 보였다. 내게 기대를 갖고 있는 여러 사람을 실망시키며 황금 같은 한 세월을 낭비하는 데 따른 후회가 몽롱한 의식을 아프게 휘저었다. 언젠가는 필경 금관조복 입고 귀향할 과거 급제자가 될 것이라며, 서울 소재 대학에 유학 중인 나를 두고 선망의 눈초리를 보내는 고향의 가족과 일가붙이들, 특히 '큰 바위 얼굴'과 같은 어니스트 할아버지가 되라던 막내아우의 염원이 나를 참담하게 만들었다. 내가 그들의 기대를 저버리며 죄 짓고 있다는 자책을 망각하기 위해서라도 다시 알코올의 미약에 빠지지 않을 수 없었다. 그래서 취생몽사 상태에서 인생, 예술, 여행, 여성에 대해 대중없이 토론을 벌이다 끝장에는 술상에 머리 박고 풋잠에 들 때도 있었다. 따지고 보면 대책 없는 허망한 반성이요 회한이었다. 그러나 클럽 아마존의 분위기가 날마다 열정 속에 들떠 있지는 않았고, 수다만 떨지도 않았다. 더러 만취 상태가 감상에 젖게 해 연표의 경우 울음이 터지기도 했고, 음울한 곡조가 자살자를 양산했다고 알려진 「글루미 선데이」를 합창으로 부르는 시간도 있었다.

술꾼은 타고난다는 말이 맞았다. 나는 중학교까지는 읍내 학교에서, 고등학교는 마산에서 다녔는데, 고등학교를 졸업할 때까지 술에 대해 제대로 알지를 못했다. 고등학교 삼 년 동안 일주일에 닷새는 마산에서 자취 생활을 했고, 주말에는 경전남부선 기차편을 이용해 고향 집에서 보냈다. 고교 시절 내가 술을 마셔본 기회는 고작 두 번이었다. 그것도 고삼 끝 무렵, 대학입시 준비 기간에 함양이 고향인 급우 하숙집에서 입에 대어본 찹쌀막걸리였다. 물론 두 번 다 술을 마시고 난 뒤 머리가 빠개질 듯 아팠고 속이 부대껴 죄 토하는 수난을 겪었다. 본격적으로 술을 배우기는 대학 입학 뒤였다. 신입생 환영회에서 작정하고 술을 마셨는데, 웬걸 술이 잘 받아 술술 넘어갔다. 한 되쯤 마시자 은근하게 취흥이 올랐고 기분이 좋았다. 기분이 좋아진 만큼 배포 또한 커져 그때까지 한마디 말도 나누지 않았던 옆자리 서울 출신 타과 신입생에게, "나 경상도 촌놈 출신으로 김준곤이라 캅니더" 하고 스스럼없이 나를 소개했다. 물론 신입생 환영회는 대취로 끝났고 엄청 토하는 수난을 되풀이했다. 그러나 술이 적당히 올랐을 때 달콤하게 상승하던 취흥은 그 뒤로도 잊을 수가 없었다. 신입생 환영회를 계기로 나는 술맛을 조금씩 알아갔고, 하숙생 동료들과 어울려 저녁밥 먹고 나면 동네 술집으로 슬그머니 외출해 십시일반 주머니를 털어 술을 마셨다. 토하는 횟수가 차츰 줄어들더니 마시는 횟수가 열댓 번을 넘자, 엔간히 마셔도 토하지 않은 채 쉽게 잠에 곯아떨어졌다. 푹 한잠 늘어지게 자고 나면 머리, 위장, 내장이 평상시로 돌아와 아무렇지 않았다. 과음 숙취에 따른 설사나 변비 현상도 없었다. 그때서야 내 체질이 알코올을 잘 받아 소화해냄을 알았고, 나는 이를 어릴 적에 장복한 소의 생간과 지라 덕분이 아닐까 하고, 의학적 근거 없는 믿음을 신뢰했다.

따뜻한 햇살 속에 봄의 촉수가 느껴지는 삼월 초순 어느 날, 나는 집에서 부쳐온 등기편지 속에 든 송금환을 접수했고, 광대가 보낸 엽서편지를 동시에 받았다. 이튿날, 우체국에서 송금환을 현찰로 바꾸자 오랜만에 만져보는 몫돈이라 가슴 뿌듯하게 기분이 좋았다. 나는 며칠 뒤 고향에 내려가기로 마음먹었다.

밀린 하숙비를 갚은 덕분인지 그날 저녁 상에는 반찬이 한 가지 더 올라 있었다. 돼지고기 삼겹살을 듬성듬성 썰어 넣은 김치찌개였다. 찌개 맛이 일품이라 밥 한 그릇을 더 준다면 그 밥까지 먹어치울 수 있을 것 같았다. 이제야 서울 김치도 시기 시작하는 계절이 찾아와 김치찌개 맛을 돋우는구나 하고, 나는 늘장 부리던 봄이 목전에 닥쳤음을 인정했다. 배불리 밥을 먹고 나자, 오래간만에 외상 술값도 갚을 겸 장익과 연표에게 술을 사러 들뜬 마음으로 밤 외출에 나섰다.

클럽 아마존에 들어서자 늘 그렇듯 초저녁답게 한산했다. 벌써 출근한 장익이 대폿잔을 앞에 두고 연극 대본을 외는 중이었다. 아는 얼굴 몇몇은 낮은 소리로 대화를 나누며 술잔을 홀짝이고 있었다. 자주색 베레모의 서양화 전공 H대 미대생, 출근하면 마담에게 코플런드의 「살롱 멕시코」를 주문하는 K대 영문학도, 연예학원에서 드럼을 배운다는 친구, 비트문학 지향의 엘렌 긴즈버그 숭모자 시인 지망생, '사일구의거'를 '사일구혁명'이라고 우기는 철학도, 그 외 서넛이 출근해 있었다.

장익이, 아니면 다른 친구가 청했는지 전축에는 유행가 판이 걸려 「이별의 부산 정거장」이 흥겹게 쏟아지고 있었다. 어느 날 밤길을 걷다 레코드 가게에서 흘러나온 「이별의 부산 정거장」을 듣던 장익이 걸음을 멈추고 한 말이 있었다. "나는 「이별의 부산

정거장」만큼 시대적 분위기를 잘 표현한 예술이 없다고 봐. 유행가 두고 예술이라니깐 너들 인상이 구겨진다만, 뭐 고상한 예술만 예술인가? 인간 정신을 고양시키는 고상한 예술이 있어야 한다면, 대중을 위한 예술도 있어야지. 대중의 공감을 끌어내어 가슴 벅벅이 감명을 심어주는 예술 말이야. 내가 있던 고아원이 서울 수복에 따라 부산에서 경기도 파주로 옮길 즈음, 이 노래가 전국을 휩쓸었어. 서울 가는 기차간에서 고아원 동무들과 함께 듣던 이 노래의 감동은 지금도 잊을 수 없어." 길거리에 내놓은 스피커에서 신나는 박자의 「이별에 부산 정거장」이 끝나자 그는 레코드 가게로 들어가, 조금 전 육이오 시절 유행가를 다시 한번 틀어줄 수 없느냐고 말해, 기어코 한차례 더 듣곤 걸음을 옮긴 적도 있었다.

"오빠 왔어요."

교과서인지 책을 보던 후경이의 인사말에 장익이 나를 보았다. 마담은 보이지 않았다. 나는 후경이한테, 마담은 어디 갔냐고 물었다. 동두천에 볼일이 있다며 아침에 나갔는데 지금쯤 올 시간이 됐다고 했다. 나는 막걸리 한 되와 간천엽을 주문하며, 오늘은 외상값을 청산하는 날이라고 귀띔했다. 장익이 대폿잔을 들이켜다 나를 맞았다.

"너가 저 판 걸라고 주문했나?" 내가 물었다.

"그래. 하도 기분이 우울해서 옛 생각 좀 하느라구. 어젯밤 내 얘기 좀 들어봐."

내가 마주보고 앉자마자 장익이 무슨 이야긴가 꺼내려 서두를 떼었다. 그가 질 낮은 '진달래'를 입술에 끼우기에 내가, 이걸 피우라며 '아리랑' 담배를 권했다. 필터 달린 '아리랑'은 전매청 생산품 중 고급이라 대학생 전용품이 아니었다.

"그제 밤에 말이야, 내 행실이 하도 비겁했기에 저 즐겁고도 처량한 노래를 들으며 지금도 반성 중이야. 내가 죽일 놈이지." 장익은 내가 피우는 담배가 달라진 줄 눈치 채지 못할 정도로 자기 생각과 말에 바빴다.

"무슨 얘긴데? 연표와 헤어져 그 다음엔?" 내가 장익 말의 물꼬를 터주었다.

"버스에서 내려 골목길로 막 접어들다, 맞은편에서 오던 두 녀석과 시비가 붙었어. 나도 취했겠다, 두 녀석도 취했겠다, 취한끼리 맞서서 일을 벌였지. 잘못은 내가 아니구 전적으로 저쪽 탓이야. 휘파람 불며 건들건들 걷는데 말이야, 벌건 포탄이 날아오더군. 불 덜 꺼진 연탄재를 내 쪽으로 차 날리는데, 찍소리 못한 채 담벼락에 움츠리고 붙어 서서 상대가 지나가기만을 기다릴 얼간이가 어딨겠나. 불티가 눈에 들어갔담 실명할 수도 있잖아. 그래서 내가, '화상 입겠소' 하고 점잖게 주의를 줬더니, 한 놈이 단박에 내 멱살을 틀어쥐더니, 요 새끼 간뎅이가 부었다며 주먹질부터 놓는 게 아니겠어. 하룻강아지 범 무서운 줄 모른다구, 강아지가 잠자는 범 코털 건드린 꼴이야. 인내심에 도가 튼 놈도 그 지경이 되면 참지 못할 거야. '이 새끼가 누굴 쳐!' 하곤 엉겼지. 두 녀석 면상에 한 방씩 먹였어. 개네들 운이 나빴던 게지. 결과야 말해 무엇해. 아무리 취했어도 왕년의 복싱선수라 기본기가 있잖

아. 취하면 주먹도 겁 없이 더 잘 나가. 두 녀석 꼴 좋게 됐지. 한 놈은 나가떨어지구 한 놈은 코가 묵사발이 됐어. 얼굴이 온통 피칠갑이야." 여기까지 말할 때의 자신만만하던 장익의 다음 말에 힘이 빠졌다. "나가떨어진 놈은 일어나자마자 그길로 토꼈으나, 코피 터져 얼굴 감싸쥔 채 담벼락 아래 구겨진 놈을 보자 그때야 아차, 싶데. 큰일났다 싶었어. 경찰서에 달려가면 치료비에 폭행죄로 유치장서 콩밥 먹을 생각하니 아찔해. 앞뒤 가릴 것 없이 뺑소니칠 수밖에. 그럴 땐 비겁하지만 삼십육계 줄행랑이 최고 아니겠어? 집에 무사히 도착해서 생각해보니 내 자신이 얼마나 비참하던지…… 근래에 이런 실수는 처음이야. 자, 순곤이 너도 한잔해. 너를 보니 이제야 마음이 조금 놓인다."

"무슨 얘긴지 알겠다. 그 정도로 끝났으니 다행이야. 맞은 놈은 안됐지만."

나는 늘 장익이 하는 얘기의 반쯤은 사실로 인정했고 반쯤은 사실에서 과장된, 풍을 얹은 얘기로 들으며, 그러려니 하고 대수롭지 않게 새겼다. 자기 얘기에 도취되어 떠들 때는 사실에서 과장으로 자연스럽게 넘어가, 과장에서부터는 열을 내다보면 어느새 뻥튀기로, 얘기 내용이 점점 부풀려짐을 장본인은 모르는 듯했다. 지금 얘기도 어디까지가 사실인지, 나는 캐묻고 싶지 않았다. 아무렴 어떠냐는 마음으로 들어주면 그뿐이었다. 어쩜 그의 얘기는 내 예상과 달리 끝까지 사실일 수도 있었다. 카운터에서 「이별의 부산 정거장」이 끝났을 때, 아니나 다를까 녀석이 자기 이야기의 내 반응을 짚어냈다. 놈이 상대방 마음을 읽는 데는 귀신이었다.

"너 왜 그래? 남은 진지하게 말하는데, 넌 지껄여라 난 관심 없다, 이런 시덥잖은 표정이잖아? 내 얘기가 시시하냐, 거짓말 같아? 솔직히 말해봐."

마침 후경이가 술과 안주를 날랐다. 나는 두 잔에 술을 쳤다.

"나 오늘 돈 왔어. 외상값 갚고 현금으로 한잔 살 수도 있지." 나는 친구 말의 예봉을 피했다.

"뭐, 돈 왔다구?" 장익의 눈동자가 갑자기 반짝거렸다.

"연표 오면 제대로 한번 마셔. 돼지고기 두루치기도 시키고. 개한텐 여태 얻어만 먹었어."

"친군데 그럴 수도 있지. 치사하게 돈 가지고 따지지 마."

"그래도 그렇잖아. 친구라고 맨날 신세만 져서야 되겠나."

"나보구 맞대놓고 하는 소린가?" 장익이 벌컥 역정 냈다.

"너 오늘 왜 자꾸 시비냐?"

"그래? 무슨 말인지 알았어. 내가 그랬담 취소할게." 장익이 내 앞으로 얼굴을 들이밀곤 입이 째지게 미소 띠며 물었다. "순곤아, 오늘 밤 여자 구경, 어때?"

"냄새 한번 정확히 맡는구나. 광대가 아니라 네 코가 하이에나다. 그런데 여자 사는 건 왠지 찜찜하군."

"찜찜하다니? 남자도 달걀이하나? 돈 조달이 문제지. 우리 나이엔 더러 빼내야 건강에도 좋아. 고인 물은 반드시 썩게 된다는 이치 몰라?"

"연표 오면 결정짓기로 하고, 이 엽서나 봐." 나는 광대가 보낸 엽서를 장익에게 넘겼다.

순곤에게.

대구로 내려와도 좋은 일이 별로 없다. 용맹 없는 늙은 엄마를 봐도, 하나 동생이 늘 마음에 걸려 애타하는 누님을 만나도, 와 이래 마음이 아푸겠노. 학교 럭비부에선 아직 소식 없고. 내 기질이 천부적인 명랑판데, 일이 안 풀리니 산다는 게 시시해. 뭐든 때려부수고 싶은 마음이 하루 열두 번도 더 든다. 그래서 친구와 작당해서 날마다 술만 퍼마셔. 전직 복싱선수는 잘 있나? 그 친구 백부가 여기 산다면서, 같이 작당해서 대구에 내려와. 연표라 캤나, 고양이 안고 다니는 애도 포함해서 말이다. 넌 여기서 김해로 빠지면 될 테고. 보고 싶다. 만나서 한잔 풀자.

대구서 광대가.

장익은 연필로 쓴 광대의 엽서를 읽곤, "꼴에 문장은 제법 엮네" 했다. 당장 답장을 쓰겠다며 후경이한테 연필을 부탁하곤 연극대본의 백지 면을 찢어냈다.

장익은 일사천리로 편지를 쓰기 시작했다. 그는 편지 내용과 표정을 일치시키려는지 미소를 띠거나 입술을 앙다물기도 했다. 쓰기를 마치자 만족한 얼굴로 편지를 내게 넘겼다.

"편지라면 이 정도는 시적(詩的)으로 근사하게 엮어야지." 장익이 젠척 말했다.

광대, 이 하이에나야.

너 지금, 속으로 울고 있구나, 칠흑의 밤 속에서. 어둠은 세속을 압도하고, 클럽 아마존이 눈앞에 신기루처럼 솟아오르지? 아마존! 여기는 청춘의 공간이다. 산다는 것은 어쩔 수 없는 저항이라 주절대며, 우리는 알코올에 취해 돛단배를 타고 미래의 나라로 흘러간다. 출렁이는 뱃전에서 마시고 취해, 발광 떤다. 기죽지 말구, 무엇에든 도전하라. 도전 없이는 일 야드도 전진할 수 없음을 명심하라. 필드 골을 날려라! 우리 인생에는 전진만 있을 뿐, 후퇴란 없다. 그게 럭비의 존재 이유 아니니? 내 말을 신조로 명심하라. 아르헨티나 탱고 걸이나, 아마존 원주민 여자와 동침하고 싶어하는 녀석과, 쓸데없이 주먹 휘둘러대다 후회 막급함에 가슴 멍든 연극학도 친구가 떠오르면, 그리움의 키스를 퍼부어라, 멀리서나마 너들을 사랑한다고. 아니면 낮술에 취해 갈짓자로 행보해봐. 신호등 무시하고 네거리를 건너다 사방에서 울리는 클랙슨 소리에, 청춘이 아까워 죽을 수 없다고 두 팔 벌려 외쳐라. 살아 있어야 하고, 살아 있어야만 만나고, 만나야 취할 수 있음을 기억하라.

1961년 삼월의 봄을 기다리며, 죽음까지 같이하고 싶은 친구, 강장익 썼다.

"네가 광대 대구 주소 아니깐 이 편지 부쳐줘." 장익이 말했다.

"치기로 넘치는군. 삼류 시가 바로 이런 허황한 입담으로 도배된 글 아닌가 몰라. 광대가 이 편지 보곤 픽 웃곤 찢어발길 거다.

이런 허황한 문장이 개한텐 안 먹혀. 너도 알잖아. 하이에나는 글을 못 읽어."

"오늘, 넌 기어코 날 작살내기로 작정했구나. 그럼 내가, '밥 잘 챙겨먹고, 늙은 엄마 속상하게 하지 말고, 차 조심해라', 이따위로 써야 속이 후련하겠나? 매사가 맹물 같은 너한테는 내 문장이 제대로 이해될 리 없어. 서반아어과 다닌다는 친구가 왜 이렇게 감수성이 제로야? 돌대가리 광대도 이 편지 보면 뭔가 느낄 거야. 편지가 육성보다 진하게 다가오기도 하니깐. 애인한테 말로 안 통하면 구구절절 사연 담아 편지를 쓴다는 말도 있잖아. 내 예감이 틀림없어. 광대가 감동할걸, 장담하지. 대구에서 광대 만나면 물어보자구. 내기를 걸어도 좋아."

그때 클럽 아마존 출입문이 열리고 연표가 나타났다. 어디서 한잔했는지 얼굴이 발그레했는데, 녀석 표정이 비장했다. 여전히 검정고양이 쫑을 끼고 있었다. 녀석에게 쫑은 여자들의 핸드백이었다.

"저 녀석 꼴이 왜 저래? 파산선고 맞은 인상이야." 장익이 말했다.

연표가 내 옆자리에 앉았다. 쫑을 술상에 놓고 한 손으로 이마를 짚었다.

"제법 마셨네. 왜 그래 우거지 상판인가?" 내가 물었다.

"아버지한테 한 방 먹었어."

"그래서 낮술 마셨다, 이 말이군." 장익이 말했다.

"낮술은 골 때려."

"얘기 좀 해봐. 꼰대가 뭐랬어?" 장익이 물었다.

"날 그냥 버려둬."

"얘기해보란 말이야. 그래야 친구가 위로해줄 거 아냐. 친구 좋다는 게 뭔데." 장익이 추궁했다. 그는 연표의 사연이 궁금해서라기보다 화제가 궁했던 것이다.

"돈 좀 타려고 아버지 회사엘 갔지. 마침 잘 왔다며, 날 식당으로 끌고 가더니 한바탕 설교를 퍼붓는데……"

연표가 들려준 말이 이러했다.

나는 간섭 없이 너를 쭉 지켜보아왔다. 자식의 고민이 이해되기 때문이었다. 아비가 새장가 간 걸 두고 괴로워함도, 못 마땅해함도 알고 있다. 헤어진 가족을 오매불망 그릴 북의 네 어미를 두고, 나 역시 애초에는 재혼할 마음이 없었다. 그러나 휴전선이 무너지고 통일될 날만 한정 없이 기다리며 홀몸으로 버텨내는데도 한계가 있었다. 너도 장차 결혼해보면 아비 마음을 어느 정도는 이해할 거다. 어쨌든, 아비가 재혼한 마당이니 구차한 변명은 하고 싶지 않다. 그러나 나도 아비로서 자식에게 할 말은 해야겠다. 휴학계를 내고 허구한 날 술과 담배에 찌들어 방황하는 자식을 더 두고 볼 수만은 없다. 아비가 볼 때 지금 너는 완전한 폐인이다. 장래를 기대할 그 어떤 싹도 발견할 수가 없다. 아비가 학교 복학을 강요하진 않겠다. 우선 생활의 질서부터 찾기를 바란다. 집 떠나면, 부산에서 돈 보내달라, 제주도에서 돈 부쳐달라고 장거리 전화해댈 때마다 아비 가슴이 숯덩이가 된다. 만약 송금해주지 않는다면 너는 길바닥에서 객사할 놈이다. 결벽증 심한 너는 객지 여관방서 굶어죽거나 자살할 것이다. 아비가 돈이 아까워서 이러는 게 아니다. 내 옆에 남아 있는 하나뿐인 자식이기 때문에 충고하는 거다. 오늘부터 내가 하는 말을 명심해서 지켜야 한다. 첫째, 사진 찍기 위한 며칠간의 여행은 반드시 부모의 허락을 받아라. 둘째, 서울에 있다면 외박하지 말고 잠은 반드시 집에 와서 자라. 셋째, 기상시간에서 취침시간까지 규칙적인 생활인이 되라. 이 세 가지를 지키지 않으면 이제부터 일절 용돈을 끊겠다……

"이런 아버지 충고를 내가 어떻게 수용해? 아버지로부터 내가 실천할 수 없는 무지막지한 말을 듣자, 깨달았어. 이제 집을 아주 떠나야 한다구. 여행이나 가출이 아니라, 아주 집을 나와 독립하기로. 이젠 그럴 나이도 됐잖아." 연표가 말했다.

"경제적 능력이 깡통인 네가 무슨 힘으로 자립해." 내가 말했다.

"우선 가진 것 팔아가며 시작해보는 거지 뭐. 살다보면 어떻게 될 거야. 아무리 절망했던 순간도 얼마간 시간이 지나가니깐 어떻게 해결되데."

"아무 계산 없이, 어떻게 되겠지에만 기대한다?"

"도련님께서 이제 집을 나와 자립하겠다, 이 말씀 아냐. 그럼 우리와 같이 있는 게 어때? 그렇잖아도 순곤이랑 자취하려구 구상 중이거든." 장익이 말했다.

"뭐라구, 너들이 뭉친다?" 연표가 갑자기 내 술잔을 빼앗아 들며 솔깃해했다.

"방 얻을 보증금은 내게 있어. 내 자췻방이 보증금 깔고 있으니깐." 장익은 썩 기분이 좋은지 연표를 얼렀다. "셋이 뭉치면 좋지, 최상의 팀웍을 이룰 거야."

"순곤아, 장익의 말이 맞아?"

"신학기부터 그러기로 예정하고 있지."

"당장은 어때?"

"생각 안해본걸."

"당장도 좋지." 장익이 말했다. "자취 생활 시작한다면 연표 너를 알몸으로 옆에 눕히고 밋밋한 가슴을 애무하고 싶어. 내가 크림으로 마사지해줄 수도 있지." 킥킥거리던 그가 정색하며 말을 바꾸었다. "연표야, 순곤이한테 고향서 돈 왔대. 넌 어때?"

"뭘?"

"콜걸과 숏 타임."

관심 없다는 듯 연표 표정이 시무룩했다.

"설마 동정을 고수하는 건 아니겠지?"

"둘이 갔다 와. 난 여기서 우리 자취 계획이나 짜볼게."

"여자를 사는 이런 제안은 강요할 성질이 못 돼. 성병 염려도 있으니깐. 자기만 빠뜨렸다구, 나중에 후회 안하겠지?"

"정말 기권이야."

"그러면 됐어." 장익이 나를 보았다. "가자구. 바로 옆집. 빨리 한탕 뛰고, 술 마셔야지."

돈은 내가 가졌는데, 내 의견은 철저히 무시되고 있었다. 나는 여자를 사는 문제를 두고 장익의 말에 동의한 바 없었다.

"한마디로 기가 차네. 내 의견을 언제 물었어? 그 결정에 내가 동의했나?"

"시골서 돈 왔다구, 같이 가기로 했잖아?"

"내가 언제 같이 가자고 했어?"

"너 째째하게 왜 그래? 솔직히 말해서, 내심 가고 싶잖아? 좀 생원같이, 사내가 그러면 못 써. 공돈 생겼담 이럴 때 쓰는 것 아냐? 그럼 돈 아까워 넌 못 가겠다, 이 말이야?"

말로서 사람 병신 만드는 데는 장익을 당해낼 수가 없었다. 돈을 그런 데 써버리지 않는다면, 나는 한순간에 째째한 좀생원으로, 사내답지 못한 사내가 되고 마는 셈이었다. 어찌 보면 시골에서 돈이 왔다고 자랑한 내 불찰이기도 했다. 그러나 돈이 생겼기에 친구들에게 술을 사겠다고 자랑한 게 떳떳하지 않냐 싶기도 했다.

"내가 졌다." 내가 물러서지 않을 수 없었다. "한마디만 하자면, 어쨌든 이럴 때는 내 의견이 우선되어야 한다고 생각해. 익아, 내 생각이 틀렸나? 넌 나를 푼돈 가지고 달달 떠는 놈으로 몰아붙이는데……" 말은 그렇게 하면서도 장익의 버릇을 아는 이상 더 화를 낼 수 없었고, 차라리 웃는 게 편했다.

"시시콜콜하게 따지네. 그래 좋다, 물주가 오기 부리는데 쫄다구는 처분만 기다려야지, 제길" 하곤, 장익이 내 어깨를 낚아채며 일어섰다. "그래, 네가 이겼다. 됐냐? 나가자."

"적반하장이군."

"넌 적재적소에 골라가며 한 방 먹이는 데 선수야." 장익이 낄낄거렸다.

웃는 놈 낯짝에 침 못 뱉는다고, 나는 장익의 단수 높은 능변에 두 손 들 수밖에 없었다기보다, 장익의 말처럼 곧 여자를 안을 수 있다는 충동에 내심 몸이 뜨거워지고 있는 형편이었다. 이성과 사귈 기회조차 용이하지 않은 이 나라 젊은이들은 결혼 전에 대체로 그런 곳 여자와의 신체적 접촉을 통해 동정(童貞)에서 해방되었다. 통계 수치를 내보지는 않았지만, 우리 과의 경우만도 남학생들끼리 술김에 그런 대화를 나누다보면 도시 뒷골목마다 홍등 밝힌 유곽에서 첫 경험을 했다는 경우가 대부분이었다. 더러 선배 따라 가본 방석집도 있었고, 전방에서 휴가 나올 때 단체로 용산역 부근 유곽에 들르거나, 간혹 행복하게도 연애하는 상대와 동정과 처녀성을 교환했다는 얘기를 듣기도 했다. 나 역시 대학 일학년 여름방학 때의 귀향길에, 부산이 본가인 급우와 함께 서울역 앞 양동에서 그 통과의례의 절차를 밟았다. 그 뒤부터 고향에서 송금이 온 날이면 광대와 함께 밤거리로 나서서 고혹적인 미소와 도발적인 자태로 성에 주린 사내를 유혹하는 청량리 오팔팔에 잠시 몸을 맡기곤 했다. 결혼 전까지는 반드시 순결을 지켜야 한다는 윤리적 책무가 남자들에겐 해당되지 않는다는 이 나라의 봉건적인 사고방식에 익숙해져 있었던 셈이다. 변명 같지만, 인류가 군집 생활을 하고부터 자생된 유곽에서의 돈과 몸을 바꾸는 거래 행위는 필요악처럼 오늘날까지 존재해온 게 사실이었다. 그러므로 우리 연령대에서 보자면, 원 없이 성을 즐길 수 있는 결혼은 먼 장래의 일이었기에 편법으로 그런 배출구를 찾지 않는다면, 소극적인 방법이지만 숨어서 원숭이처럼 자위 행위로 욕망을 달랠 길밖에 방법이 없었다. 한편, 전쟁에서 이긴 쪽이 무차별로 자행하는 점령지의 강간 사태가, 평화 시대에는 유곽이 대신 그 역할을 한다는 사회학자의 해석이 그럴듯했다.

장익과 나는, 연표를 밖으로 유혹해 시비 걸었던 골목 안을 통과해 가로등 전구가 불 밝힌 아래, 여인숙으로 들어갔다. 장익은 초행이 아닌 듯 여자 이름을 불렀다. 기다렸다는 듯, 한 여자가 분홍색 슈미즈 바람으로 튕기듯 나왔다. 그녀는 장익을 보더니 오빠라 호칭했다. 일행이 둘임을 알았는지, "애자야, 나와봐" 하고 그녀가 친구를 부르자, 다른 여자가 얼굴을 빠꼼 내밀었다. 두 여자는 화장을 했으나 화장발 밑으로 짐작되는 나이는 우리보다 위로 이십대 중반은 되어 보였다.

짧은 치마 차림의 여자 용모가 순박해 보여 내가 불만을 표시하지 않자, 장익은 곧 흥정에 들어갔다. 오빠로 호칭하던 여자를 끌고 구석으로 가더니, "숏 타임이라잖아" 하는 속달거림 끝에 내게, 석 장에 오케이라며 손가락 세 개 표시를 했다. 이런 곳 여자 값이 세계 공통적으로 남성용 구두 한 켤레 값이란 말을 들었는데, 생각보다 쌌다. "구두 값이 오르면 그것 값도 그만큼 뛴대." 어떤 친구가 귀띔한 말이 그랬다. 내가 선불로 돈을 지불했다.

장익과 나는 정확히 이십 분 뒤에 만나기로 하고 각각 다른 방으로 헤어졌다.

내게 선택된 여자는 도톰한 뺨에 주근깨가 드문드문했다. 이런 생활에 시달린 그늘이 보이지 않았고, 의외로 표정이 밝았다. 화장대만 덩그렇게 눈에 띄는 작은 방으로 들어오자 여자는 한 쪽에 개어놓은 요부터 깔았다. 방바닥이 따뜻했다. 여자는 내 말투에서 금방 경상도 남자임을 알아채고 말했다. 긴 밤 자면 양말과

속옷을 빨아 요 밑에 말려 아침에 입게 해주고 어머니가 차려주 듯 아침상 보아 올릴 수 있다며, 다음에 오면 긴 밤 자고 가라고 말했다. 그런 가외 서비스는 따로 돈 받지 않으며, 자기 몸은 청 결하다는 점도 강조했다. 한 달에 한 번 정기검진을 받는다는 것 이다. 객지살이를 하고 있음을 간파하곤 나를 단골로 삼으려는 수작이겠지만, 그 말이 진정으로 들리게 조용조용 말하는 목소리 에 착한 티가 묻어났다. 여자는 알전구 전깃불을 희미한 붉은색 보조등으로 바꾸더니 옷을 벗었다.

"학생 같네요? 이런 곳이 처음은 아니죠?" 여자가 물었다.

나는 대답하기 싫어 입을 다물었다. 연표가 빠진 게 섭섭했다.

"섰지 말고 벗고 와요, 학생."

붉은 불빛에 희뿌옇게 드러나는 여자의 살을 보자 이럴 때 하 는 버릇대로, 에라 모르겠다며 나는 훌훌 옷을 벗어던졌다.

"콘돔 있지요?" 내가 물었다.

"난 병 없다고 했잖아요." 내가 답을 않자, 여자는 금방 내 마 음을 읽었다. "그러나 끼면 서로가 좋죠 뭐."

여자가 경대 서랍에서 콘돔 하나를 꺼내더니 자기가 끼워주겠 다고 했다.

나는 천천히 내 몸을 여자 위에 눕혔다. 여자의 동그란 유방이 내 가슴 밑에 납작하게 눌렸다. 눌렸다는 것은 여자 살갗이 탄력 을 잃었기 때문이겠으나, 눌린 유방은 질감 좋게 한없이 부드러 웠다. 지방질의 퇴화로 허리가 굵었는데, 몸을 움직일 때마다 출 렁거리는 느낌이 있었다.

옆방에서 킥킥거리는 여자의 숨죽인 웃음이 들리더니, 멈추었다.

"술 마셨군요?" 침묵을 깨고 여자가 물었다.

"조금."

"이런 데 자주 와요?"

"돈 있을 때만."

"돈 없을 때도 더러 와요. 학생증 잡히면 외상 해줄게요."

나는 대답 않고 요동치는 내 몸을 여자의 몸 위에서 안정시키려 노력했다. 여자의 어깨 위로 얼굴을 처박고 명료한 의식으로 순간순간을 인식했다. 마음이 조금은 씁쓰레했다. 섹스에 대한 평소의 상상과 욕망에 비해, 이런 곳에서 조바심치는 마음으로 매음에 몰입하는 내가 부끄러웠다. 엄마가 내 이런 꼴을 본다면, 욕망의 배설에다 단감 상자 판 돈을 쑤셔 넣는 자식 꼴을 본다면…… 그러나 다 부질없는 생각이었다. 반성은 늘 다시 반성으로 되돌아왔다. 거짓일지라도 참회를 계속하라고 마음이 강요했으나, 나는 결혼 전까지 이곳을 다시 찾게 될 것이다.

여자는 내 아래에서 중량이 주는 압박 때문인지, 내 관능을 가속도로 유발시키려는 속셈인지 가쁜 호흡을 계속했다. 물론 내 작업에 도움을 주려고 하반부의 율동도 아끼지 않았다. 앞으로 장익의 유혹에 넘어가지 않아야 한다. 장익에겐 절대 송금 온 사실을 알리지 않아야 한다. 아니다. 친구 핑계 댈 게 아니라 나 스스로 이런 곳 출입을 끊어야 한다. 동작을 멈추지 않으면서, 나는 이런 말을 반복해서 뇌었다. 쾌감이 절정으로 치닫자 나는 사납고 민첩한 동물처럼 최후의 시도를 감행했다. 그제야 여자는 거짓 신음을 멈추고 사지를 뻗은 채 눈을 감았다. 곧이어, 짜릿하고 나른한 쾌감에 취했다. 서로의 동작이 중지되었다. 여자도 장사를 끝내곤 빠른 손놀림으로 뒤처리를 했다. 옆으로 굴러 떨어진 나는 맥 빠진 기력과 수치심 때문에 잠시 쉬었으나, 그 수치심 때문에 곧 일어나 담배부터 피워 물곤 서둘러 벗어놓은 옷을 입었다. 여자는 슈미즈 바람으로 방문부터 열었다. 여자를 처음 보았을 때의 순박해 보임이 위장전술이었나? 문득 그런 생각이 들었다. 그럴 수도 있겠다 싶었다. 화장이며, 머리 모양이며, 옷차림하며, 순간적으로 보이는 태깔까지, 그렇게 꾸밀 수도 있었다. 남자들이란 누구나 순진한 여자를 좋아하는 걸 이곳 여자들이 잘 짚어내니깐.

내가 먼저 여인숙을 나섰다. 빵모자 쓴 술 취한 사내가 비틀거리며 여인숙으로 들어서다 가로등 밑에 선 나를 힐끔 보았다. 잠시 뒤 장익이 문 앞까지 따라 나온 여자에게 손을 흔들곤 여인숙을 나섰다. 장익과 나는 멋쩍은 얼굴로 만나 말없이 클럽 아마존으로 돌아왔다. 내게 선택된 여자와의 행위에 대해 장익이 아무 말도 묻지 않는 게 다행이었다. 연표는 후경을 상대로 잡담하고 있었다.

"어디들 갔다 와요?" 후경이가 물었다.

"갔다 올 데가 있었어." 장익이 아무렇지 않게 말했다.

연표는 게슴츠레한 눈으로 장익과 나를 곁눈질했을 뿐, 그 역시 아무 말도 묻지 않았다. 전축에서 쏟아지는 「라운지」를 들으며 장익과 나는 마른 목을 술로 축였다.

"어쨌든 오늘은 세 분 다 맥이 빠져 보여요." 후경이 말했다.

"봄이 오니까 남자들은 맥이 빠지구, 처녀들은 마음이 들뜨구……" 연표가 말했다.

"남자들은 봄이 싫으세요?"

"겨울옷 벗자니 섭섭하구, 봄은 늘 피곤하잖아. 경칩이 가까우니 대동강 물도 풀리겠군. 참, 후경이, 너 이 유행가 아나?" 연표가 물었다.

"익이 오빠가 좋아하는 「이별의 부산 정거장」요?"

"말구, 「봄날은 간다」 말이야. 양지바른 마루 끝에 나앉아 졸음에 겨워하는 쫑처럼, 따스한 봄볕에 졸음 퍼붓는 나른함 같은 게 이 노래엔 담겨 있어. 가사와 곡이 잘 맞아떨어져."

"대구 출신으로 젊어서 자살한 이장희 시에 봄, 나른함, 졸음, 고양이를 결부시킨 명편이 있지." 아는 게 많았고, 무슨 일이든 끼어들지 않고 못 배기는 장익이었다. "그 노래는 내가 좀 부를 줄 알아."

장익이 기침 끝에 굵은 톤으로 노래를 부르기 시작했다.

"연분홍 치마가 봄바람에 휘날리더라. 오늘도 옷고름 만지면서 쌍 제비 넘나드는 성황당 길에 꽃이 피면 같이 울고 꽃이 지면 같이 울던……" 장익의 노래 가락이 구성지게 잘 넘어갔다.

손뼉 치며 장단 맞추는 후경이를 주방아줌마가 불렀다. 장익의 노래 일절이 끝나자 동시에 전축의 「라운지」도 끝났다. 베레모 쓴 친구가 「살롱 멕시코」를 주문했다. 베레모가 클럽에 선사한 판이었다. 음악이 시작되었다. 「살롱 멕시코」의 환상적인 리듬이 실내에 부드럽게 풀려나갔다.

나는 후경이한테 다시 막걸리 한 되와 간천엽을 청하곤, 담배 연기가 사라지는 천장을 물끄러미 바라보며 광대를 생각했다. 근 육질의 탄탄한 육체, 두꺼운 입술, 좁은 이마에 튀어나온 광대뼈, 민활히 움직이는 반짝이는 작은 눈이 보고 싶었다. 지금쯤 팔공 산에 올라 산정에서 달빛에 젖은 채 독한 소주를 마시고 있을까. 나는 갑자기 친구가 보고 싶어 미칠 지경이었다.

"어릴 적 기억밖에 남아 있지 않지만, 난 모든 걸 고향에 두고 왔다구 생각해. 전쟁 안 나구, 거기서 가족이 함께 살았다면 이렇 지 않을 텐데 하는…… 자나깨나 그 시절을 떠올리는 게 체질화 되었다고나 할까……" 우리가 자리 비운 동안 북의 남겨 두고 온 가족만 생각했는지 연표가 말했다.

"평양이 고향 맞지?" 장익이 알면서 물었다.

"큰형은 소년병으로 입대하자마자 전사했구, 작은형은 피난 나 오다 미군 비행기 공습에 죽구…… 평양엔 지금 할아버지, 할머 니, 엄마, 여동생 둘이 있어. 엄만 병드신 할아버지를 모셔야 했 기에 아버지 따라 나설 수 없었지. 집을 떠난 날이 분명 십이월 오일 아침이라구 아버지가 말씀했어. 그날은 마침 영하 몇십 도 의 강추위가 기습한 날이었다. 남게 될 가족을 지하 방공호에 두 구 아버지와 우리 형제가 눈물을 뿌리며 집을 나섰던 그 순간은 지금도 선명히 기억해. 어머니가 날 붙잡고 우시며, 피난 갈 동안 식구와 절대 떨어지면 안 되구 아버지 말씀 잘 따라야 한다, 부 디 몸조심하라고 내 손 꼭 잡구 신신당부 이르시데. 겹겹으로 옷을 껴입고 목도리까지 단단히 했는데 날씨가 어찌나 매몰찬지 걸음조차 안 떼어져. 싸락눈이 흩날리는 속에 시내 길갓집들은 폭격으로 폐허가 됐구, 거리가 텅 비었어. 시민 일부는 지하 방공호에 꽁꽁 숨었겠지만, 대부분이 피난길에 나섰다보니 평양은 유령도시가 됐어. 중공군이 총공세를 벌여 벌떼같이 밀고 내려오자 전쟁이 제삼차대전으로 확전될지 모른다는 소문이 돌았고, 그렇게 되면 미국이 또 원자폭탄을 사용할 거라는 말까지 퍼져 십일월 하순에 들자 평안도 일대에 살던 주민들은 모두 피난길에 나섰거든. 강추위 속에 텅 빈 시내를 빠져나와 겨우 대동강 기슭에 이르자, 강을 건널 피난민들이 발 동동거리며 아우성을 질러대. 강가에 몰려 있는 흰옷 입은 피난민 수가 수천 명, 아니 만 명은 훨씬 넘어 보여. 강가는 얼음이 얼었는데 강 가운데는 얼기 직전이라 걸어서는 강을 넘을 수가 없었거든. 마지막으로 남았던 국군이 어떡하든 피난민들과 함께 철수하려 호루라기 불며 이리 뛰고 저리 뛰는데, 얼핏 들리는 말이 폭격으로 무너진 대동강 철교를 수리 중이라나…… 피난민들이 철교 쪽으로 우르르 몰려들가. 우리도 그쪽으로 뛰는데, 어디선가 미군 전투기가 스무 대쯤 날아들어. 그 전투기들이 갑자기 급강하하더니 피난민들을 향해 폭격과 기총소사를 퍼부어…… 피난민들의 흰옷이 피범벅이 된 채 픽픽 꼬꾸라지는데, 생지옥이 따로 없었어. 아비규환의 그 북새통에도 아버지는 우리 형제를 양팔에 껴안구 무너진 철교의 곡선 철다리에 개미 붙듯 붙었어. 그렇게 우리는 죽기 살기루 대동강 철교를 겨우 넘었어. 열흘 정도 남으로 내려갔다 유엔군이 평양을 수복하면 다시 올라오기로 하고 집을 나섰는데…… 잠시 이별이 이렇게 길 줄이야. 전쟁 난 지 벌써 십 년 아닌가? 강산도 변한다는 십 년이 대동강 강물같이 흘러가버렸어…… 남은 가족은 방앗간 집에 여태 사는지, 월남한 반동가족으로 물려 시골 협동농장으로 쫓겨났는지 모르지만……" 그의 목소리가 차츰 감상에 젖어들었다. "지금도 난 그 장면을 또렷이 기억해. 비녀 꽂은 한복 차림으로 재봉틀 돌리던 어머니 모습을. 남남북녀란 말대로, 기품 넘친 분이셨지. 방앗간은 벌써 문 닫았을 텐데, 연로한 시어른 두 분에 여동생들 거느리구 어찌 사시는지……"

쫑이 술상에 앉아 연표가 준 생선 토막을 발겨먹고 있었다. 연표가 쫑 등을 쓰다듬자 호응이라도 하듯 날선 울음을 울었다.

"그쯤 해둬라. 내 머리까지 어지럽다. 누구나 소년기의 추억은 반추하면 할수록 괴로움만 가중돼. 전쟁 통에 그 정도 아픔은 다 겪었어. 불행을 곪은 상처 헤집듯 자꾸 까발길 필요도, 그렇다고 미화해서 가꿀 필요도 없어. 과거는 결코 재현될 수 없으니깐 잊겠다구, 끊임없이 자기 암시를 걸어야지. 그 참혹했던 전쟁 딛구 여기 이렇게 살아남아 있으니, 내일을 보고 이겨나갈 수밖에. 안 그래?" 장익이 연표의 격해지는 감정을 다독거리듯 등을 어루만지며 술잔을 들었다.

후경이가 술주전자와 간천엽과 참기름 친 소금 접시를 날랐다. 장익이, 넌 줄기차게 간천엽이군 하고 말했다.

"너들, 평양 역전거리를 상상해본 적 있니?" 연표 표정이 갑자기 밝아졌다. "우리 집이 그 부근이었거든. 역 앞 광장과 툭 트인 한적한 가로가 꿈에도 곧잘 떠올라. 난 상상으로 그 가로에 이런 장면을 삽입하곤 하지. 미끈한 자동차 타구 카스테레오로 재즈 꽝꽝 울리며 백 마일 속도로 질주하는 거야. 차창 확 열어놓고, 자유의 소리를 삐라처럼 뿌리며 신나게 달린단 말이야. 내 발상 멋있잖아?”

“통일될 그날, 그래 봤으면 좋겠군.” 내가 맞장구 쳤다. 나는 리우 데 자네이루의 삼바 축제를 떠올렸다. 새해 불꽃놀이 축제로 카니발을 벌이면 그 퍼레이드의 긴 행렬은 끝이 보이지 않는다고 했다. 평양 대로에 시민이 모두 몰려나와 삼바 리듬이 아니라, 아리랑 합창에 맞추어 덩실덩실 춤추며 행진한다면 어떨까 싶었다.

우리는 평양, 서울, 광대가 있는 대구, 내 고향에 연결 다리를 놓고선 각 고장의 특질을 열거하며 부산하게 지껄였다. 이어, 우리가 소년기에 겪은 전쟁 이야기, 자본제 시장경제, 국가 경영의 집체경제를 두고 그 장단점을 토론했다. 사일구 뒤, 우후죽순으로 창당된 혁신정당의 열화 같은 성원에 힘입어 지난 이월 십삼일 『민족일보』가 시판되자, 이 혁신지가 주창한 통일 대비 남북회담을 두고, 그 성패에 이르기까지 광범위하게 언급하며, 막걸리 술통을 다 비우기로 작정한 듯 폭음해댔다.

“난 남북 학생회담은 조건 걸지 않구 무조건 찬성이다. 외세 배제하구, 우리끼리 무조건 만나고 봐야 돼. 만나야 뭔가 이루어낼 게 아닌가? 진군, 진군하자구!” 연표가 취해서 술잔을 흔들며 열을 냈다.

“막힌 물꼬를 터뜨릴 때 됐어. 그동안 이승만의 무자비한 반공

논리에 얼마나 많은 백성이 희생당했냐. 억울하게 죽은 숫자가 수백만 명은 족히 될걸. 그 원혼이 하늘에서 남북회담을 어서 시작하라고 응원을 보내구 있을지 몰라. 원한에 사로잡힌 망령으로 말이다." 장익이 연표 말에 맞장구 쳤다.

이산가족인 연표는 특히 그 문제에 관심이 많아 술김에 화제를 이끌어나갔다. 한동안의 대화 끝에 그는, 예감이지만 통일될 그날을 못 보고, 어머니와 누이도 못 만나고, 자신은 그전에 죽을 것 같다고 탄식했다.

사일구의거의 성공 덕에 주점에서 술 마시고 그런 말을 마음 놓고 떠들어도 잡혀가지 않는 세상을 맞은 것이다. 이승만 정권 때라면 그 무시무시한 반공법에 저촉되어 경찰서 대공과나 방첩대로 쥐도 새도 모르게 잡혀가기 십상이었다. 그러나 나는 전쟁이 났던 그해 겨울 할아버지가 당한 불의의 죽음을 떠올렸기에 입 다물고 있었다. 그러나 둘이 말을 맞추어 통일이 당장 실현되어야 한다는 주장을 계속 폈기에, 나로서도 한마디 하지 않을 수 없었다.

"너무 빠르잖아? 쇠뿔은 단김에 빼라는 말도 있다만 이러다간…… 육이오 보라고. 북의 속전속결 통일논리로 남북한 합쳐 억울한 희생자가 얼마나 많이 났냐? 만약 통일이 된다면 어느 식으로 돼야 해? 남쪽 체제로, 아니면 북쪽 체제로?" 내가 물었다.

그 말에 둘이 머쓱해져 입을 다물었다. 대화가 남북한 현 체제 문제로 돌면 혈기를 내다가도 결론에 이르면 서로 눈치를 보며 머쓱해졌다.

연표는 처음 만났을 때보다 술이 조금 늘었으나 이미 한계에 이를 만큼 취해 있었다. 그는 남북문제같이 민감한 얘기는 공개적으로 할 게 아니라며 자기 집으로 가서 얘기를 계속하자고 말했다. 아버지용 양주가 있다고 했다. 장익이 양주란 말에 솔깃해하더니, 매사에 합리적인 네 의견은 어떠냐고 내게 물었다. 나는, 연표가 취했고 우리도 주기가 있어 연표네 식구에게 첫인상이 좋지 않을 테니 그의 집 방문은 다음으로 미루자고 말했다. 의견의 통일은 보지 못했으나 우리는 일단 클럽 아마존에서는 나서기로 합의를 보았다.

나는 동두천에서 늦게 돌아온 마담에게 외상값을 청산했다. 셋이 어깨 걸고 종로 거리로 나오자, 연표가 자기 집에 가자며 막무가내로 우리 등을 밀어붙여, 셋은 금호동행 버스에 올랐다. 장익과 나의 연표 집 방문은 첫걸음이었다. 버스가 종점에 도착하자 토할 기미를 보이던 연표가 약국부터 찾았다. 버스에 시달린 탓인지 속까지 울렁거려 도저히 참을 수가 없다고 했다. 버스 밑창에서 올라오는 가솔린 냄새와 노면이 좋지 않아 엉덩방아를 찧은 차체 진동 탓에 내 속도 편치 못했다. 누구 중 하나라도 연표 집에서 변소 외 다른 장소에서 토하는 추태를 보인다면 주정뱅이 친구로 눈총깨나 받을 게 틀림없었다. 그러나 술값 왕창 쓰고 이젠 술 깨는 약값까지 부담해야 하니, 흔전만전 돈을 뿌리는 내 심기가 편치 않았다. 어쨌든 우리는 '노오바' 드링크제를 한 병 씩 마셨다. 물주 노릇 제대로 하려면 처음부터 끝까지 몽땅 써야함이 당연하다고 자위하는 길밖에 없었다.

연표의 집은 경사지에 있었는데 우리 같은 서민이 보기에는 그 야말로 대궐이었다. 이백 평은 족히 됨직한 널찍한 대지 위에 이 층 양옥이 근사했다.

"적게 잡아도 삼천만 환은 호가하겠다. 육이오 때 피난 나온 삼 팔따라지가 십 년도 채 안 된 세월에 무슨 재주로 이렇게 큰 집 살 돈을 모았을까." 덩실한 주택을 올려다보며 내가 말했다.

"자유당 시절은 빽이면 다 통했던 시대였잖아. 권력에 줄 대어 갈퀴로 돈다발 긁었군. 어떤 환란의 시대도 돈 버는 부류는 따로 있어." 장익이 연표 아버지를 두고 말했다.

연표가 초인종을 누르자 개 짖는 소리가 우렁찼다. 철대문을 따주는 갈래머리 땋은 소녀는 감기에 걸렸는지 코를 훌쩍거렸다. 장익과 내가 대문 안으로 들어가자 사슴만한 검둥개가 목줄 끊을 듯 두 앞발을 쳐들고 사납게 짖었다.

"렌다, 시끄러." 연표 말에 개가 짖기를 멈추었다.

"도베르만이군." 장익이 개 종류를 알아보았다. 그는 경계의 눈초리를 풀지 않고 으르렁 대는 개 옆으로 다가갔다. "난 널 해 롭게 할 자가 아냐." 장익이 혀를 차며 도베르만 등을 쓸었다.

"개 조련사 같아." 연표가 장익에게 말했다.

"미군부대 있을 때 말만한 이런 놈 목욕시키곤 했지."

우리는 장미 아치를 거쳐 잔디밭 사잇길로 들어갔다. 넓은 정 원에는 모양새 좋게 자란 관상수가 울울했다. 벤치 뒤에 있는 온 실 유리창은 정원등 아래 뿌연 광채를 드러냈다. 나로서는 이 정 도로 멋진 집을 구경하기가 처음이었다.

"전형적인 부르주아다." 장익이 「라운지」를 휘파람으로 불다 말했다.

"휴전 후부터 아버지가 설탕 원재료 수입과 도매상으로, 네 말처럼 돈을 긁었지. 평화시대가 오면 사람들이 가장 원없게 먹고 싶은 게 달콤한 설탕 아냐."

"미국의 한국법인 원호처와 짜구?"

"그러자면 영어가 기본이잖아. 게이오대 영문과 출신이야."

"너네 집 정말 부럽다." 정원을 둘러보며 내가 감탄했다.

"내 집이 아냐. 난 조만간 이 집 떠나 너들과 살 테니깐."

돌계단을 올라가 현관으로 들어가자, 금박 올린 드레스 차림의 여인이 상냥한 미소로 우리를 맞았다.

"늦었군요." 여인의 목소리가 청아했다. 연표 새엄마였다.

몇 시간 전 여인숙의 착해 보이던 여자가 떠올랐다. 물질이 두 여자 신분을 극단적으로 갈라놓은 셈이었다.

"아버지 들어왔나요?" 연표가 거실로 들어서며 물었다.

"아직은요. 반도호텔에 저녁 약속이 있으신가봐요."

"내 친굽니다." 연표가 장익과 나를 새엄마에게 인사시켰다. "이 친구는 장익이라 하구, 이 친구는 순곤이라구…… 대학생들이죠."

"친구분들과 같이 오기는 처음이네요." 여인이 예의바르게 배꼽께에 손을 맞잡고 미소 띠었다. "저녁상 올릴까요?"

"밥은 먹었구, 술상이나 좀 봐줬으면…… 집에 양주 있잖아요." 연표가 말하곤 우리 둘에게, 올라오라며 이층 계단을 밟았다.

연표 방은 대학생들 하숙방과 비교할 수 없었다. 그는 우선 침대 생활을 하고 있었다. 책장과 서양식 옷장, 이불장이 세 벽면을 두르고 있었다. 그러고 보니 책장은 몰라도 서양식 이불장과 옷장을 나로서는 처음 본다 싶었다. 시골이고 도시고 내가 가본 웬만큼 산다는 집도 이불은 자개장롱에, 옷은 횃대보로 가려 못에 걸었다. 연표의 책상 또한 사장실에나 볼 수 있는 니스 칠해 번쩍번쩍 빛나는 대형이었다. 침대에는 원색 화집과 사진잡지가 널렸고, 세계적 명소를 찍은 흑백사진도 여러 장 걸려 있었다. 책상에는 역광을 이용해서 찍은, 불에 탄 폐허를 배경으로 고양이 안은 소녀 사진이 눈에 띄었다. 내가 그 사진을 보자 연표가 주석을 달았다.

"작년 시월 중순이던가, 의정부 어느 고아원이 화재로 전소했다는 신문기사가 났기에 사진 감이 있을 것 같아 달려갔지."

"제법인데. 작가의식이 보이는, 제대로 된 작품 같아. 리얼리티가 살았어." 장익이 심사위원 폼을 잡으며 머리를 끄덕였다.

"내가 고아원에 도착했을 때는 저녁이었어. 목조건물은 잿더미가 됐구, 고아들이 아직 연기 피어나는 잿더미를 꼬챙이로 뒤지고 있더군. 거기서 그 소녀를 보았어. 내가 쫌을 안겼지. 너무 자연스럽잖아? 피사체를 인위적으로 연출하면 사진은 생명력을 잃어. 전문가는 조작된 사진을 금방 알아봐."

"넌 저 작품을 공모전 같은 데 출품하지 않았을 거야. 결벽증을 내가 아니깐" 하곤, 장익이 쿠션 좋다며 침대의 책을 걷곤 벌렁 누웠다.

"봄맞이 준비로 고요 속에 서 있는 저 나목들 봐. 봄밤의 요정이 소요하는 것 같잖아? 이런 밤은 어디로든 먼 길 떠나고 싶어." 연표가 커튼 걷고 바깥 정원을 내다보며 말했다.

"야, 우리 대구로 가자!" 내가 말했다.

장익도 신학기가 시작되기 전에 등록금 문제로 대구 백부 댁을 다녀와야 했고, 나도 고향에 내려가려 작정하고 있었다.

"연표 너도 끼어. 우선 남쪽엔 벚꽃이며 진달래가 피었을걸. 화창한 봄이 우리를 반길 거야." 장익이 말했다.

"광대 집이 대구 맞지?" 연표가 물었다.

"너도 보았잖아. 좋은 놈이야. 당장 출발하는 게 어때?" 내가 다급해졌다.

"좋아. 난 늘 떠나구 싶으니깐." 연표가 손뼉을 쳤다.

"떠나자. 저 남도의 따뜻한 봄볕에 창백한 연표 얼굴을 그을려보자!" 장익이 신나서 소리쳤다.

우리 셋은 다시 떠들어댔다. 장익은 여행지의 낯선 풍물과 여행지에서 만나는 낯선 여자에 대해, 연표는 동백꽃 피는 다도해를 두고, 나는 적도 아래 도도히 흐르는 아마존 강과 남미 여러 나라의 새해맞이 불꽃놀이와 카니발을 두고 말했다.

"셋이 기거할 방부터 구해놓고 대구로 떠나는 게 어때?" 연표가 제안했다.

"어쨌든 빨리 출발해. 광대새끼 보고 싶다. 녀석이 대구에서 코 빠지게 기다린다고 엽서까지 보내왔어." 장익이 말했다.

"내 얘기 들어봐. 우선 망아지 한 필 사선 달구지 달아, 그 달구지에 천막을 치거든." 갑자기 무슨 착상이 떠올랐는지 연표가 엉뚱한 소리를 늘어놓았다.

"서부영화 포장마차?" 내가 물었다.

"바로 그거야. 그걸 타구 방방곡곡을 누벼. 천막에서 자구 밥 끓여 먹으며 풍각쟁이처럼 떠돈단 말이야. 동네방네 사람들 타작마당이나 우물가에 모아놓구 기타 치며 노래로 여흥 시간도 갖구, 난 사진도 찍구……"

"목가적이긴 한데 그 풍경 한물갔잖아? 농촌 풍경이야 몇백 년 전이나 지금이나 마냥 같다만, 어쨌든 지금은 수탈 심한 삼십년대가 아니잖아." 장익이 고개를 저었다.

"지금 농촌 풍경은 자연이 살아 있어. 목가적이라 아직은 근대가 어울려. 봄부터 가을까지면 전국을 한 바퀴 돌 수 있어." 연표가 말했다.

"여행이 끝나면 말은 팔 테니깐, 본전이겠네." 내가 연표 말을 거들었다.

"역시 순곤인 현실적이야." 장익이 말했다.

"이참에 망아지나 길렀으면 좋겠어. 언젠 망아지 타구 이북 땅두 유람하게." 연표가 자기 상상이 즐거운지 미소 띠었다.

"그 망아지 오대 손쯤이면 휴전선을 자유롭게 넘을 수 있을까?" 장익이 물었다.

"그런 세월이 언젠가는 올 거야. 임진강 건너 신의주나 회령까지 갈 수 있는 날이." 연표가 말하더니, "참, 내 정신 봐. 너들 양주 대접한다구 했지. 요리 만드나 아직까지 소식이 없어" 하곤,

문 따준 소녀 이름을 부르며 아래층으로 내려갔다.

6장

연표 집에서 자고 난 이틀 뒤, 우리 셋은 자취할 한 칸 방을 구하러 나섰다. 연표가, 금호동 집에 사진을 인화할 암실을 만들어 두고 있다기에 금호동과 가까운 동네에 방을 구하자고 해서 장충동, 행당동, 옥수동 일대를 훑었다. 그러다 방값이 싼 저지대인 한남동까지 가게 되었다. 한남동에 가보자고 제안하기가 장익이었다. 경기도 파주에 있던 고아원에서 탈출한 뒤 서울로 들어와 이태원으로 흘러들어 깡통 들고 거지 생활할 때, 외출 나온 로우건 중사를 만난 게 인연으로 미팔군 하우스보이 노릇을 했는데, 로우건 중사의 현지처가 살았던 한남동 언덕바지를 들랑거려 그 일대의 지리에 익숙하다고 했다. 한동안은 한남동의 노천 토관에서 잠자는 생활도 했다고 한다.

"한남동은 방값이 싸. 내가 잘 알아." 장익이 자신했다.

남산에서 남으로 흘러내린 물이 도랑을 이루어 한강에 섞여들 때 개수구가 여러 군데인데 한남동 쪽에도 있었다. 그 주변이 저지대로 한강물이 범람하면 개수구로 물이 넘쳐 들어와 버스마저 들어오지 못해 한남동 일대에 사는 주민들이 시내로 나가려면 언덕바지 이태원 쪽으로 걸어 넘어 장충동으로 빠져야 했다. 개수구 밖은 한강 건너 잠원 쪽과 왕래하는 나루터가 있어 강 건너 시골 학생들이 나룻배를 이용해 서울 쪽 학교에 다녔다.

우리는 한남동의 개수구 부근 저지대, 버스 종점의 이태원 쪽 발치에 이층 방을 월세로 얻었다. 한남동은 해방 후에 귀국한 난민들이 바라크 짓고 정착한 동네였다. 전쟁을 겪곤 개보수를 거쳐 함석이나 슬레이트 올린 여염집이 계단을 이루어 다닥다닥 붙어 있었다. 우리가 월세로 얻은 집은 마당 좁은 기역자형으로 세를 놓으려 블록으로 엉성하게 지어올린 이층 방이었다. 주인집 눈치 안 보는 독립된 공간이었기에 장익이 전세금에서 뺀 돈으로 보증금을 걸고 월세를 얼마씩 내기로 계약했던 것이다. 불편한 점은 화장실을 써야 할 때 일층까지 내려와야 했다. 그래서 소변은 큰 양철통을 이층 베란다에 가져다놓고 해결하기로 했다. 물론 양철통이 오줌으로 차면 일층 바깥 변소에 붓기는 우리 몫이었다.

다음날 학교가 파한 뒤 나는 하숙집으로 돌아와 이삿짐이랄 것도 없는 이불과 책 따위를 대충 꾸려놓곤, 오후 네시에 장익과 연표와 약속한 장소인 탑골공원 앞으로 나갔다. 그날 셋이 이삿짐을 옮기기로 약속했던 것이다. 먼저 장익의 이사부터, 다음이 연표, 마지막으로 내 짐을 옮기기로 했다. 그런데 장익이 연극 동우회 결성 문제로 급한 일이 생겨 사십여 분이나 지각했기에, 셋이 합류한 시간은 해가 기울 즈음이었다.

나는 그 이삿날의 택시 차창으로 스쳐가던 한강의 초저녁 경치와, 차창으로 넘쳐오던 부드러운 봄바람과, 달콤했던 우리의 대화를 그 뒤로도 잊지 못해, 여행의 환상에 자주 사로잡혔다. 그날 밤을 돌이켜볼 때마다, 각다분한 일상에서 며칠이라도 해방되고 싶으면 어서 여행 가방부터 챙기지 않고 뭘 꾸물대느냐고, 세속에서 부침하는 나를 채근하곤 했다.

하늘의 밝음이 사위어가고 어둠이 야금야금 점령해 오자, 우리 셋은 드디어 이삿짐 운반에 착수했다. 장익의 짐을 옮기자면 흑석동에서 한남동까지, 전차가 없었고 버스조차 세 번이나 갈아타야 했기에 하는 수 없이 택시를 이용하기로 했다. 택시에 미터기가 없던 시절이라 요금부터 정해야 했는데, 장익이 기사와의 흥정을 맡았다. 큰 백, 이불 보통이, 자질구레한 운동기구, 잡동사니를 쑤셔 담은 군용 숄더백에, 승객이 셋이라니 팔백 환으론 어림없다고 기사가 승차를 거절했다. 장익이 장기인 능청스런 다변으로 고학생 운운하며 애걸복걸한 결과 오십 환 얹어 팔백오십 환을 주기로 하여 겨우 흥정을 마쳤다.

"빨리들 타라구. 기사양반께서 우리 고학생의 딱한 처지를 이해해주셨어. 이제 신나게 떠나고 보는 거야." 장익이 서두르며 인도에 선 연표와 나를 손짓했다.

연표와 나는 빠른 동작으로 이삿짐을 택시 뒷좌석에 던져 넣고 몸을 실었다.

"작년 사일구 그날, 학생 데모대가 이 다리를 건널 때 저도 끼었답니다." 택시가 한강다리로 들어서자 장익이 기사에게 말했다. 그가 말의 물꼬를 터선, 사일구 시위에서 경찰 발포로 부상당한 학생들이 목발 휘두르며 학생의 피에 보답하라며 의사당 단상을 점령한 며칠 전 사태를 두고 시국담을 나누었다. 연표는 광대를 만날 대구 여행에 대해 내게 이것저것 물었다.

 택시가 한강다리를 건널 때, 열어놓은 차창으로 밀려드는 강바람은 겨울과 봄 사이에서 차가움 속에 부드러움을 내밀히 감추고 있었다. 반포나루 쪽의 잔잔한 수면은 도시의 불빛과 하늘에 뜬 초저녁 달빛이 서로 희롱하며 어우러져, 밤의 강 풍경이 아름다웠다. 택시는 허공에 걸린 다리 위를 질주했다. 택시가 소수 부유층이나 이용하는 전용물이지 가난한 젊은이들의 이동 수단과는 상관이 없다 보니, 나로서는 택시가 버스와는 비교할 수 없게 안락한 교통수단임을 처음 알았다. 우리는 쾌적한 쿠션에 몸을 묻고 차창으로 지나치는 사물의 속도감에 취해 말을 잊었다. 마치 어둠을 뚫고 하늘로 오르는 어린이 놀이기구 요지경열차 같았다. 느림뱅이 전차가 우리 뒤로 물러나자 전차에 탄 피곤에 전 승객도 금방 뒤로 사라졌다. 노량진행 전차를 타고 한강다리를 처음 건너본 시골양반이, 전차의 진동과 굉음이 엄청나 다리가 무너질까봐 조마조마해 진땀이 났다는 일화가 떠올랐다. 한편, 여행 안내서에서 읽은 브라질의 리우 시가를 누비는 '봉징요'가 생각났다. 봉징요란 노란색 전차로 그 도시의 산꼭대기까지 들어찬 파벨라(빈민가) 바라크촌까지 빈민을 빼꼭히 태운 채 나사못처럼 구비 돌며 오른다고 했다.

택시가 한강교를 건넌 뒤, 장익이 그 복받치는 기분을 삭이지 못해 「베사메무쵸」로 신명을 풀어냈다. 연표는 무릎에 앉은 쫑을 어르며 장익의 현인식 모창에 맑은 목청으로 합세했다. 나는 둘의 노래에 끼이지 않고 우리들이 꾸려갈 자취 생활을 두고 생각을 엮었다. 내 마음은 셋의 동거에 따른 부푼 기대감만큼, 그 기대감이 실망으로 변질되면 어쩌나 하는 걱정도 지울 수 없었다.

"전차나 버스가 아닌, 이런 승용차 쿠션에 몸 파묻은 채 잠자듯 편안히 죽고 싶다. 그때가 언제일지는 모르지만." 장익이 택시 탄 느낌을 두고 이렇게 말했다.

"택시 타다 차 안에서 죽고 싶다고? 우리도 자기 승용차 타고 다닐 그런 세월이 올까?" 내가 물었다.

"언젠가는 올 거야. 우리 민족은 저력이 있어." 장익이 말했다.

"이 택시가 계속 달려 휴전선을 넘는다면……" 연표가 엉뚱한 연상을 하더니 뒷말을 잇지 못했다.

연표 말대로라면 택시는 거침없이 달려 휴전선을 돌파해선 평양까지라도 갈 것 같았다. 평양까지 갈 수만 있다면 그 도시 문전에서 또 하나의 아름다운 다리를 건너게 될 것이다.

"아저씨 팔군 방송에 다이얼 좀 맞춰주세요." 장익이 말했다.

기사가 채널 다이얼을 돌리자 잡음에 섞여 트럼펫, 색소폰, 드럼이 각기 제 음색을 내며 재즈가 쏟아졌다.

"재즈, 저 위대한 음악은 누가 창조했을까. 그자에게 축복 있으라!" 재즈 리듬에 맞추어 장익이 손뼉으로 장단을 맞추며 어깨를 흔들었다.

"철의 장막 소련에 연주 여행 갔다 온 '베니굿맨 악단'처럼, 이렇게 재즈 뿌리며 평양 밤거리를 신나게 달려봤으면 좋겠어." 연표가 말했다.

"기발한 착상이야. 공산주의 땅에 자유를 뿌리려는 재즈 전도사에게 은총 있기를!" 장익이 외쳤다.

택시는 장충단고개 넘어, 통행 차량이 뜸한 내리받이 길로 내달았다. 한남초등학교를 지나 D대학에서부터 포장도로가 끝났고 울퉁불퉁한 돌밭길로 들어섰다. 그제야 택시가 속력을 늦추었다. 한강으로 물이 빠지는 개수구 앞에 걸린 돌다리를 건너 여염집들이 시작되는 공터에 택시가 멎었다. 공동 우물터 앞이었다.

연표는 이불 보퉁이를, 나는 낡은 큰 가방을, 장익은 숄더백 메고, 셋은 언덕길을 올랐다.

"셋이 함께 산다는 게 갑자기 두려워. 왜일까?" 연표가 물었다.

그 말에 아무도 대답하지 않았다. 나 역시 일말의 불안을 느끼고 있었으나 만약 그 불안이 현실로 실현되면 어쩌나 싶은 마음에 연표 말을 받고 싶지 않았다.

주인아줌마는 대문을 열어주며 이삿짐을 들거나 멘 우리를 팔짱 끼고 지켜보았다. 장익은 대문간에 숄더백을 내려놓자 택시가 공터에 부려두고 떠난 운동기구를 가져오려 언덕 아래로 뛰어갔다. 연표와 나는 노천 계단을 통해 우리가 거주할 이층 방으로 올라갔다. 주인집 아들 둘이 좁은 마당에 나서서 새로운 동거객을 유심히 살피며, 운동선수가 틀림없다며 저들끼리 말을 맞추었다.

장익이 마지막으로 운동기구를 나르며 이층 난간에 기대어 어두운 한강 쪽을 보고 섰는 연표와 나에게, 연표 짐 빨리 옮겨야 하는데 뭘 넋 놓고 있냐며 핀잔을 놓았다.

"너가 지각해서 늦었는데, 성 내는 놈은 따로 있군." 내가 볼멘소리를 했다.

한남동 종점 출발 버스 노선은 버티고개 넘어 신당동으로 빠져선 을지로를 관통해 서울역에서 유턴해 원위치로 돌아오는 코스였다. 한남동에서 강변도로로 질러가면 금호동까지는 거리가 가까웠으나 버스 노선이 없었다. 그렇다고 택시를 타기에는 거리가 가까워, 신당동까지 버스를 이용했고 거기서 금호동으로 가는 버스로 다시 갈아탔다. 버스를 기다리는 데도 평균 십오 분 이상 시간을 허비하게 되니 흑석동에서처럼 이번도 택시를 타자고 주장했던 연표의 불만이 많았다.

연표 집의 장중한 철대문은 첫 방문 때의 소녀가 열어주었다. 여전히 도베르만이 낯선 우리를 보자 목줄에 묶인 채 길길이 뛰며 짖었다. 연표가 소녀에게 아버지가 들어오셨냐고 묻자, 주인님은 안 들어오셨고 마님은 계시다고 했다.

현관에서 롱드레스 입은 연표의 젊은 엄마가 우리를 맞았다.

"며칠씩 집을 비우면 전화라도 해줘야 걱정 안하지요." 연표 새엄마가 상냥하게 말했다.

"어쩌다보니 그렇게 됐어요. 아버지께 드릴 말이 있는데……"

"부산 출장 가셨는데, 글피에 오실 거예요. 저한테 말해도 될 텐데?"

순간, 강렬한 눈빛이 느껴져 옆을 보았다. 장익이 연표 새엄마 시선을 붙잡으려 애쓰고 있었는데, 그 눈빛이 먹이를 앞에 둔 듯 탐심으로 이글거렸다.

"너들 내 방에서 기다릴래?" 연표가 우리를 보고 말했다.

소녀가 장익과 나를 이층 연표 방으로 안내했다.

연표가 오기를 기다리기 오 분을 넘기자 성미 급한 장익이, 이 삿짐이 한 군데 더 남았는데 새엄마한테 무얼 간청하기에 말이 이렇게 늘어지냐며 짜증을 냈다. 내 이삿짐 옮기고 나서 이사 기념 축하파티를 열자면 밤 시간이 모자란다는 것이다.

"단막극 한 편 쓴다는 건 어째 됐어? 곧 시작한다며 만날 벼르기만 하니." 지루한 시간을 넘기려 내가 장익의 말을 유도했다.

"단막극이지만 좀 긴 편이야. 장막극은 안 되구, 중막극 정도랄까?" 장익이 금방 내 말에 빨려들었다. "구상은 다 끝났구. 참고 자료도 뽑아뒀어. 이젠 원고지에 긁기만 하면 돼. 너 내 성질 알지? 펜만 쥐면 밤새워 이틀이면 초고를 완성할 수 있어. 그런데 펜을 쥐게 할 필링이 문제란 말이야. 폭발 직전의 창조적 에너지가, 이제 착수하라고 몰아쳐야 원고지에 달려들 수 있거든. 나는 지금 그때를 조용히 기다려."

"제목이 뭔데?"

"우선 가제로 '계시'라 붙여뒀어. 제목부터 먼저 정하는 이유는, 구성이 주제와 연결되게 묶어두는 역할을 하거든. 시대는 고려 말이나 조선조 초기야. 무대는 제단을 상징하는 정도로 단순하게 꾸미구. 지팡이 든 백발 도사와 역시 허리 굽은 백발 노파로, 등장인물은 둘뿐이야. 마을 사람들 말은 백 에코로 처리하구. 어때, 근사하겠지?"

"뭐가? 내가 묻고 싶군."

"구상이 어떠냐구."

"구상이야 얼마든지 마음대로 짤 수 있잖아. 설정 자체가 뭐 그리 중요해. 집필해서 탈고해야 창작품이지."

"곧 착수한다구 했잖아."

"늘 말만. 이사 기념으로 내일부터 죽치고 앉아 시작해봐. 요즘 소개되는 반리얼리즘, 전위극 흉내물 같은데…… 이오네스코의 '의자'류 아냐?"

"천만에. 넌 날 전적으로 무시하는군. 형식이야 어느 정도 닮았지. 아니야, 전혀 안 닮았어. 내가 남의 작품 모방이나 하는 신출내기 같아? 노인은 참선 수도로 우주의 철리를 깨달은 도사야. 노파는 신험을 내림받아 평생을 중생 구제해온 교주구. 그 정도 인물 설정이면 뭔가가 나올 것 같잖아? 내용을 대충만 들려줄게. 줄거리가 이래. 가뭄이 오래 계속되어 산천초목이 죄 말라죽자 한 마을이 기우제를 지내기로 하고 두 노인을 초청했단 말이야. 주제는 영험한 두 노인의 동양적 가치관, 우주적 생명철학을 오늘의 물질주의 시대에 어떻게 평가해야 하나, 이거야. 무릇 풀한 포기, 미물조차 함부로 죽여서는 안 된다는 생명 예찬론을 펼칠 작정이야. 서양식 발상론인 정복이 아니라, 삼라만상의 모두는 평등하다는 평화론이야. 나는 지난 시절 육이오를 통해 그 철리를 깨달았거든. 두 노인 대화가 추상적일 거라고 속단하면 곤

란해. 구름잡기식이 아닌, 아주 구체적으로 풀어나갈 거야. 상징성은 조금 가미하겠지만. 이 작품이 무대에 오르면 비평가들은 무게 있는 신인이 등장했다며 날 인정해줄 거야. 장담해.” 장익이 열 내어 떠들었다.

“과대망상이 아니기를 바란다.” 그야말로 구름잡기식인 그의 말에 나는 별 흥미를 느끼지 못했다. 구성부터 저렇게 기고만장하다보면 집필에 들어가선 필경 초장부터 막혀 뒤를 뚫고 나가기가 힘들 것 같았다.

“넌 날 늘 우습게 알고 빈정거리는 게 탈이고 결점이야. 두고 봐. 두고 보라구. 내가 성공하는 날, 순곤이 너, 너무 배 아파하지 말구. 너야말로 사돈 논 사면 배 아파할 놈이지만.” 자기도취 심한 자가 그렇듯, 장익은 내 말을 아예 무시하며 한 술 더 떴다. “순곤아, 잘 들어. ‘계시’를 탈고해서 신인으로 이름을 얻으면, 제이탄으로 인간의 원죄를 주제로 장막극에 도전해볼 작정이야.”

“구상 중인 작품이나 우선 써놓고 다음 작품을 얘기해야 순서 아니겠어?”

“잔말 말고 내 말부터 들어봐. ‘마가복음’에 귀신 들린 사내 얘기가 있어. 그러나 나는 그 사내를 성서적 인물이 아닌, 이십세기를 상징하는 주인공으로 내세울 작정이야.”

“너 언제부터 그쪽 신자가 됐니?”

“미군부대 시절이니 고아원에서 나오고부터야. 로우건 중사가 독실한 감리교 신자였거든.”

“그런데 귀신 들린 사내라? 예수가 미친 자를 고쳤다는 성경

말씀?" 하는 수 없이 친구 말에 맞장구 쳐주었다. 그러지 않으면 또 물고 늘어질 터였다.

"성경에 기록되어 있기로, 한 미치광이 사내가 공동묘지에 거처하는데 힘이 장사라 아무도 쇠사슬로 포박할 수가 없었어. 여러 번 쇠사슬로 묶어도 번번이 이를 힘으로 풀기 때문이야. 그리하여 누구도 이를 제어할 수 없었는데, 그 광인은 밤낮 무덤에서 소리 지르며 돌로 제 몸을 찢는 거라. 성경은 그렇게 되어 있지만, 나는 현대판 광인 이야기야. 어쩜 전쟁이나 오늘의 탐욕스런 자본 논리의 상징일 수도 있어."

"그건 한참 후에 들어줄 얘기고, 우선 '계시'부터 완성하면 대본을 보여줘."

"좋다, 기다려. 물론 '계시'의 주역은 테스트를 거쳐야겠지만 내가 노인 도사 역까지 따낸다면, 강장익이야말로 연극계에 떠오르는 스타 아니겠어?" 장익이 그런 날이 조만간 올 듯 호탕하게 웃어젖혔다. 착각도 여러 질이라고 말해주고 싶었으나 또 시비를 걸어올 것 같아 참았다.

"네가 쓴 대본에 주연 역까지 맡는다면, 노파 역 맡을 여배우와는 필연적으로 연애 사건을 벌이겠군."

나는 담배를 물고 한 개비를 장익에게 주었다. 재떨이가 눈에 띄지 않아 우리는 창가로 가서 창문 열고 담배를 피우며, 담뱃재를 창밖으로 털었다. 달빛 아래 밤의 정원은 숲에 쌓여 고즈넉했다.

"스캔들? 날 수캐로 아주 규정짓는군. 여자를 증오한다고 누차 말했잖아?"

"너무 밝히기 때문에?"

"하긴 그런지도 모르지. 인간의 마음은 사실 창과 방패야. 인간의 심성에는 누구나 악마성과 선성이 접합되어 있어. 가난한 자의 푼돈을 착취해 구제사업하는 위선가가 있는가 하면, 도둑질한 돈을 교회에 헌금하곤 죄 사함 받았다는 신자도 있어. 인간이 원래 그래. 인간을 선과 악, 이분법으로 설명하거나 규정지을 수 없어. 내 속에도 선과 악이 끊임없이 갈등을 일으켜. 나 역시 그런 인간이니깐. 그런데 무슨 얘길 하다 이렇게 돼버렸지? 조금 전에 우리 화제가 뭐였어?"

"여주인공 따먹는 얘기." 놈 말하는 꼴이 하도 같잖아 나는 콧숨을 홍홍거렸다.

"맞아. 그 얘기했지. 우리 연령 땐 잠을 뺀 나머지 시간의 절반은 섹스 생각으로 보내. 생각과 몸 구조가 그렇게 되어 있어. 그게 건강한 젊은이 아냐? 그러니 여자만 보면 섹스부터 상상하면서도, 이를 절제해야 한다고 억누르는 윤리의식이란 게 자신을 괴롭혀. 신은 이 땅에 인간의 생장과 번식을 허락하곤 왜 섹스의 쾌락을 덤으로 주었을까. 쾌락 때문에 저지르는 죄악을 허락하고선, 그 죄를 속죄하라고 강요하거든. 속죄하구 또 죄를 짓구, 이게 인간의 본질 아냐. 나 역시 괴테처럼 칠십이 되어도 연애감정을 절대 포기하지 않을 거야."

장익이 담뱃재를 창밖으로 떨곤 갑자기 햄릿이라도 된 듯 고뇌에 찬 표정으로 방 안을 거닐기 시작했다. 그렇게 자기도취에 빠지면 그는 연극 무대이듯 액션을 취해가며, 목소리도 한 옥타브 높이게 마련이었다.

"내 미래는 누구도 규정할 수 없어. 늘 열려 있구, 아직도 활동 중인 활화산이야. 그러니 내 미래에 대해 그 누구도 단정적인 평가를 내리지 말아줘. 자존심이 그걸 용납 못해."

나는 그의 말 같잖은 독백에 대꾸할 흥미를 잃었다.

"강장익 원작 「계시」의 스탭진이 짜여지고 본격적인 연습에 들어가면, 내 상대역으로 한 여성이 선택되겠지. 그래서 도시의 빌딩 사이에 어둠이 내리면 하루 연습 일정도 끝나. 목은 쉬구, 다리는 풀리구, 허리 접히게 배는 고프구…… 여자와 나는 말없이 가로를 걷다 음악이 좋은 다방에서 쉰 목을 풀며, 무대예술에 대해 대화를 나누지. 가난을 숙명으로 받아들여야 하는 순수 예술가의 고단한 행로와, 그래도 돈이 있어야 순수 예술을 할 수 있다는 이율배반, 그 갈등과 긴장 관계를 두고 의견을 나눈단 말이야." 장익은 자기 말에 스스로 만족한 듯, "알겠나, 내 말뜻을?" 하고 자만에 찬 목소리로 물었다.

"그래서 결국엔 여주인공을 덥석 잡수신다?"

"그건 나중 이야기구, 철학적인 대화를 나눌 땐 감정상태가 진지하고 순수한 법이거든."

"순수하다고? 양가죽을 쓴 늑대 같은 말씀. 아까 현관에서 연표 새엄마를 보는 네 눈을 봤어. 먹이를 앞에 둔 흑표범이 따로 없더군. 따먹고 싶어 죽겠다는 표정이더라. 내 눈에는 처음 봤을 때처럼 착하게 보여 감히 그런 상상까진 안 들던데……"

"그게 너와 내가 다른 점이야. 요조숙녀일수록, 여자는 다 뒷구멍으로 호박씨를 까. 그런 심리를 내가 알기에 낚싯바늘을 슬쩍 던져봤는데 아직은 안 물려들어. 명색이 자식 친구라 찔리는 뭐가 있겠지. 우선 그 여자 시선부터 꼼짝달싹 못하게 꽉 잡아둬야 하는데 말이야."

"그러면 넘어올 것 같아 그렇게 노려봤나?"

"늙은 서방은 늘 외박이겠다, 밤마다 베개 껴안고 더운 몸 뒤척일 삼십 중반의 농익은 여성이 바랄 게 뭐 있겠니? 변강쇠 같은 정력으로 자기 피를 덥혀줄 싱싱한 젊은 놈팡이 아니겠어? 내 튼튼한 신체가 그 여성한테는 꼭 맞지. 킨제이 보고서에도 기록이 남았을걸. 상류층 신분일수록 남의 남자와 살 섞고 싶은 욕망으로 상상의 시간을 보내는 여성이 확률이 많다잖아. 그들이야말로 돈과 시간, 섹스와 요리밖에 생각할 게 없을 테니깐. 그러니 연표 새엄마 마음쯤은 인생 상담을 따로 안해봐도 욕망 속에 뭐가 끓고 있나 명경같이 훤해."

그때, 손기척 소리가 났다. 바깥에서 연표 새엄마가 귀기울여 듣지 않았나 싶어 찔끔했다. 소녀가 문을 열고 주스와 귤을 담아 내왔다.

장익은 너무 지껄인 탓인지 오렌지주스 잔을 한번에 비우곤 찻잔에 담긴 귤 여섯 개 중 네 개를 숨도 쉬지 않고 까먹어치웠다. 나로서도 칼 대지 않고 손으로 껍질 벗겨 먹는 귤이란 남방 과일 먹어보기가 짧은 생애를 통틀어 두세번째쯤이 아닌가 싶었다.

주스 잔을 비우고 실내를 거닐며 벽에 걸린 청전 이상범의 동양화 적막강산 설경 산수화와, 드가의 복사판인 소녀 발레리나를 그린 서양화를 감상했다. 침대 옆에 여행용 트렁크와 이불 뭉쳐 싼 보퉁이가 있었다. 연표가 이삿짐을 꾸려두었음이 짐작되었다. 그러다 나는 서가의 책 사이에서 마개 따지 않은 양주 두 병을 발견했다. '캐나디언 버번'이었다. 집필할 희곡을 생각하는지 표정이 근엄한 장익을 불렀다.

"어때, 이 술?"

"넌 나보다 실속파군. 마침 잘됐다. 이사 파티에 쓰면 되겠어." 장익이 책장에서 얼른 술병을 내렸다. 그는 윗도리에 술병을 품고 발소리 죽여 밖으로 나갔다.

장익이 사라지고 잠시 뒤, 연표가 시무룩한 얼굴로 나타났다.

"장익은 어디 갔어?"

"잠시 나갔어. 이게 네 짐 전부냐?" 나는 침대 옆 트렁크와 이불 보퉁이를 가리켰다.

"우선 대충 꾸렸어. 더러 금호동 암실에 올테니 그때 또 나르지 뭘. 새엄마 말이, 딴 살림 나더라도 아버지 오면 허락받아 나가라는 거야. 그전에는 지갑을 열 수 없다니…… 돈 마련이 힘들군. 언제부터 내가 돈 걱정하게 됐지?" 연표가 트렁크를 문 쪽으로 옮겼다. "어쨌든 떠나고 봐. 이럴 땐 먼저 사고 치고 보는 게 내 원칙이야. 글피쯤 내가 아버지 회사로 찾아가지 뭘."

"집세 내고 남은 돈이 장익한테 있고, 내게도 여윳돈이 남았으니 당분간은 그럭저럭 버텨낼 거다. 우린 이제 곧 대구로 떠날 거 아닌가베."

연표와 나는 트렁크와 이불 보퉁이를 나누어 들고 아래층 거실로 내려왔다. 장익이 현관문을 열고 거실로 들어왔다.

"끝났음 어서 가자구. 순곤이 짐도 빨리 옮겨야 하는데." 장익이 서두르며 말했다.

"한 번 더 면회해보구."

"그럼 우리 먼저 대문 밖에 나가 기다리마."

장익이 트렁크를, 나는 이불 보퉁이를 들고 현관을 나섰다. 장익이 철대문 옆 도장나무 뒤에 숨겨둔 양주 두 병을 이불 보퉁이에 꽂으며, 이불 함부로 다루었단 술병 깨진다고 내게 주의를 주었다. 개집에 묶인 도베르만이 우리를 보고 컹컹거리는 게 꺼림칙했다. 현관과 정원에 외등이 켜지고 소녀가 현관으로 나왔다.

"도둑놈 보고 짖으니 인물값은 하는군. 워리, 워리." 장익이 개집 쪽으로 가더니 앞발 치켜드는 도베르만을 어르며, 난 도둑이 아니라며 도베르만 목을 쓰다듬었다.

소녀가 철대문을 열어주어 장익과 나는 한길로 나섰다. 잠시 뒤 연표가 손가방을 들고 나왔다.

짐도 있으니 버스를 갈아타가며 갈 게 아니라 택시를 이용하자고 연표가 말했다. 그런데 택시를 잡자면 큰길까지 한참 걸어가야 했고, 택시가 쉬 잡힐 것 같지도 않았다. 뒤쪽 골목길로 빠져나가면 한강 둑이 나올 테고 철길 따라 걸으면 한남동에 빨리 도착할 테니 걷는 게 어떠냐고 장익이 의견을 냈다.

"우린 젊잖아. 젊다는 무기 빼면 뭐가 남아. 다리 힘 좋겠다, 걷자, 걸어. 소년 시절, 그 눈보라 속에 굶주리면서도 피난길에 나서서 다부지게 걸었잖아. 트렁크는 내가 메고 갈게." 장익이 말했다.

"지금은 육이오 때가 아니잖아. 이 짐을 다 들고 걷다니." 연표가 나를 보았다. "네 짐 옮길 시간 빠듯하지 않을까?"

"내 짐 옮길 때나 택시 타자. 장익이 말대로 걸어. 한강 바라보고 걸으면 낭만도 있을 거다. 여기서 한남동까지 삼십 분이면 충분하겠지." 내가 장익 말에 동의했다.

우리 셋은 한강변 철로 침목을 밟으며 걸었다. 삼월 초순의 강바람을 온몸으로 느끼며, 강 건너 달빛에 어린 아늑한 농촌 풍경을 바라보며 걷는 기분이 흐뭇했다.

교외선 기동차 한 대가 지나갔다. 밝은 차창 안의 멍한 표정을 향해 우리는 고함을 지르며 손을 흔들었다. 일상이 우울한지, 아무도 우리에게 손을 흔들어주지 않았다.

"손 흔들어줄 여유가 없을 정도로 도시민은 하루 살기가 힘들군." 멀어지는 기동차 꽁무니를 보며 내가 말했다.

"사는 게 힘들기 때문에 인생은 사람마다 사연도 많지. 다 다른 그늘을 지닌 채 열심히 살아." 장익이 말했다.

연표는 기동차가 레일을 규칙적으로 울리며 산허리를 돌아갈 때까지 멍하니 서 있었다. 그는 또 평양으로 가는 경의선 열차를 생각하는지 몰랐다.

우리는 다시 걷기 시작했다. 연표가 「집시의 달」을 휘파람으로 불었다. 달빛에 푸르스름하게 드러난 그의 각진 얼굴은 타향을 떠돌며 고향을 잊지 못하는 자의 쓸쓸함이 어려 있었다.

목적지의 절반쯤 왔을 때 장익이, 잠시 쉬었다 가자고 말했다.

"시성 이태백이 아니더라도 강에 빠진 달을 보며 한잔 안할 수야 없지." 장익이 내가 어깨에 멘 이불 보퉁이를 조심스럽게 받아 내렸다.

"술이 어딨게?" 연표가 물었다.

"이럴 때 쓰려구 다 준비해둔 게 있어." 장익이 말하곤 이불보 퉁이에서 양주병을 꺼냈다. "내가 네 방에서 실례 좀 했지."

"난 그 생각까지 미처 못했는데, 너들이 가져오길 잘했어." 연 표가 말했다.

우리는 레일에 엉덩이를 걸치고 앉아 달빛에 반짝이는 한강의 잔물결을 바라보며, 한 모금씩 양주를 병나발 불었다. 목을 쏘는 위스키가 뜨거운 물을 삼키듯 목 안을 화끈하게 달구었다. 안주 없이도 젊은 위장이 독주를 능히 소화시킬 터였다.

"별 보기도 오랜만이다." 장익이 크 하고 된 숨을 뿜곤 술병을 내게 다시 넘겼다.

"봄밤에 자연이 숨 쉬는 소리가 들리는 것 같아." 연표가 말했다.

"별을 보니 떠오르는 게 없어?" 장익이 물었다.

"난 평양 시절, 넌 고아원 시절이겠군." 연표가 말했다.

"천안에서 아버지와 동생을 잃고 피난민 대열에 끼어 혼자 남 으로 내려갈 때 말이야. 대전을 넘었을까, 밤 열차의 기적은 왜 그리도 슬프던가. 기차가 고지대로 숨가쁘게 오르는 옥천쯤에서 야 피난민으로 꼭대기까지 만원인 화물열차를 타게 됐어. 어떤 어른이 손을 잡고 당겨주어 열차 지붕 위에 끼어 탔지. 지대가 높 아서 그런지 열차는 쉬다 가다 하며 아주 천천히 달렸어. 무릎에 얼굴 박고 울다 지쳐 고개를 치켜들면 보이던 별들. 그 별 사이에 아버지와 여동생 별도 있으리라 믿었어. 배가 너무 고파 울 힘도 없어서 죽은 듯 잠들었는데, 꿈에 아버지와 누이를 보았어. 아버지와 누이는 수많은 별로 장식된 반짝이옷을 입었더군. 나도 반짝이옷을 달라고 아버지를 조르다 잠이 깼는데……"

7장

　명절을 코앞에 두면 몇날며칠 동안 기대에 부풀어 잠조차 설치지만, 막상 명절날을 맞으면 조금만 먹어도 배가 부르고 점심 먹고 나서 또래 애들과 어울려 놀다보면 어느덧 하루해가 기울고 말아 명절날이 너무 섭섭하게 막을 내렸다. 기대에 찼던 우리 셋의 자취 생활 역시 막상 동숙하게 되니 기대했던 만큼 실망감도 빨리 닥쳤다. 따지고 보면 동숙한다고 그동안 몰랐던 새로운 점을 알게 되어 놀라거나, 날마다 새로운 재밋거리가 생길 리 없었다. 만나는 기쁨과 헤어질 때의 아쉬움마저 없어졌고, 서로의 버릇과 타성을 알게 됨으로써 신뢰감이 감소되었다. 셋 모두 그런 틈새를 느끼면서도 이를 발설한다면 상대방이 마음의 상처를 입게 될까봐 일부러라도 원만한 분위기를 유지하려 노력하고 있음이 은연중 드러났다. 그런 점에 늘 신경을 써야 한다는 게 구속감이 되어 불편하기도 했다.

셋이 동숙할 자취방을 얻어놓고 곧 대구로 출발하려던 계획은 '전위드라마'란 연극학도들이 뭉친 서클 발기에 장익이 주역으로 뛰었기에 부득불 지연되었다.

동숙을 시작한 지 일주일이 금세 흘렀다.

아침 시간은 셋 각자의 사용 방법이 달랐다. 나는 아침밥을 꼭 챙겨 먹어야 직성이 풀렸고, 장익은 버터나 딸기잼 바른 토스트로 아침 끼니를 간단히 해결하면 러닝에 나서서 트레이닝 복장으로 한강 둑을 달려 체력을 단련했고, 연표는 야행성이라 자정 넘게까지 사진집을 뒤적이거나 집에서 가져나온 제니스 라디오의 음악프로를 듣다 늦잠을 자는 통에 늘 아침밥을 건너뛰었다. 그러니 아침밥 당번은 언제나 나였다. 사흘 동안 풍로에 숯불 피워 아침밥을 짓다, 나만 이렇게 청승 떨게 무어냐 싶어 꾀를 냈다. 버스 종점 부근에 새벽일 나서거나 운전기사를 상대하는 허름한 식당이 있었다. 백반 한 상이 일백오십 환임을 알고는 나 혼자 종점으로 내려가 그 식당에서 아침밥을 해결했다. 그 점에 대해서 둘에게 양해를 구했고, 이를 두고 아무도 불만을 말하지 않았다.

장익이 운동을 마치고 돌아오면 그때까지 단잠에 빠진 연표를 발길질로 깨우며 이불을 걷어버렸다. 그러면 연표는 밤사이 가슴에 안고 잔 쫑만 풀어놓을 뿐 다시 이불을 뒤집어썼다. 한남동은 그때까지 가정용 수도가 보급되지 않아 세수는 공동 우물터를 이용했고 이태원으로 오르는 산동네는 물 지게꾼이 오르내려, 물을 사다 먹었다. 장익은 타월을 목에 걸치고 세숫대야를 들고 먼저 우물터로 가선 양치질하며, 우물물 뜨려고 나온 아줌마나 처녀를 상대로 농담을 즐겼다.

　나 홀로 식당에서 아침밥을 해결하면 조간신문 한 장을 사들고 와선 이를 뒤적거리다 아홉시쯤에야 장익과 외출 채비를 했다. 나는 학교로, 장익은 명동 창고극장으로 직행했다. 둘이 이층 방을 나설 때까지 연표는 잠에 곯아떨어져 있기 일쑤였다. 연표는 정오가 가까워서야 기상해 버스 종점에 있는 중국집에서 자장면이나 우동으로 점심을 때우며 쫑도 먹이곤, 봄 풍경을 찍는다고 개수구 앞 나루터를 이용해 강을 건너 잠원리와 압구정리 일대의 촌락과 들녘을 휘지르는 모양이었다.

　셋은 그렇게 낮 시간을 제가끔 보낸 뒤 어둠이 내리면 약속이 없어도 자연스럽게 클럽 아마존에서 합류했다. 그즈음 셋은 주머니가 가벼워져 아마존에서 술값 낼 때도 서로의 눈치를 보아야 했다. "아껴. 주머니 털어도 먼지만 나오니깐 오늘은 공짜 술국에 고구마, 깍두기를 안주해서 막걸리 딱 두 되만 꺾고 일어나자." "천 환 이상 안 쓸 테니 알아서들 기어." "현찰이 없어. 남은 돈은 밥값에 버스권밖에 없는걸." "조금만 참아. 내가 아버지나 새엄마와 타협해서 돈 왕창 얻어낼 테니. 나올 구멍이 있으니 우선 외상 긋고 보자구." "참아. 절제도 배워둬야 해. 외상 자꾸 그으면 마담 눈치 보여." 우리가 이렇게 한마디씩 하는 건 실제 상황이 그렇기도 했지만, 다분히 엄살도 섞여 있었다. 한번 마시기 시작하면 끝장에는 누군가가 호기롭게, 내일은 거지 신세로 지옥 입구에서 구걸하게 되더라도 오늘은 먹고 보자며 치부책에 외상을 긋기 일쑤였다.

비 오는 날이면 나는 학교를 나가지 않고 방에서 뒹굴며 책을 읽거나 낮잠을 잤고, 연표도 외출하지 않고 사진잡지를 들치며 빈둥거렸다. 그런 날 밤은 술값과 버스비를 아끼느라 아마존으로 나가지 않았다. 장익은 명동에서 서클 모임을 가진 뒤 단원들과 아마존에 들렀다 연표와 내가 나타나지 않으면 일찍 귀가했다. 그러면 이층 방에서 소주에 오징어포로 술자리를 벌이기도 했다. 그런 술자리도 재미있어 우리는 자주 소주 파티를 열었다.

공동생활을 시작한 지 열흘을 넘겨 셋 모두 지닌 돈이 떨어져 더 어떻게 생활 지탱이 힘들어졌을 때야 연표가 아버지를 만나 단판 짓곤 돈을 구해왔다.

삼월 중순 어느 날 새벽, 우리 셋은 드디어 대망의 대구행 여정에 올랐다.

우리 셋은 경부선 완행열차 안에서 아침 여섯시부터 오후 네시까지 열 시간 동안을 보냈다. 시간을 쪼개어 쓰는 바쁜 샐러리맨이 아닌 가난한 대학생으로선 특급열차보다 완행열차가 어울렸다. 특급열차나 디젤엔진 단 기차일까 보통급행열차부터 완행열차는 여전히 석탄 때는 증기기관차였다. 칙칙폭폭 연기 뿜으며 산협을 돌아 강을 건너고, 들판을 지나 마을을 거치는 느림뱅이 기차는 간이역도 잠시 쉬며 시골 사람들을 승하차시키곤 또 천천히 출발했다. 그러다보니 완행열차는 장거리 여행객보다 이웃 마을 나들이객이 많아 생닭이나 토끼, 강아지를 안고 타는 승객도 있었다. 객차 안 승객들의 정겨운 지방 사투리 대화는 그야말로 서민들 체취가 물씬 풍겼다.

셋은 열 시간 동안 시큼하고 텁텁한 사람 냄새와, 차창으로 스며드는 석탄가루 풀린 매캐한 연기와, 차창 밖 봄볕의 다사로움에 취했다. 뒤로 물러앉은 헐벗은 산야와 납작 눌린 초가를 보며 수천년 동안 변함없는 농촌 경제의 궁핍에 대해 대화를 나누었고, 열어놓은 창문에 대고 손뼉 치며 노래를 합창하기도 했다.

역사 이야기로 대화가 옮아가자 연표는 삼국 시대의 「금동미륵반가사유상」의 예술적 가치를 두고 말했다. 그는 이를 카메라에 담으려 불상이 안치된 곳마다 찾아다니느라 수십 통의 필름을 소모했다는 것이다. 그러자 장익이 고구려의 대륙적인 기질을 두고 떠들었다. 우리 민족의 정신적 바탕은 섬세하고 유약한 신라나 백제에서 찾기보다 대륙적 기질의 고구려에 두어야 한다고 역설했다. 죽의 장막인 중공이 문호를 개방한다면 고토 만주 땅, 특히 장백산맥 일대는 꼭 둘러봐야 한다고 열을 올리며, 여진족의 피가 자기 몸속에도 흐를 거라고 장담했다.

호남선과 갈리는 대전역에서 기차가 삼 분간 정차하자, 우리는 플랫폼에 내려 백 환짜리 우동을 한 그릇씩 사먹었다. 국물이 그야말로 멸치 진국이라 기차가 출발 기적을 울리지 않았음을 기화로 장익과 나는 두 그릇씩 먹어치웠고, 연표는 소주 두 병과 오징어포를 샀다. 천천히 출발을 시작한 기차에 가까스로 올라선 자리로 돌아오자 우리는 곧 소주 파티를 벌였다. 장익은 술을 마시며, 지붕 꼭대기까지 피난민으로 빼꼭한 피난열차를 탔던 1950년 전쟁 이야기를 다시 꺼냈다. 우리는 그 시절에 겪은 사소한 사건에 병적인 호기심을 보이며 긴 시간 동안 전쟁의 일화와 그 후유증에 대해 떠들었다. 그러고 보니 전쟁이 끝난 지가 불과 팔 년 남짓밖에 되지 않아 민족적 고난이 그리 멀지 않았음을 새삼 확인했다. 살아남은 자는 이겨냈다고 말할 수 있을지 모르지만 남북 합쳐 전쟁 와중에 죽은 수백만 명의 희생자야말로 절통한 패배를 맛본 셈이었다.

오래 지껄인 전쟁 이야기와, 기분 좋게 오르는 취기와, 오후의 햇볕 때문에 장익과 나는 어렴풋한 잠에 빠졌다. 나는 풋잠에 들어서도 한동안 내 주위에 앉은 승객의 대화를 들을 수 있었다. 그들은 못사는 나라 백성이 그렇듯 사일구 이후의 현실정치에 관심을 보였고, 곧 닥칠 춘궁기를 앞두고 보릿고개 넘길 일로 걱정이 태산 같았다. 기차가 왜관역에 도착했을 때야 나는 눈을 떴는데, 그동안 꿈을 꾸었다. 모험심 많은 사학도가 되어 만주의 통화로 메이허코우로 고구려의 유적을 찾아 헤매고 있었다. 광활한 만주 벌판을 굶주리며 떠돌다 마침내 늑대떼에 포위된 채 장익과 내가 대치하는 숨 막히는 장면에서 꿈이 깨어졌다.

대구가 가까워질 때까지 연표는 금호동 자택에 두고 온 쫑을 생각하는지, 이북 가족을 그리는지 멍한 표정으로 창밖만 내다보았고, 장익은 내내 코를 불며 잠만 잤다. 나는 장익을 깨워 대구가 가깝다고 말했다. 기차가 역에 도착할 때까지 우리는 다시 부산하게 떠들었다. 장익은 광대를 만나면 껴안고 물결치듯 부드러운 왈츠를 추겠다고 말했다. 연표와 나는 창밖으로 얼굴을 내밀고 달콤한 노래 「오 마이 러브」를 불렀다. 기차가 시외 변두리의 판자촌 지대로 들어서자 장익은 내릴 채비로 낡은 백을 어깨에 없곤 서두르라고 재촉했다. 기차가 칙칙폭폭을 멈추고 드디어 역 구내로 천천히 미끄러져 들어섰다.

"여긴 완연한 봄이군." 장익은 역 광장을 나서며 기분이 좋은지 야호를 외쳤다.

"봄이 왔는데 짐스러워 보여. 벗는 게 어때?" 전당포에서 찾자마자 다시 입기 시작한 장익의 뻣뻣한 가죽점퍼를 두고 연표가 말했다. "청바지는 괜찮은데…… 아버지한테 다음에 돈 타내면 익이 너 봄살이 점퍼부터 하나 사줄게."

"정말이야?"

"그럼, 정말이지."

"영화「이유 없는 반항」에서 제임스 딘이 입고 다닌 주황색 점퍼 있지? 사줄 테면 그런 걸로 사줘." 장익이 씩 웃곤, "이래 봬도 이 점퍼는 딘이 「에덴의 동산」에서 입었던 가죽점퍼와 똑같은 거야" 했다.

"얻어 입는 주제에 단서까지 달기는." 내가 한마디 해주었다. 말을 하고보니 나도 보았던「이유 없는 반항」에서 제임스 딘이 가죽점퍼 차림으로 등장하는 장면이 있었는지, 혹 딘의 마지막 유작이 된「자이언트」와 착각하고 있지나 않은지, 장익이 아무렇지 않게 지껄이는 말이 알쏭달쏭했다.

벚꽃을 피워낸 남쪽 지방의 따뜻한 기온과, 맑은 바람과, 경상도 사투리가 내 기분을 들뜨게 했다. 늦은 오후의 기우는 햇살 아래 중앙 가로는 통행인으로 붐볐다. 우리는「언체인드 멜로디」를 중창으로 부르며 중앙통을 서부영화의 건달 총잡이처럼 건들거리며 걸었다. 통행인들은 노래 부르는 우리를 힐끗거렸으나, 그런 시선쯤은 가볍게 받아넘겼다. 장익은 교복 입은 여고생들에게 손가락을 입술로 가져가는 키스 시늉까지 해 보였다.

"광대부터 만나보자." 나는 녀석부터 빨리 만나고 싶었다.

"만나는 기쁨을 잠시 연장하는 게 어때? 지금 가도 갠 없을 거야. 이렇게 화창한 날 방구석에 처박혀 있진 않을 테니깐. 하이에나 아냐. 그러니 썩은 고기 냄새 찾아 큼큼거리며 어디를 싸돌아도 싸돌겠지." 장익이 말했다.

"그럼 네 백부댁부터 가자는 거냐?" 연표가 물었다.

"우린 지금 주머니가 얇잖아. 밤에 쓸 돈부터 챙겨야지. 큰어머님이 우릴 맨손으로 밤거리에 내보낼 것 같으냐?"

장익의 백부댁은 남성로 약전거리에 있었다. 역에서 일 킬로 못 된다기에 우리는 목적지에 도착할 때까지 열심히 지껄이며, 한눈팔며, 짬짬이 노래를 흥얼거렸다.

장익의 백부댁은 기와 올린 예스런 담장에 솟을대문이 높은 디근자 한옥으로, 안정된 중산층 가정임을 한눈에 읽을 수 있었다. 장익의 큰어머니는 조카를 보자 객지에서 얼마나 고생이 많았냐며 손부터 잡으며 흔들었고, 먼 길에 수고가 많았다며 연표와 나를 반갑게 맞았다.

"젊은 놈이 고생은 뭘요. 전 이렇게 힘이 넘치는데요." 장익이 큰어머니를 껴안고 등을 다독거리며 소탈하게 말했다.

장익의 큰아버지는 서문시장 포목점에서 아직 돌아오지 않았고, 단발머리 여중학생이 바깥의 소란에 건넌방에서 나서더니 장익을 보자, "서울 오빠다!" 하며 반겼다. 장익의 큰어머니가, 손님 저녁상 차리려면 시장부터 다녀와야겠다며 광주리를 들고 딸애와 함께 나서자, 연표는 저녁밥 먹을 동안 목욕이나 하고 오자고 했다.

목욕탕에서 본 장익의 몸은 흠 잡을 데 없는, 그리스 조각 그대로였다. 발달된 상체와 임금 왕 글자가 뚜렷한 복부와 허벅지 근육은 탄력에 넘쳤다. 그의 성기야말로 자욱한 털을 뚫고 늘어진 모양새가 남달리 커, 발기한다면 조금 과장해 옥수수 정도는 되겠다 싶었다.

"연장 한번 장대하군." 나는 머리를 감다 말고 장익의 성기를 보고 말했다.

"이게 품위 있다고 신사라 불러주진 않아." 장익이 성기를 털며 말했다.

연표의 몸은 장익과 대조를 이루었다. 살결이 희고 뼈대가 약해 녀석이 모태에 있을 때 남녀 어느 쪽을 택할까 망설이다 세상 구경하기 직전에야 남성을 선택한 듯, 중성으로 착각할 만했다. 풋고추만한 성기는 포경 상태로 달려 있었다.

비누 냄새 남은 타월을 어깨에 걸치고 저녁놀을 타고 부는 부드러운 바람을 맞으며 걸을 때야 낯선 지방의 신선한 인상이 나를 들뜨게 했다. 광대를 만날 기쁨과, 유쾌한 농담과, 가뿐하게 풀린 피로와, 배가 고프다고 투덜거리는 장익을 통해 새삼 우정의 든든한 유대를 느꼈다.

연표와 나는 장익의 백부댁 가족이 둘러앉은 둥글상에 귀한 손으로 대접받으며 이쪽저쪽에서 날아드는 여러 질문에 대답하는 외, 먹는 데 열중했다. 기름 동동 뜨는 얼큰한 대구식 소고기국에 뽀얀 쌀밥도 그랬지만, 내 식성에 맞는 맵고 짠 향토 반찬이 식욕을 돋우었고, 식성이 까다로운 연표까지 숟갈질이 다부졌다.

장익은 백부를 빼다 박은 듯 닮았고, 그분 역시 체격이 씨름선수 같아 두 사람의 유전인자가 일치됨을 실감할 수 있었다. 그런 체형의 일반적 특징이 그렇듯 장익의 백부는 근엄했고 완고한 인상을 주었다. 그래서 장익과의 해후에서 오매불망 그리던 혈육을 찾았다며 펑펑 울었다는 분은 따로 있는 듯 여겨졌다.

고등학교를 졸업하던 해, 장익은 대학에 진학해 앞길을 열어가자면 아무래도 집안을 찾아야 되겠다는 생각에서 원적지 찾아 대구로 내려갔다. 그는 지방 신문 『대구일보』를 찾아가서 '이산가족 찾기'를 신청했다. 담당기자가 장익의 딱한 사연을 박스 기사로 취급해 사진과 함께 전쟁 전후의 가족 사연을 소개했다. 어릴 적에 아버지가 들려준 집안 이야기를 토대로, 조부님은 일정시대 대구 역전에서 마부 일을 했고 백부님은 십대 후반에 서문시장 포목점에서 일했으며, 아버지는 십대에 가출하여 서울로 올라왔다는 이력이 신문 지상에 크게 났다. 점포에서 이 기사를 읽은 백부와 연락이 닿아 극적 상봉이 이루어졌던 것이다.

장익과 내가 일찍 밥그릇을 비우자 장익의 백모가, 서울에서 대구까지 완행열차 타고 오자면 배가 얼마나 고팠겠냐며, 부엌일 하는 애를 부르더니 따로 양푼으로 밥을 더 퍼오라고 일렀다. 우리는 그 집에서 빨리 풀려나 시내를 휘지르고픈 불안정한 흥분으로 추가 밥을 사양했다. 그러나 재차 권하는 성의를 더 거절하기 미안했고, 사실 밥맛이 좋았기에 다시 수저를 들었다.

장익은 그때부터 떠들기 시작했다. 황당한 우스개 이야기로 여중학생과 남고생, 의과대학에 다닌다는 사촌들을 박장대소하게 했다. 식사를 마친 뒤 우리는 건넌방으로 자리를 옮겨 담배 한 대씩을 피우곤 외출 채비를 했다. 장익은 친구 대접 명목으로 백모로부터 오천 환을 타냈다.

"큰어머니가 너들을 좋게 본 모양이야. 이 돈으로 시내 구경을 시켜주래."

"광대부터 찾아, 우선 한잔해야지." 내가 말했다.

"넌 술에 기갈 들렸어." 연표가 웃었다.

"그것말고 해 빠진 뒤 할 일이 뭐가 있나?"

"그렇긴 해." 연표가 말꼬리를 흐렸다.

나는 연표 말에, 정말 이렇게 술을 좋아하다 알코올 중독자가 되는 게 아닐까 부쩍 의심이 들었다. 내가 생각해도 하루를 거르는 법 없이 술을 마셔대는 대학생이 우리나라에 과연 몇이나 될까 싶었다. 알코올 중독자는 밥이나 안주 대신 깡술로 때운다는데, 저녁밥 배불리 먹고 안주해서 술 마시는 놈이 중독자까지 되랴 싶어, 안심이 들기도 했다.

집을 나서는 길에 장익이 의과대학생 사촌에게, 나가서 술이나 한잔 같이 하자고 권했으나 그는 학년말 리포트가 바쁜데다 술을 잘 마시지 못한다고 사양했다. 책상물림의 순진한 청년이었다.

우리는 어둠이 내린 거리로 나섰다. 시 전체가 달걀 꼴로 둥근

대구는 사방이 산으로 둘러싸인 고원분지였다. 하늘은 포근한 안개로 풀렸고, 시내 중심가 밤거리는 사람들 내왕이 많았다.

광대 집은 대구를 가로지른 철길 아래 기차굴 건너에 있는 칠성동이었는데, 도보 이십 분 정도 거리였다. 우리는 손수레 행상에게 사과 몇 개를 사서 바수어 먹으며, 서울과 달리 전차가 없어 시원하게 트인 중앙통 거리를 걸었다. 밝은 색깔로 차려입고 나선 처녀들 치장을 통해 봄이 왔음을 실감한 밤이기도 했다. 장익이 마주 오는 처녀를 보고 윙크하거나 어깨를 흔들어 보였다. 그러나 그녀들 대부분은 모른 체 지나치기 일쑤였고, 더러 재미있는 청년이네 하는 표정으로 웃는 처녀도 있었다. 청바지는 몰라도 그가 걸친 철 지난 가죽점퍼가 봄밤과 전혀 어울리지 않았다.

"광대가 집에 없을 것만 같아." 장익이 고개를 저었다.

"있을 거야. 예감이란 게 있잖아?" 연표가 내 동의를 구했다.

"봄 산행을 갔을지 몰라. 그러나 오늘은 우리가 왔으니 개도 감잡고 집에 얌전히 박혀 있을 거라 믿자." 내가 말했다.

"나도 그렇게 믿긴 믿어. 그러나 없다는 쪽에 슬쩍 기댔다가 만나게 되면 기쁨이 두 배가 되지." 장익은 자기 말장난이 재미난 듯 흠흠거리고 웃었다.

"집 위치는 알고 있지?" 연표가 내게 새삼스러운 질문까지 했다.

"걱정 마. 그 정도 지리 감각은 있어."

광대 집은 기차굴 건너 칠성시장 쪽, 육이오 때 내려온 피난민들이 얼기설기 판잣집을 짓고 정착한 철로변 빈민촌이었다.

판자울 안으로 들어가서 내가 장광대를 외쳐 불렀으나, 녀석의 대답이 없었다. 세번째 불렀을 때, 누구냐는 늙은이의 힘없는 목소리가 들렸다. 잠시 뒤, 허리 휜 광대 노모가 고무신을 끌고 나왔다. 내가 인사를 하자, 광대 모친은 작년 하기방학 때 광대 집에 사흘을 머문 나를 알아보았다. 작년 여름, 밀양 신불산 등반을 약속하고 광대 집을 찾아갔던 것이다.

"아이구, 우리 아들 친구 아인교. 핵교 봄방학했다고 내려왔나 보네요."

"광대가 집에 없는 모양이군요. 어디 갔습니까?"

"음악감상실인가 거게가 갸 놀이터 아인교. 산에서 내려오더이 늘 거게 나가서 친구들 만내는 모양이라예. 봄에 군대에 간다 카더만 날마다 술에 취해서 들어옴더. 제발 갸는 군대에 안 가야 할 낀데……"

광대 모친은 장익과 연표에게, 광대 방에서 기다리라고 말했다. 통행금지 직전에야 들어와 잠은 반드시 집에서 잔다고 했다. 나는 시간이 있으니 시내 음악감상실로 나가서 광대를 찾아보겠다며 인사하곤 대문간에서 걸음을 돌렸다.

"광대 영장 받은 모양이구나." 골목을 빠져나오며 내가 말했다.

"재학증명서 첨부하면 될 텐데?" 장익이 말했다.

"어차피 가야 할 곳 아닌가. 갈 바에야 일찍 갔다 오는 게 낫지." 내가 말했다.

나는 곧 그와 헤어져야 한다는 게 섭섭했다. 그가 군 복무를 마칠 때쯤이면 이제 내가 입대할 테고, 그러면 우리는 오륙 년 동안을 만나지 못하게 될 것이다. 아니, 우리의 청춘이 그때쯤이면 끝나 서로는 다른 지방에서 각자의 생활을 꾸려나가게 될 게 분명했다. 그래서 하루만 못 봐도 보고 싶던 젊었을 때의 친구는 차츰 기억의 갈피 속에 바래져 잊혀질 것이다.

"이럴 게 아니라, 뛸까?" 말없이 걷던 내가 물었다.

"나도 그러고 싶었어." 장익이 동의했다.

광대를 빨리 만나고 싶기도 했지만, 위장이 포만 상태라 술이 들어갈 자리를 만들어야 했기에 나는 운동 삼아 뛰고 싶었다. 스물 갓 넘긴 시절의 우정에 대해 말한다면 내 편애가 미화되기 십상이겠지만, 나는 광대의 남자다움, 거리낌 없는 정직성, 소탈한 솔직함을 두고 장익과 연표에게 그를 우상화시키며, 열심히 뛰었다. 내가 생각해도 광대는 단점보다 장점이 많은 친구였다.

"광대는 진짜배기 경상도 사내야. 우직하고 진실한." 나는 말끝에 꼬리를 달았다.

"그 녀석 매력은 하이에나적인 체취, 야성미 바로 그거야." 장익이 말했다.

"논산훈련소 자대에 떨어지면 신병 훈련 교관쯤은 잘해낼걸."

"죽으면 죽었지 군대는 안 가겠다니깐, 아버지가 몸이 약골이니 어디든 손을 써서 군대에서 빼주겠대." 우리를 따라오며 연표가 숨가쁘게 말했다.

"너도 운동 좀 해라. 이 정도 뜀박질에 할딱거리다니." 장익이 연표를 뒤돌아보며 말했다.

우리는 시내로 들어오자 음악실을 뒤지기 시작했다. 길거리의 또래들에게 물어본 결과 대구만 해도 젊은이들의 휴식 공간이며 모임 장소인 음악감상실이 서너 군데 있음을 알았다. 사일구의거 전후, 대학이 있는 도시마다 오십에서 백 석 정도를 수용할 젊은 이들 만남의 장소나 휴식 공간으로 음악감상실이 성업 중이었다. 친구나 애인과의 약속 장소로, 그룹 미팅 장소로도 다방이 아닌 그곳이 이용되었고, 시내 중심가에는 마땅한 장소가 없다보니 소 규모 연주회, 대학 서클 세미나, '문학의 밤', '출판 기념회', 또는 졸업 시즌에 사은회 행사도 그런 곳에서 열렸다. 사일구 전후 그 시절에는 일반 가정에 전화는 물론 라디오조차 잘 보급되지 않았 기에 젊은이들은 헤어질 때 다음 약속 장소를 음악감상실로 정했 고, 그곳의 스테레오를 통해 꽝꽝 울리며 터져나오는 음악에 열 광했다. 음악 감상이 주목적이 아닌 젊은이들은 그런 음악적 분 위기에 취해 독서삼매에 빠지기도 했다. 대구에는 음악실로 '녹 향' '아나스타샤' '하이마아트' 등이 있었다. 음악실 위치를 물어 닥치는 대로 뒤진 끝에 마침내 재즈 음악실 '시보네' 뒷자리에 몸 깊이 묻고 앉은 광대를 발견할 수 있었다.

침침한 조명 아래 광대의 못생긴 옆모습은 멍청한 상태였다. 옆자리 녀석이 귓속말로 무언가 열심히 지껄였으나 광대는 다른 생각에 잠겨 있는 듯 보였다. 헝클어진 머리칼은 좁은 이마를 가 렸고 광대뼈는 더욱 도드라져 있었다. 여전히 겨드랑이에 구멍 난 스웨터에 등산용 바지 차림이었다. 그런 광대의 쓸쓸한 모습 을 보자 나는 울먹해져 콧마루가 시큰했다. 녀석은 편지처럼 대 구에서도 학교 럭비부 소식만 학수고대하며 별 하릴없이 빈둥거 리는 모양이었다.

"광대야, 우리 왔다!" 장익이 사운드로 쏟아지는 재즈를 압도하며 소리쳤다.

"누군데?" 광대의 얼굴이 우리 쪽으로 돌아왔다. 무표정했던 그의 얼굴이 곧 감격의 폭풍에 휩싸였다. "이 새끼들 봐라! 여길 다 찾아오다니. 어떻게 된 판이고? 연표까지 끼었구나." 광대가 의자에서 퉁기듯 일어나며 탄성을 질렀다.

장익은 광대를 껴안더니 등을 두들기며, 여긴 좁아서 널 안고 춤출 수도 없다고 말했다.

"너들이 이래 밀려닥치다니. 이라면 나는 아주 미쳐, 미쳐버려!" 광대가 쑥대머리를 흔들며 떠들었다. 입에서 침이 튀었다. 그는 나와 연표를 번갈아 껴안고 펄쩍펄쩍 뛰었다.

"이 감격 앞에 미치면 어떡해. 아니, 미쳐야지, 미칠 일밖에 없긴 하다. 지금이 바로 그럴 때야." 장익은 광대의 손을 잡고 마구 흔들었다. 광대와 죽이 맞는 장면의 연출에는 역시 장익이었다.

"그라면 미쳐볼까. 오늘 밤은 아주 미쳐버리자." 광대가 '진달래'를 한 가치 꺼내어 입술에 끼웠다. 성냥불을 켜는 그의 두툼한 손이 흥분으로 떨렸다.

"하이에나야, 너는 여전하구나." 나도 광대 손을 잡았다.

"음치가 음악실에서 소일한다니. 소가 웃을 일이다, 허허." 장익이 말했다.

광대는 스테레오로 터져 나오는 프레슬리의 노래를, 정말 음치로 따라 불렀다. 검정 교복에 흰 블라우스 칼라의 여대생이 손으로 입을 가리고 킥킥댔는데 광대의 음정 때문이었다. 뒷자리에서 조용히 하라는 주문도 따랐다.

"정말 광인의 노래를 듣겠군." 연표가 빙긋 웃으며 머리를 흔들었다.

"이놈아. 그래, 나는 미치광이다." 광대가 연표를 잡아먹을 듯 입을 크게 벌리며 익살을 떨었다.

"여기서 이래 소란 피울 게 아니라, 나가자." 내가 말했다.

"하모, 그래야지. 나가자." 광대가 말을 받았다.

"나가서 우선 좍좍 퍼마시고 봐. 알코올은 우리를 미치게 해!" 장익이 말했다.

"그래 맞다, 술은 흥분제다. 엉망으로 마셔보자." 광대가 우리들 등을 출입구 쪽으로 밀었다.

"해만 빠지면, 오나가나 술이군." 연표가 말했다.

"안 그라면 어짤 낀데? 술을 마셔야 제대로 미치지. 너들이 찾아왔는데 마셔야지, 안 그러나?" 광대가 말했다.

우리는 음악감상실을 나섰다. 맞은편 국산영화 개봉관 앞은 한산했으나 '연일 만원사례'란 간판이 걸려 있었다. 광대는 내 어깨에 손을 걸치고 걸으며 로큰롤에 맞추어 함부로 스텝을 밟았다. 여전히 흥분 상태라 "아, 우" 하고 짧은 고함을 질러댔다. 길을 걷던 젊은이들이 광대 꼴을 보고 웃음을 터뜨렸다. 광대를 아는 자가 지나가다 보았는지 광대 이름을 부르며, 술 제발 작작 마시라고 소리쳤다.

"씹새끼 시끄럽다. 술 처묵고 개골창에 박혀 죽더라도 대구 바닥에서 날 말길 놈은 아무도 없어." 광대가 그 독특한 거위 기성을 쏟아내곤 손뼉을 발놀림에 따라 짝짝짝 처대었다.

넷은 자연스럽게 팔로 어깨걸이를 했다. 작년 사일구 때 스크럼 짜서 광화문을 향해 세종로를 진격할 때가 문득 생각났다. 독재정권이 물러나면 곧 이상적인 민주주의 국가, 참으로 살기 좋은 세상이 도래할 줄 알았다.

우리는 극장 옆 골목으로 들어가 주점 중 첫째 주점 문을 밀고 들어갔다.

"대구야말로 막걸리가 유명해. 가히 전국적이지. 한약같이 쓴 서울 약주와는 비교할 수가 없어." 광대가 말했다.

"아마존은 다행히 막걸리를 팔잖아." 내가 말했다.

우리가 술상 차지해 자리잡자, 장익이 벽에 붙은 차림표를 보곤 부산스럽게 막걸리 한 되와 가오리회를 주문했다.

"너하구 마시려고 우린 기차간에서 소주 조금밖에 안 마셨어. 완행열차가 대전을 지날 때 가락국수는 먹었지만." 연표가 광대에게 안해도 될 솔직한 보고까지 했다.

"그런데 참말로 어쩐 일인고? 너들이 언젠가는 다녀가리라 믿었지만 연표 저 자식까지 달고 한꺼번에 밀려닥칠 줄이야. 소집영장 받고 술이나 축내는 판에 말이다." 광대는 무슨 이야기든 지껄이고 싶어하며 소독저를 씹어댔다. 그는 우리를 만난 기쁨에 자제력을 잃고 있었다.

"네 모친이 입대를 말리던데, 학교에 입대 연기 신청 제출 안했나?" 내가 물었다.

"큰형님을 태평양전쟁 때 징용 보내 유골도 못 찾고, 둘째형은 육이오전쟁으로 철원전투서 전사하고, 남은 아들이 내뿐이니 엄마가 어디 군대 좋아하게 생겼나. 부대 앞은 절대 지나가지 않고, 군인이 마주보고 걸어오면 보지 않으려 돌아서서 지나가기를 기다린다 카인께. 아무리 전쟁 없는 세월이라 캐도 골수에 맺힌 엄마 마음은 내가 잘 알아." 광대가 말했다.

"그럼 왜 술 처먹구 날마다 밤늦게 들어가 엄마 속 썩여?" 장익이 핀잔을 놓았다.

"그래 말하면 할 말이 없어. 나 말이다, 빵빵군번 학보(學補)로 입대할 작정이다. 학보는 이 년만 썩으면 자동 제대되잖나. 입대하면 총 한번 실컷 마음대로 쏘아봐야지. 육군 럭비부 멤버로 선발되면 그것도 괜찮겠고."

"너와 이별한다니 벌써 콧등부터 시큰해진다. 우릴 두고 갈 테면 가봐, 새끼." 장익이 광대 어깨를 치며 말했다.

"갈 땐 가더라도 그 얘긴 그만 해. 술맛 떨어질라." 내가 말했다.

"셋이 한 방에 뭉치곤, 저녁이면 날마다 클럽 아마존에서 보냈어. 다른 할 짓도 없어 술 마시며 떠들었지. 그러면 하루가 후딱 가. 나야 학교 안 가지만 재들도 공부는 뒷전이야." 연표가 말했다.

"카메라는 와 안 메고 왔나?" 광대가 물었다.

"며칠간은 친구와 놀기로 했어. 내 몸의 일부로 늘 붙어 있는 카메라와 쫑이 없다는 게 이상하지? 그러나 나도 너들처럼 술 마시잖아." 연표가 둘러보며 미소 띠었다.

"전에는 대구 큰집에 와도 늘 심심해서 하룻밤 자곤 부리나케 상경했는데, 이번은 틀리구나. 오늘 밤 기분 째진다야." 장익이 말했다.

"그게 다 내가 대구를 지키기 때문 아닌가. 너들은 그런 나를 무시하면 안 돼." 광대는 텁수룩한 수염을 쓰다듬으며 으스댔다. 광대가 그렇게 젠척할 땐 장익과 막상막하로 닮아 나는 속으로 웃었다.

"누가 너를 무시했게? 저 순진한 얼간이 봐. 누가 자기 깔볼까 봐 지레 겁먹구선. 그럼 하이에나가 아니지." 장익이 소독저를 분질러 광대 얼굴에 던졌다.

"너 까불지 마. 여기는 대구다. 내한테 밉보이면 터줏대감이 손 좀 봐줄 끼다, 알겠나?" 광대가 복싱 모션으로 원투 스트레이트를 휘둘러 보였다.

"재롱 떨긴. 한 방 멕여 하수구에 쑤셔 박을까보다." 장익이 웃으며 소리쳤다.

술이 왔다. 장익은 술 주전자를 나르는 처녀애 손목을 덥석 쥐며, 대구 처녀와 하룻밤 연애 한번 해보고 싶다며 수다를 떨었다.

"절마는 엄청 색골이다. 처자가 조심 안하면 성병 알지? 그것 걸려. 내 말 알아들었제? 속아 넘어가면 절대 안 돼." 광대가 제법 진지하게 말했다.

"네 말 믿을 숙맥이 어딨니. 저 처녀도 인격권이 있어. 무시하지 마. 자기 어깨에 매달린 가족 돌보느라 이 바닥서도 시달리잖아."

처녀애는 자기를 두고 하는 말에 대꾸가 없었다. 나는 그 점이 마음에 들어, 열심히 일하는 분을 말로 희롱하지 말라고 말했다.

"광대, 너 보자 하니 나한테 자꾸 도전장 보내는구나. 좋다, 그래. 어쨌든 우리의 우정을 위해 축배나 들자. 브라보!" 장익이 술잔을 높이 들었다.

"광대와 재회를 축하하며 건배." 연표도 잔을 들었다.

"친구야, 너들 모두 고맙데이." 광대가 환히 웃었다.

술잔을 비우자 우리는 가오리 회무침으로 입을 헹궜다.

"난 도무지 이해가 안 가. 아무리 시간이 남아돌아간데도 음치가 어떻게·음악감상실에서 장시간을 배겨낼 수 있어? 더군다나 성미깨나 급한 운동선수가 말이야." 장익이 고개를 갸우뚱했다.

"그래도 노래 리듬은 대충 알아. 순곤이한테 물어봐. 내가 막춤 얼마나 잘 추는데. 내가 술 처먹고 취해서 지랄발광 떠는 막춤 추면 가시나들은 진짜로 오줌을 찔끔찔끔 짤긴다" 하며 광대가 빈 술잔마다 넘치게 술을 쳤다.

"갖다 붙이자면 광대 막춤은 보사노바 비슷하지. 빠른 리듬에 맞추어 제멋대로 흔들어대는 데는 소질이 있거든. 운동신경이 발달해 허리 율동과 무릎 관절 꺾어 앉은 채 뱅뱅 도는 동작은 아무나 쉽게 흉내낼 수 없어." 내가 말했다.

"우리 세대가 왜 우리 춤 놔두고 서양 춤에 이렇게 미치는지 모르겠어. 전쟁 때 미국을 비롯한 서방 국가가 우방을 도와주러 와서 보급해서일까? 어쨌든 템포 빠른 서양 춤이 젊은 애들 혼을 몽땅 빼잖아. 그렇게 열광하니 다른 말로, 모두 혼이 빠졌어. 이게 사일구의거를 일으킨 세대냐? 가소롭다. 허기야 나도 그렇게 물들어 떠내려간다만……" 연표가 말했다.

"우리 젊은이는 벌써 서양 생활 습관에 익숙해졌어. 양옥집 구조와 가족제도까지 저들 것을 받아들였구. 젊은 세대는 벌써 의자에 앉는 생활에 익숙하구, 청바지와 재즈까지 보편화되어버렸잖아. 재즈와 라틴음악은 이제 젊음의 피를 식히는 얼음이요 진정제야. 광대 저 새끼도 드럼 쳐대는 음악만 있다면 목청 터져라 고함지르고 땀 흘리며 흔들어대지 않아." 장익의 말이었다.

"그건 익이 말 맞다. 난 음치지만 음악 터지면 막춤으로 스트레스를 날려버려." 광대가 말했다.

"내 말 안 끝났어. 끼어들지 마. 우리도 나잇살 먹으면 언젠가는 재즈나 라틴음악에서 떠날지 모르지만, 지금은 미친 듯 사랑한다고 말해야 옳겠지. 욕망의 불덩어리가 바로 젊음인데, 어찌 바다 건너왔지만 그 열광적인 음악을 기피할 수 있겠어. 난 미군부대 퀸셋 막사에서 성장했어. 그들이 보는 예배시간에 끼어 영어 찬송을 따라 부르곤 했지. 그땐 타국 땅에 사는 착각에 빠졌어. 그러나 머리 굵어지자 양키들 속에서 살 게 아니라 황인종으로 돌아가야겠다며 도망갈 궁리만 했지. 그런데 내 말이 왜 왔다갔다해? 그래, 맞아. 서양 것에서 벗어나려 했지만 결과적으로 서양 것에 길들여졌다는 모순을 말하려 했지. 제길, 술잔 놔두구 내가 지금 무슨 쓸데없는 얘기를 이렇게 길게 늘어놓구 있나, 술맛 달아나게." 장익은 잔이 작다면서 처녀애에게 대폿잔을 주문했다.

"누구한테 들은 말인데 서양 것 좋아해도 우리 음식 김치와 된장 맛은 잊지 말라 카데. 우리 조상이 수천년 먹어온 음식 맛마저 팽개치면 국적 불명 인간이 된다고." 광대가 말했다.

"조상이며 윗세대가 우리에게 남겨준 게 도대체 뭐냐? 냄새 풀풀 나는 그까짓 김치와 된장? 겨우 그것 물려줬어? 서양 이념을 수용해선 동족이 동족에 총부리 겨누며 박 터지게 싸움질이나 하구!" 장익이 제풀에 화를 냈다.

"광대 말도 일리는 있어." 내가 말했다.

"기성세대는 믿을 게 못 돼." 연표가 잘라 말했다.

"썩은 기성세대를 무대에서 끌어내리려고 우리가 사일구를 일으켰잖아." 장익이 말했다.

"교과서에서 배운 참다운 민주주의의 실현만을 원했으니 의거에 성공하자 우린 깨끗이 학교로 돌아갔지." 내가 말했다.

"사일구가 아니었더라도, 우린 젊으니깐 뭐든지 압도할 수 있었어." 광대가 주먹을 내두르며 엉뚱한 말을 했다.

"여기 힘 자랑하는 데 아니잖아. 술 좋아하는 너들 술이나 마셔." 연표가 말했다.

"연표 말 맞다. 기분 좋은 밤인데." 내가 말했다.

"남북통일되어 대동강 물 마실 그날까지." 연표가 잔을 들었다. "마시자, 취하자, 브라보!"

막걸리 석 되를 비울 동안 우리는 조금 침통해져 일관된 대화를 나누지 못했다. 심통 부리는 아이들 꼴이었다. 은연중 빨리 마시기 시합이라도 하듯 잔을 다투어 비워냈기에 시간은 오래 걸리지 않았다.

"고등학교 때 럭비 같이 했던 친구 한 놈이 있었어. 자식이 학교 졸업하고 공을 놓더니 술부터 배우더라. 그 속도가 참 빨라 금방 지독한 술꾼이 됐지. 음악실에서도 소주를 병나발 불어젖혔으니. 드디어 간장에 탈이 나 복수가 부어올랐어." 광대가 신바람을 내며 떠들기 시작했다. "집에서 새끼를 부랴부랴 입원시켰더니 밤중에 환자복 바람으로 병원에서 빠져나와 동촌유원지에서 또 엉망으로 마시곤, 강물에 투신하고 말았어. 그 자식 생각하면 갑자기 인간이 이상해 보여. 그 좋던 몸이 술 때문에 그토록 깡마를 수 있을까? 배만 볼록해선. 참 사람도 여러 질이야."

광대 말의 주제가 무엇인지 오리무중이었고, 왜 쓸데없는 그런 얘기를 하느냐는 듯 장익이 광대를 멀뚱히 바라보았다. 나 역시 광대가 무엇 때문에 그 이야기를 꺼냈는지 의문이었다. 광대는 머리에 떠오르는 대로 대중없이 말을 뱉어내는 습관이 있었다.

"술 마시며 술꾼 죽음 타령이라니. 도대체 무슨 말 하나?" 핀트 맞지 않는 객담에 내가 광대를 흘겼다.

"그러고 보니 그렇군. 너들 내 손님인데, 미안하다." 광대가 계면쩍은 표정으로 자기 말의 실수를 인정했다.

"괜찮아. 좋은 얘기야. 그 술꾼 친구를 이해할 수 있어." 연표가 말했다. 제법 취했는지 그의 눈동자가 충혈되었다.

"술은 취하고, 배는 부르고, 이제 어디 음악에나 미쳐볼까. 음악실로 출정 나서야지, 어때?" 장익이 제안했다.

우리는 다시 음악감상실로 향했다.

장익은 연표 어깨에 팔을 걸고선 고물 군화바닥으로 박자를 맞추며 연방, "데큐라! 데큐라!" 하고 소리쳤다.

우리가 음악감상실로 들어갔을 때 어두컴컴한 실내에는 벨라

폰테의「코튼 필드」가 빛살처럼 장내를 흔들어대고 있었다. 우리는 벽 따라 앞으로 나아가 무대 앞의 공터가 조금 있는 앞줄에 나란히 앉았다. 스테레오를 통해 벨라폰테의 육성이 안면을 훅훅 끼얹어 왔다. 장익이 상체를 앞으로 굽히곤 도취된 표정으로 어깨와 팔꿈치를 흔들어댔다. 그는 군화바닥으로 시멘트 바닥을 굴렸는데, 눈은 반쯤 감고 있었다. 연표는 미소를 날리며 엄지와 장지손가락으로 딱딱 소리를 내며 손장단을 맞추었다. 광대는 의자 등받이에 기대어 굵은 목에 핏줄이 설 만큼 목청에 힘을 주어 열창 중인「코튼 필드」를 음치의 목소리로 따라 불렀다.

"소란 그만 떨고 조용히들 하소!" 등 뒤에서 언성 높은 소리가 들렸다.

"이곳이 과연 침묵을 필요로 하는 장소요? 그렇담 조용한 산사를 찾아가시오." 장익이 돌아보며 소리쳤다.

"니 말 맞다, 맞아. 간섭하는 놈 나서봐. 내가 손 봐주꾸마." 광대가 호응했다.

나는 음악에 취해 머리를 흔들며 열심히 박수를 쳐댔다. 조용히 하라던 자와 싸움이 붙는다면 붙어보라고 내버려두었다. 광대와 장익이 합세한다면 아무도 둘을 꺾을 자가 없을 것 같았다. 그야말로 든든한 백이었다.

장익은 음악에 맞추어 두 발로 스텝을 밟으며 눈을 감은 채 광신도처럼 팔을 머리 위로 치켜 휘저어댔다. 광대는 거뭇한 수염투성이 얼굴로 의자에 앉은 채 상체를 흔들며 꽥꽥 고함질렀다. 둘은 그렇게 리듬을 탄 쾌락에 도취되어 마치 감전된 듯 무감각한 상태로 흐느적거렸다. 나는 텁텁한 목구멍을 푸느라 담배 연기를 힘차게 내뿜었다. 흩어지는 남빛 연기는 마음의 오물을 쏟아내듯 후련했으나 머릿속은 더 어지러웠고, 어지러움이 쾌감과 만나 가물가물하는 열락으로 빠져들었다. 단순한 환희의 몰입이었다. 습관성 마약은 이런 과정을 거쳐 무한대의 공간으로 상승하는 아찔한 절정이 아닐까 여겨졌다. 내 감정은 순탄하게 풀려 태양이 눈부신 남아메리카 적도 부근 아마존 강으로 거침없이 달려갔다. 상상으로 그곳에 날아가선 원주민 축제에 나도 한 자리 차지해 끼어들었다.

잠시 뒤, 우리는 지쳐서 의자에 주저앉아 등받이 깊숙이 몸을 묻었다. 음악이 서너 곡 바뀔 동안 아무 대화도 나누지 않았다. 대화를 나누기에는 앞자리라 스테레오에서 터져나오는 음악 소리가 너무 컸다. 광대 얼굴은 땀에 젖었고, 연표는 숨소리조차 내지 않았다. 갑자기 장익이 시를 읊기 시작했다.

트럼펫 솔로, / 미친 음악아 / 한 시간을 울어라 / 사일구를 울어라, // 우리는 어둠 속에 / 분노로 앓느니 / 정욕의 선율로 / 흥벽을 못질하자, // 속도의 슈트케이스에 / 자궁쯤 넣고 / 떠나자 / 떠나며 자유로 말하자……

"더 이상 읊을 수 없군. 아마존 단골 비트시인 지망생 시야. 나도 시 낭송에는 어느 정도 자신이 있는데……" 장익이 숨을 멈추며 말했다.

"하여간 새끼 너 낭독 멋지다. 그건 그렇고, 또 죽은 그 자식이 생각나네. 바로 연표 너 자리에서 늘 만취 상태로 음악을 들었지. 내가 왜 또 그 얘기 또 꺼냈지. 나가자. 오늘은 너들 엉망으로 취하게 해주꾸마." 광대가 말하곤 자리 차고 일어섰다.

우리는 다시 대구의 밤 속으로 나섰다. 포근한 봄밤은 우리의 기분을 한층 상승시켰다. 광대는 대구의 명동격인 향촌동으로 우리 셋을 이끌며 위스키를 대접하겠다고 떠들었다. 장익이 한국말 가사로 번안된 「정열의 꽃」을 부르기 시작했다. 열심히 노래 부르는 그의 얼굴은 투정 섞인 행복에 젖어 있었다. 연표는 손을 바지 주머니에 찌른 채 광대와 무슨 이야기를 주고받으며 앞서 걸었다. 나는 취흥에 젖어 낯선 도시의 가로를 눈요기했다. 지방색이 느껴지는 나지막한 건물들, 잎을 피우기 시작한 플라타너스 가로수, 낯선 간판과 통행인 얼굴에서 느껴지는 친밀감, 이런 모든 것이 초등학교 적 새 학년에 올라가 새 교실에서 낯선 얼굴을 만났을 때의 흥분 상태와 흡사했다. 더욱 내 곁에는 떼려야 뗄 수 없는 다정한 친구들이 있었다. 거기에다 돈주머니가 든든하니 행복의 충족 조건을 다 갖춘 셈이었다.

"친구 건달 형이 위스키 시음장 '몽키' 사장이지. 외상이 통하니깐 우리 악동들이 더러 들러." 광대가 향촌동 입구로 들어서며 말했다.

"오늘은 외상 달지 마. 익이한테 돈 있어." 연표가 말했다.

"외상 되면 외상으로 먹자. 외상이라면 소도 잡아먹는다잖아. 내 앞에 달아뒀다 다음에 대구 오면 갚지 뭘. 건달 형 술 좀 뺏겨

먹어." 장익이 흰소리했다.

"익이 너 왜 그래? 오늘 주머니 두둑하잖아." 내가 말했다.

"그라면 지금 장익이가 날 놀리는 기가?" 광대가 물었다.

"너 놀리느라 장난쳐봤어 왜?" 장익이 말했다.

"장익이 너 정말 그랄 끼가?" 광대가 걸음을 멈추었다.

"임마. 농담도 못하냐?"

"아무리 건달이지만 친구 형인데, 주머니에 술 먹을 돈 있으면서 그라면 되나?"

"너들 둘, 같은 경상도 출신이라고 짰냐? 나한테 시비 계속 걸면 한 방에 날려버려."

"꽤액." 광대가 거위 울음으로 기성을 질렀다.

"치워. 소름 끼친다." 연표가 말했다.

순간, 광대가 허리를 꺾더니 어깨로 장익 옆구리를 박았다. 광대의 태클에 무방비 상태로 걷던 장익이 피할 겨를도 없이 길바닥에 나동그라졌다. 럭비가 복싱을 무너뜨리는 순간이었다.

"이쯤이면 내 태클도 쓸 만하지?" 하며 광대가 혀를 낼름 내밀더니, "날 잡아봐라" 하곤, 럭비 경기 때의 공 받은 공격수처럼 달리기 시작했다. 이십 미터를 쏜살같이 달려 네온사인 반짝이는 '77 위스키 시음장 몽키' 문 앞에 버티어 섰다.

"너들 뭐 하나, 빨리 안 오고. 이차 마셔야지."

넉장거리가 됐던 장익이 점퍼와 청바지에 묻은 먼지를 털며 일어났다. 그는 놀라는 주위의 시선을 묵살하며 민망한 미소를 띠었다.

"임마, 이 정도 하고 관둘 작정이냐? 코피 나게 원투 스트레이트라도 먹이지." 장익이 광대를 보고 외치곤 연표 어깨를 낚아채 '몽키'로 서둘러 걸었다.

색색의 꼬마전구가 반짝이는 좁은 실내에는 맘보 곡이 튀고 있었다. 담배 연기 자욱한 속에 술꾼의 욕설과 고함소리, 여종업원의 웃음소리가 한데 섞여 장바닥 같았다.

"형님 어데 갔나?" 광대가 카운터 계산대 앞에 선 젤 발라 고슴도치 머리 한 웨이터에게 물었다.

"조금 전에 계셨는데, 잠시 외출한 모양입니더."

"오늘 외상술 좀 마셔야겠다, 어떻노?"

"맘대로 하이소. 사장님 금방 오실 낍니더."

"야, 술맛 떨어지는 소리 치워. 오늘은 내가 물주다." 장익이 광대 어깨를 치며, 카운터 앞 높은 도마의자에 앉았다.

"좋다. 한 명에 한 병씩 마시자. 위스키 네 병 가져오너라. 보자, 노가리포도 주고." 광대는 호기를 부리며 카운터 아연판 술상을 탕탕 쳤다.

"야, 술 쏟아진다. 술상 치지 마." 옆자리 빡빡머리가 광대를 보고 쏘아붙였다. 그 패거리 셋은 모두 신체가 듬직해 유도나 씨름선수 타입이었다.

"미안들 하우." 장익이 대신 사과하곤 옆에 앉은 내게, 한번쯤은 참는 법이라고 속달거렸다.

우리는 더블 잔으로 위스키를 마시기 시작했다. 설탕물과 땅콩이 기본안주였다. 연탄불에 거슬린 노가리포와 고추장도 나왔다.

빨간 스웨터를 입은 여종업원이 우리 쪽으로 왔다. 이런 곳 생리에 익숙해 보이는 향수 냄새 풍기는 화장 짙은 여자였다. 그녀는 취해 있어 장익의 진한 농담에도 웃음을 날리며 잘 받아쳤다.

"서울내기네. 서울내기가 왜 대구에 나타나. 뽕 따러 왔나?" 여자가 담배 연기를 뿜으며 말했다.

"대구 뽕이 좋다고 소문났기에 여기까지 원정 왔다 왜. 오늘 밤한 코 줄래?"

"마음 통하면 줄 수도 있지."

수작질에 서로 손발이 맞았다. 장익이 그녀의 허리에 손을 둘렀다. 연표는 술을 찔끔거리기만 할 뿐 땅콩만 부지런히 까먹었다. 광대는 절제 없이 위스키를 들이켜며 설탕 탄 냉수 컵을 여러 잔째 비워내며 고추장 듬뿍 바른 노가리를 질겅질겅 씹어댔다.

"야, 그 판 좀 갈아. 다른 곡 좀 틀어봐라." 광대는 위스키 병을 컵에 기울이며 웨이터에게 소리쳤다.

"어디 가나 음치가 꼭 음악 타령부터 하거든. 연극 모르는 놈이 무대 뒤 기웃거리구." 장익이 말했다.

그는 가죽점퍼를 벗어 계집애 어깨에 걸쳐주곤, 그냥 앉았을 수 없다며 홀로 나가 허리에 손을 걸치고 춤출 폼을 잡았다.

"클럽 아마존 정신 살려, 놀자." 장익이 소매를 걷어붙이곤 연표를 끌어냈다.

음악이 바뀌었다. 몸 흔들며 빠른 박자 맞추기에 좋은 「마이 홈타운」이었다.

"취했겠다, 추지 뭘." 연표가 결심한 듯 일어났다. 그가 장익

앞에 마주보고 섰다.

둘은 우리가 명명한 '해벽 춤'을 시작했다. '해벽 춤'이란 르네 클레망 감독의 영화 「해벽(海壁)」에서 실바노 망가노와 앤서니 퍼킨스가 야자수 늘어선 휴양지 해변의 레스토랑에서 마주보고 떨어져 서선 허리 꺾곤 빠른 리듬에 맞추어 격렬하게 온몸을 흔드는 춤으로, 이를테면 우리나라에 칠십년대에 상륙한 '고고'와 비슷했다. 연표의 박자 무시한 재빠른 무릎 흔들기와 발놀림, 장익의 격정적인 허리와 어깨 동작이 실내 술꾼들 시선을 독점했다. 이상한 춤도 다 있네, 하는 놀란 표정들이었다. 역시 대구는 그런 면에서 아직 변방이었다.

장익의 가죽점퍼를 걸친 계집애가 연표 주위에서 팔딱팔딱 뛰며 깔깔거렸다. 광대는 담배 꼬나물고 딱딱 소리 나게 박수를 쳐댔다. 그제야 주위의 술꾼들이 춤추는 장익과 연표를 향해 박수로 장단을 맞추기 시작했다. 실내 분위기가 차츰 열광적으로 변해갔다.

"무슨 발광이고. 치워, 집어쳐!" 옆자리 빡빡머리가 고함쳤다.

장익이 문득 동작을 멈추었다. 그는 시비 거는 패거리 앞으로 다가갔다.

"우리도 돈 내구 마시는 술인데, 남이야 어떤 방법으로 취하든 댁이 왜 참견이오. 우리 꼴 보기 싫담 당신네가 다른 술집으로 가면 될 것 아뇨?" 장익이 여유작작하게 말했다.

"엇쭈, 서울내기가 말 좀 씨부리네. 너 여기가 어딘 줄 알고 까부노? 보리 문디(문둥이)들 사는 대구다!" 시비 걸었던 자가 장익

얼굴에 위스키 잔을 뿌렸다.

　음악이 멈추고 실내의 시선은 둘에게 쏠렸다. 분위기가 팽팽하게 긴장되었다.

　"대구 텃세가 이건가?" 장익은 얼굴에 튄 위스키를 닦으며 물었다.

　"장익아, 기 죽지 말고 잘해봐. 너 권투 폼 구경할 기회가 드디어 왔어." 광대가 킬킬대며 말했다.

　"댁이 어느 정도 잘나가는 어깨신지 모르지만 이젠 나도 가만있을 수 없어." 장익이 말했다.

　"알라들 노는 것 보고 머 그카노. 마 치아라." 잠자코 있던 빡빡머리 옆자리 고동색 점퍼가 시비를 말리는 체했다.

　"니 이 바닥서 개피 칠갑하고 죽구 싶나?" 빡빡머리가 의자를 돌려 앉은 채 장익의 말을 받았다.

　"왜 죽어? 살고 싶은 세상에. 앉았지 말구 나와봐." 장익이 한발 물러서며 말했다. 그는 연표에게 시비 걸 때처럼 여유작작 미소 띠고 있었다.

　"내가 있다. 익아, 기 죽지 마. 그러나 혼자 결판내야 돼." 광대가 출입문으로 가서 그 앞에 버텨 섰다.

　연표가 계집애로부터 장익의 가죽점퍼를 받으며 하얗게 질린 얼굴로 뒤쪽으로 물러났다. 술꾼이 웅성거렸고, 다칠세라 자리 뜨려고 웨이터에게 계산을 묻는 패도 있었다.

　"움직이지 마. 밖으로 나가는 새끼는 죽어!" 광대가 소리쳤다.

　경찰이나 유흥가 주변의 폭력배가 닥치지나 않을까 불안해하며 나는 장익과 씨름선수짜리들을 지켜보았다. 장익의 주먹 위력을 아직 한 번도 관전한 적 없었기에 조바심으로 가슴이 터질 듯했다.

"안 되겠네. 경찰을 불러야지." 웨이터가 나섰다.

순간, 일이 터졌다. 빡빡머리가 높은 의자에서 일어나는 체하며 카운터에 놓인 위스키 병을 들더니 장익의 머리를 겨냥해 내리쳤다. 그러나 그 타격은 허공을 휘질렀고, 장익의 날쌘 주먹이 빡빡머리 턱을 날렸다. 두 방의 연타로 빡빡머리는 바닥에 나가떨어졌다.

"다음은 잭나이프다. 어느 놈이든 나서봐! 옆구리에 풍선 터지는 소리 날 테니!" 장익이 소리치곤, 바지 주머니에 손을 꽂았다.

"익아, 왜 그래? 참아." 아무래도 일이 크게 벌어질 것 같아 내가 나섰다.

"술병 쳐든 놈한테 어떻게 참아. 넌 참견 마." 장익이 주머니에 손을 꽂은 채 나머지 둘 앞으로 나섰다. "칼침 맞겠다는 놈은 나서 보라니깐!"

"됐심더. 그만 하슈. 시비는 우리가 걸었으니 관둡시다." 고동색 점퍼가 쓰러진 동료를 일으키며 말했다.

"받아." 장익이 바지 주머니에서 손을 빼내어 카운터에 던진 건 잭나이프가 아니라 술값이었다. 두 장, 이천 환을 세어 웨이터에게 밀었다.

"야, 강장익 정말 멋있다. 통쾌해!" 광대가 달려들어 장익을 껴안았다.

"대구경찰서 형사반장으로 부임한 형님 만나러 대구에 와서 한 잔했다. 어때, 기분 나빠?" 장익이 걸쩍한 목소리로 배포 있게 공갈 치곤 눈짓으로 나가자는 신호를 보냈다. 그는 자기 점퍼 든 연표부터 밖으로 밀어냈다.

"맞아. 익이 형님이 여기로 왔다지. 만나러 가자." 장익의 말에 광대가 얼핏 정신을 차린 듯 어설프게 말하곤 웨이터에게, "형님 오면 오늘은 현찰로 묵고 갔다 캐라" 하고 말했다.

우리는 당당히 밖으로 나왔다.

"더 큰 봉변 당하기 전에 튀는 것도 방법이야." 장익이 연표 어깨를 낚아챘다.

우리는 어둠을 휘저으며 한길을 내달았다. 연표가 뒤처지며 숨가빠했다. 나는 뛰면서도 터져 나오는 웃음을 참을 수 없었다.

"인자 삼차로 칠성시장에 가자. 이번은 으슥한 단골집이다. 언제 우리가 위스키 마셨나? 막걸리로 놀아야 제격 아닌가. 날 따라와." 광대가 장익 어깨에 팔을 두르며 밤하늘을 올려다보며 말 울음 같은 소리로 킬킬 웃어댔다.

8장

장익과 광대와 내가 조성하는 분위기에 편승하여 다른 때와 달리 명랑해졌던 연표가 광대 집에서 이틀을 기식한 뒤, 한마디 말 없이 종적을 감추었다. 아침 일곱시경 장익이 먼저 눈을 떴을 때, 연표 잠자리가 비어 있었다. 그는 변소에 가지 않았고, 그러므로 우리 앞에 다시 모습을 나타내지 않았다. 그날, 우리는 하루 내내 연표를 찾는 데 시간을 보냈다. 음악실 '시보네'에 죽치고 앉았다 밖으로 나와 술집으로 자리를 옮길 저녁때야 연표가 우리 영향권 밖으로 사라졌음을 인식했다. 그놈의 방랑벽이 또 도진 모양이라고 장익이 말했다.

다음날, 나 홀로 쓸쓸히 고향으로 내려왔다.

대구에서 친구들과 이별한 뒤, 한동안 그들과의 소식이 두절되었다. 누구보다도 연표 안부가 궁금했으나 열흘이 지나도록 그의 소식은 아무한테서도 전해오지 않았다. 대구에서 헤어진 뒤 모두 나를 잊었구나, 하는 섭섭함을 되새기며 우체부 기다리기에도 지칠 즈음, 장익한테 엽서편지가 왔다. 편지 내용은 간단했고 새로운 사실은 아무것도 없었다. 백부댁에 머물던 장익 역시 고향에서의 나처럼 연표 소식을 모른 채 어정쩡한 나날을 보내는 모양이었다.

　순곤에게.
　'전위 드라마', 드디어 깃발 올리게 됐다는 멤버들 소식. 힘들게 십시일반 자금을 모은 모양이다. 곧 상경한다. 광대조차 어디론가 말 않고 떠나버려 내게 대구의 일상은 지루하기 짝이 없다. 한남동에서 밤차 타고 상경한 나를 연표가 맞아주었으면 좋으련만……

　장익은 좋은 소식을 안고 상경하고, 광대는 럭비부로부터 좋은 소식이 없는 채 입대를 하게 됐으니, 상반된 기분으로 둘이 다투었나? 광대가 왜 친구에게 말 않고, 어딜 떠났을까? 그 점이 궁금했으나 장익의 언급이 없었으니 알 길이 없었다. 나는 장익의 엽서를 받은 이튿날 상경하기로 하고 부모님께 뜻을 전했으나, 특별하게 바쁜 학교 일이 없다면 나흘 뒤 할머니 제사 지내고 가라는 엄마 만류로 상경이 며칠 지연되었다.
　이 자리를 빌려 그동안 내가 고향에서 보낸 생활을 간단히 언급해두겠다.
　짧은 기말방학을 마치자 동생 둘은 마산으로 나가버렸고, 부모

님과 막내동생만 집에 남아 함께 보낸 시골 생활은 단조로운 만큼 평온한 나날이었다. 누렁이를 데리고 과수원 뒷산을 산책하거나 온실 옆 양지바른 곳에 등나무 의자 옮겨놓고 앉아 스페인에서는 현대의 고전으로 평가되는 『묵시록의 네 기사』를 사전 도움으로 띄엄띄엄 읽거나, 오수의 나른함을 즐기기도 했다. 염소떼 몰고 뒷산에 오르거나, 감나무에 붙은 벌레집을 낫으로 제거하거나, 세 마리 소의 여물 주기나 우사 청소 일 따위로 아버지를 도왔다. 더러 한가롭게 동네를 한 바퀴 돌아보며 해마다 조금씩 변해가는 마을을 관찰하는 데 재미를 붙여, 어린 시절의 추억과 얼버무려보기도 했다.

우리 동네 신룡리는 사십여 호 남짓했는데, 우리 집은 마을에서 조금 떨어진 비탈진 언덕 위 완만한 경사지에 위치했다. 집 아래쪽은 한 해 전에 아스팔트로 포장된 마산과 부산을 잇는 국도를 낀 마을이었고, 국도 아래는 경전남부선 철길이었다. 철길 뒤로 나지막한 동산들을 끼고 펼쳐진 너른 들이 진영평야의 일부였다. 낙동강이 들판 끝 이십여 리 밖에 있었다. 아버지와 우리 형제들이 졸업했고 막내아우가 다니는 대창초등학교가 있는 읍내 여래리는 우리 동네에서 오 리 정도, 이 킬로미터 거리였다. 딸기와 복숭아가 제철인 늦봄이나, 익은 감을 거두어들이는 가을철이면 읍내의 먹고살 만한 계층과 인근 도시 한류객이 과수원으로 소풍 나와 한동안은 누렁이가 낯선 객을 보고 짖느라 바빴다.

이 단감 과수원은 조부님이 일구어 물려주셨는데, 조부님은 소작붙이에게 내줄 만큼의 토지는 없었지만 소규모 자작농으로, 서당 글을 읽었으나 일찍 모친을 잃자 젊은 나이에 고향을 나서선 대륙을 두루 견문하고 돌아온 바 있었다. 조부님은 1951년, 전쟁 와중에 불의의 참변을 당해 별세하셨지만 그 용모와 일화는 마을 사랑방에 이야깃감이 되곤 했다. 할아버지는 동작과 말씨가 남도 사람답게 활달해 이틀걸이로 읍내로 출행했고, 한 달에 두세 번씩 마산으로 나다니며 시골에서 보기 힘든 신식 물건이 보이면 구입해오곤 했다. 당신은 한가할 적이면 마당에 의자를 내놓고 앉아 베이징에서 구입했다는 용 문양이 새겨진 독특한 은제 회중시계를 만지작거리는 습관이 있었다. 여름날 밤 모깃불을 피워놓고 멍석에 앉아 세상 풍문을 입에 올릴 때, 할아버지는 젊은 시절 북지에서 겪었던 일화를 꺼내놓곤 했다. 당신이 풀어놓는 이야기가 얼마나 흥미진진했던지 일찍 잠드는 데 길들여진 나를 눈 말똥말똥하게 긴장시켰다. 할아버지가 만주나 시베리아 편력을 풀어놓으면, 내 상상력은 이리가 떼를 지어 먹이 사냥을 다니는 눈 덮인 침엽수림으로 한달음에 달려가곤 했다. 이야기할 때 적절한 비유를 끌어들여 듣는 이를 조마조마하게 했는데, 지금 생각할 때 다분히 이야기꾼 재주를 타고난 듯싶다. 내가 서반아어과를 지망하여 브라질이나 아르헨티나 여행을 꿈꾸는 것도, 연유를 거슬러 올라가면 할아버지의 방랑벽과 일맥상통한 감이 없지 않나 싶다. 할아버지는 오랜 타관살이 뒤 귀향하자 늦게 혼인하여 과수원을 일궜다. "내가 단감 묘목 심는 일이라도 벌이지 않으면 방랑벽이 발동하여 또 어디로 훌쩍 떠날지 모르오." 할머니가 새댁 시절 할아버지가 말했다고 한다. 할아버지는 장남인 아버지 아래

삼촌 둘에 고모 한 분을 두셨는데, 삼촌 두 분은 부산에, 고모는 통영으로 시집가 타지에서 살고 있었다.

전쟁 와중에 할아버지가 갑자기 세상을 떠나고 삼 년 뒤 할머니마저 별세하자, 평소에도 말수 적었던 아버지는 과수원과 온실 일에만 매달렸다. 헌칠한 키에 눈동자가 암적갈색을 띤 아버지는 경성 유학생 출신으로 독일문학을 공부했으나 전공을 살려 그 길로 나서지 않은 데 대한 후회를 식구 앞에 말한 적은 없었다. 아버지는 온실의 화초를 가꾸며 더러 독일 민요나 슈베르트 가곡을 흥얼거렸고 겨울밤이면 그림 형제 동화집의 원서를 읽는 걸 목격한 적이 있었는데, 누구나 젊은 시절의 회상은 그렇게 그리움으로만 떠오르는 모양이었다. 엄마 역시 말수가 적고 행동거지가 조용한 만큼, 매사를 조심스러워했다. 아담한 체격에 곰바지런한 체질로, 남편 받들고 자식 키우기에 온갖 정성을 쏟아 붓는, 전형적인 이 나라 시골 아녀자였다.

내가 고향으로 내려오자 엄마는 비워두었던 내 방을 깨끗이 치우고 늘 따뜻하게 군불을 지펴주었다. 고향 친구를 만나러 읍내로 나갔다 오거나, 뒷산으로 염소 몰고 산책 나가거나 해서 방을 비웠다 오면 엄마가 그 틈새에 방을 청소해놓았다. 깨끗이 닦아놓은 사기 재떨이에 담뱃재 떨 때, 재떨이는 내가 비우겠다고 마음먹었으나 다음날이면 또 그 생각을 하는 게으른 나를 돌아보곤 했다. 대학 일학년 여름방학 때 내가 담배 피우는 사실을 안 엄마가 말씀했다. "니도 어른 됐다고 담배 배았구나. 시골은 도회지와 다르데이. 밖에 댕기미 담배 피우모 동네 어른들 버르장머리 윪다고 돌아서서 욕한다. 자슥 교육 잘 몬 시켰다고 우리도 욕 묵고. 담배 피아도 싼 담배를 골라서 피아라." 그런 후 내가 마을 담배 포에서 담배 사는 걸 막겠다는 심사인지 내 책상 서랍에는 사흘에 한 갑씩 '진달래'가 들어 있었다. 책상의 온실 화분을 자주 바꾸어놓기도 당신 손길이요, 밤 깊은 시간까지 내 방 창호지가 밝으면 밤이나 고구마 같은 간식을 넣어주셨다.

귀향한 나는 부모님의 사랑 가운데서, 학과 공부에 충실할 수 있었다. 막내동생의 재잘거림, 개 짖음과 닭 울음, 합창으로 우짖는 까마귀떼 외, 집안은 온실에서 꽃피는 소리라도 들릴 듯 늘 조용했다. 나는 그런 시골 생활에 익숙해져 서울로 올라가려 안달 내지 않았다. 더러 마을의 초등학교 동창생들과 어울려 촌닭을 잡아 안주해 술을 마셨으나 학업 탓에 내가 오래 고향을 떠나 있었기에, 이제 다른 길을 걷는다는 이유만으로 말길이 막히는 서먹서먹함이 잠재했다. 한편, 고향에서 방학 기간을 보낼 때 느끼는 연민이지만, 어릴 적 냇가에서 발가숭이로 물장구치고 놀았던 소녀들은 몰라보게 숙성해 골목길을 스쳐가다 마주치면 부끄럼을 타 서로 눈길조차 제대로 맞추지 않았다. 멀어지는 발소리를 등 뒤로 들을 때면, 먼저 인사말이라도 건넬 걸 하고 후회했다. 알만한 누구누구는 타지로 시집가버려 동네를 떠나고 없었다. 시골에서 자랐다면 누구나 어린 시절에 그런 추억쯤 한두 가지 가졌겠지만, 가깝게 지낸 이웃의 또래 소녀가 있어 봄이면 함께 동산을 뛰놀며 삘기며 진달래 꽃잎을 따먹기도 했다. 그 소녀 가족이 전쟁나자 마을에서 아주 사라져버린 사건을 두고, 부친이 좌익 활동 혐의를 받아 읍내 지서로 들랑거렸기에 예비검속을 피해 북으로 갔을 거라고 쑤군대는 소리를 어른 틈에 끼여 들은 적이 있었다.

서울 생활과 고향에서의 내 생활을 비교할 때, 남자의 세계란 가정과 사회를 분리해서 생활함으로써 양쪽의 직분 수행을 그런 대로 원만히 해결해나가듯, 내가 이중 생활을 한다는 자책에 시달리지는 않았다. 평온한 시골 생활에 공감을 느낀다는 사실이 앞으로 부모님의 생활을 내가 이어받겠다는 암시로 해석할 수 있겠으나, 이는 부모대의 유산을 물려받을 장남으로서의 이기적인 계산과는 무관했다.

고향에서의 생활이 보름을 넘길 즈음이었다. 삼월 하순 어느 어스름녘, 예상치 못한 손님이 과수원집으로 찾아들었다. 아버지를 돕는답시고 오후 내 온실의 분갈이 작업도 끝이나 손 털 때였다. 대문 쪽에서 누렁이가 맹렬하게 짖었다.

"누가 왔나본데 니가 나가봐라." 아버지가 말씀했다.

나는 창고 옆에 있는 펌프 물로 세수를 했다. 저녁놀이 짙은 서쪽 하늘에는 수천 마리의 갈가마귀떼가 소란스럽게 우짖으며 원무를 그리고 있었다. 삽짝을 나서자 과수원이 끝나는 오솔길 저쪽을 보고 누렁이가 짖어댔다. 길을 잘못 든 행상인을 보자 집주인의 주의를 환기시키려고 짖는지도 몰랐다.

마을 나갔던 막내아우가 과수원 울타리 따라 굴렁쇠를 들고 뛰어오며, 새이(형) 친구가 왔다고 소리쳤다.

"누군데?"

"제주도에 같이 갔다 온 그 친구 맞다." 광대를 지칭한 아우의 말이었다.

아우 말을 듣자 갑자기 내 심장이 뛰었다. 나는 한달음에 달려 갔다. 어둠이 짙어 오는 오솔길로 벙거지 쓴 한 사내가 피켈을 짚고 비칠대며 걸어왔다. 누렁이가 달려들듯 짖어도 아랑곳 않고 피켈에 의지한 걸음을 힘들게 옮기고 있었다.

"광대구나!" 내가 소리쳤다.

광대가 걸음을 멈추더니 피딱지 앉은 얼굴을 찡그리며 히죽 웃었다. 허리에 찬 밴드에는 손도끼, 자일, 카라비너가 주렁주렁 달려 있었다. 내가 어깨를 붙잡자 그는 이제야 목적지에 도착했다는 안도감에서 땅바닥에 털버덕 주저앉았다.

"어찌 된 기고?"

"지리산서 오는 길이다."

"많이 다쳤나?"

"쪼매…… 담배나 한 대 줘."

나는 담배 한 가치를 성냥불 붙여주었다. 담배를 받아 쥔 그의 손등이 피 묻은 손수건에 감겨 있었다. 삼십 킬로그램은 됨직한 그의 백을 받아 멨다. 광대가 피켈에 의지해 용을 쓰며 일어났다.

"다리를 저는 걸 보니 낙상했구나?"

"너 보니 인제 살았다 싶네." 광대가 담배 연기를 어두워 오는 공간에 흩으며 중얼거렸다. "여기까지 온 게 꼭 꿈만 같아."

"왜 혼자 산에 올라. 산이 얼마나 위험한 줄 니도 알잖나?"

"이틀을 물과 산나물만 씹고, 쫄딱 굶었다. 배도 고프고……

사실 지금 내 몸은 말이 아니다."

"죽을라고 환장했군."

"입대하기 전 마지막 산행이었는데……"

광대가 욱하는 마음에 무작정 지리산을 목표로 출발했음이 짐작되었다. 녀석을 보자 끔찍한 상상이지만 언젠가 등반사고로 비명횡사할지 모른다는 생각이 들었다. 지나치게 산에 경도되면 산신령이 그자를 사랑해 심심하니 동무하자며 주저앉힌다고 노고단 지킴이 털보씨가 말한 바 있었다. 집 떠난 탕아가 몇십 년 만에 귀향한 듯, 나는 미움과 사랑이 섞갈린 감정으로 친구를 부축해서 걸었다.

"응급조치부터 하고 읍내 보건소에 가보자. 야간 진료가 안 된다면 내과 병원이 있으니 거기라도 가서 의사한테 보여야지."

읍내에는 외과 전문병원이 없었다. 환자가 제대로 걷지 못하니 읍내까지 지게로 옮길 수도 없고, 정거장 옆 버스정류장에 늘 대기하는 시발택시를 불러서 옮겨야 할 것 같았다.

"병원까지는 안 가도 된다. 내가 내 몸 상태를 아는데, 골절은 안 된 것 같아."

마당으로 들어서자 아우가 알렸는지 엄마가 쫓아 나오고 아버지가 뒤따랐다. 광대가 담뱃불을 껐다.

"광대 학생 아닌가. 우짜다가 이래……" 하는 엄마 말에 이어, "어서 오게" 하며 아버지가 광대를 맞았다.

아버지와 내가 부축해서 광대를 내 방으로 끌어들여 요를 펴 눕혔다. 밖으로 나간 아버지가 약상자를 방에 넣어주었다. 내가 약솜에 소독수를 묻혀 상처 부위를 대충 닦곤, 요오드팅크를 발랐다. 엄마가 세숫대야로 물과 수건을 방으로 날랐다.

"어무이. 밥부터 좀……" 내가 미처 잊었던 말을 광대가 했다.

"얼른 밥상 내오꾸마."

둘만이 남자, 광대가 말문을 열었다.

"아침에 눈을 떴는데, 엄마가 피투성이가 된 내 얼굴을 닦아주고 있더라. 엄마 눈물방울이 내 얼굴에 떨어져 잠이 깬 모양이라. 엄마 말이, 제발 쌈질하지 말라 카데. 그제야 전날 밤이 생각나. 몽키 위스키 시음장 알지? 전날 밤 거기서 장익과 싸운 패거리를 만났던 기라. 외나무다리에서 딱 걸린 꼴인데, 이쪽은 내 한 명뿐이고 저쪽은 세 명이야. 나는 깜북 취해 있었고. 뒷덜미 잡혀 끌려 나와선 뒷골목에서 된통 매타작을 당한 기라. 시간이 얼마나 흘렀는지 몰라. 어째 정신차려 집에까지 왔는지가 가물가물해. 집에 들어와 엄마에게 악 쓰며 분풀이한 게 어렴풋이 생각나는데…… 아침에 보니, 엄마 눈두덩이 부었어."

광대가 기우뚱 일어나 벽에 기대어 앉더니 옷을 벗었다. 팔다리를 움직이기가 여의찮은 광대를 도와 그의 겉옷을 벗겼다.

"지리산 응달에는 아직 눈이 안 녹았을걸?" 내가 물었다.

"빙벽을 타다 미끄러져 굴렀어."

"높이가 얼만지 모르지만 이쯤이면 운이 좋았어."

"여기까지 기를 쓰고 겨우 왔어. 쌍계사까지는 절며 걸었고, 거기서 버스 편에 진주로 나와, 여기까지는 기사한테 통사정해서 무임승차했지." 자청한 고생담이 스스로 대견한 듯 광대가 흐물쩍 웃었다.

"무슨 통뼈라고, 신병훈련 예행 연습했나?"

"엄마한테 속죄하는 마음으로 극기 훈련에 나서봤지."

"무일푼으로 지리산 직행하는 게 속죄가?"

"담뱃값 정도야 있었지. 등산에 무슨 돈이 필요하노. 등산장비에 쌀하고 된장만 챙기면 그만 아니가. 요즘 철엔 산에만 들어가면 온 천지가 산나물인데."

광대의 왼쪽 어깨와 몸 여기저기에 찰과상이 있었고, 낙상하며 바위에 찍힌 무르팍은 러닝셔츠를 찢어 감아놓았는데 살점이 파여 상처가 깊었다. 그래도 여기까지 제 힘으로 버티며 걸어온 걸 보면 골절은 안 당한 것 같아 천만다행이다 싶었다.

"전사한 형님 연금과 누님이 보태주는 돈으로 모자가 겨우 먹고 사는데, 엄마에게 내가 주먹을 휘둘렀다니. 아무리 술김이라지만 그런 패륜아가 어딨겠나 말이다. 엄마 앞에 무릎 꿇어 백배 사죄하곤 장비 메고 집을 나섰어. 그 결과 산마저 진노해서 내가 이 꼴을 당했으니, 벌 받아도 싸지 싸."

"낙상할 때를 자세히 설명해봐."

"침니를 통과해서 피통을 잡고 오르는데 스탠드가 무너져 그만 손을 놓쳤어. 이십 미터쯤 다이빙했는데 돌바닥이 아니라서 다행이었지만, 정신을 잃었어. 시간이 어떻게 간지도 모른 채 눈을 뜨자 꼼짝달싹할 수 없더라. 불현듯 너가 떠올라. 기어코 진영 땅에 도착하고 말겠다고 결심했어. 쪼금씩 신체 부위를 움직여 기력을 찾자……"

"밥 왔다. 방문 열거라."

엄마와 막내아우가 둥글상을 맞잡아들고 왔다. 급하게 차리느라 반찬이 늘 먹던 그대로라 미안하다고 엄마가 광대에게 말했다. 광대가, 김치만 있어도 된다며 밥상 앞에 다가앉았다. 막내아우가 형 친구 식사를 구경할 참인지 턱받이 해 앉자, 네가 보면 손님이 밥 먹는 데 거북해한다며 엄마가 아우를 데리고 나갔다.

광대는 씹지 않고 넘기는지 다부진 수저질로 밥과 된장찌개와 김치를 마구 우겨넣었다. 밥을 먹자니 몸 어딘가가 쑤시는지 찡그려가며 퍼먹기에 바쁜 광대의 기갈 들린 식욕을 보자, 나는 입맛을 잃었다. 내가 반 그릇도 못 비우고 수저를 놓으니 광대가 그 밥마저 먹어치웠다.

광대가 담배를 붙여 물 때, 막내아우가 숭늉 그릇을 내왔다.

"나 이번 산행에서 멧돼지 봤어." 광대가 담배를 피우며 자랑스레 말했다. 그는 밥을 굶은 만큼 대화에도 주려 무용담을 자꾸 지껄이고 싶은 모양이었다. "저녁밥 지을라고 반합 들고 개골창으로 내려가는데, 상류에서 덩치 큰 그놈이 물을 먹고 있는 거라."

"불편하면 눕거라. 누워서 얘기해."

내 말에 광대가 벽에 비스듬히 기대었다.

"……멧돼지를 보자 머리 꼭대기로 피가 확 돌더라. 엽총만 있었다면 얼마나 신났겠냐. 그러나 빈손으로는 어쩔 수 없잖아."

"성질 광포한 멧돼지가 사람 잡는다는 말도 못 들었나?"

"그런 생각 할 틈이 어딨나. 손도끼 챙겨 상류로 다가갔지. 너도 알다시피 그놈은 후각이 예민하잖나. 그러나 물소리가 시끄럽고, 어둡기 전이라 새떼가 짓떠들어 다행이었어. 순간, 멧돼지가 갈 방향을 정하려고 주위를 둘러보더니 상류로 천천히 올라가. 멧돼지와 거리가 이십 미터 정도 됐을까. 도끼를 날렸는데 그만 빗나가 멧돼지 엉덩이에 도끼날이 스쳤어. 놈이 휙 돌아보더니 나를 보고 그냥 돌진해. 멧돼지 성내면 진짜 물불 안 가린다는 말이 맞데." 광대의 목소리가 낮아지더니 그의 몸이 벽을 따라 차츰 기울어졌다. "……그래도 운동 좀 했다고 반사신경은 있어 소나무 뒤로 급히 피해선 소나무를 타고 올랐어. 그랬기에 망정이지 안 그랬다면 놈이 내 뱃구레를 정통으로 받아 창자가 터졌을 끼라. 흥분한 녀석이 조준을 잘못해 개골창에 처박혔어. 물을 뒤집어쓴 멧돼지가 개골창에서 기어 나와 두리번거리며 날 찾는 눈치라. 내가 눈에 띄지 않자 절뚝거리며 등성이 쪽으로 멀어지데. 한참 후 소나무서 내려왔는데, 사방이 어둑해진 그때야 방향을 놓쳤어. 밤중에 헤매다간 길을 더 잃을 것 같아서 불부터 피우고 날이 새기를 기다리기로 했는데……"

광대 말은 여기서 멈추었고, 그는 차츰 잠의 수렁으로 떨어졌다. 나는 광대 몸에 이불을 덮어주며, 지리산에서 진영까지 주린 배와 상한 몸을 끌고 왔을 힘든 그의 여정을 떠올렸다. 그런 극기의 고행은 하이에나 광대만이 이겨낼 수 있었기에, 나는 목이 메었다.

9장

사월 초순 새벽, 광대와 나는 진영을 출발했다.

젊음의 힘이겠지만 광대는 건강을 쉬 회복했고, 우리는 기차에 오르자마자 술부터 마시기 시작했다. 지방선 완행열차는 주말을 이용하는 승객과 장사꾼으로 붐볐고 그들의 떠드는 소리로 떠들썩했다. 겨울 동안 미루었다 동무해서 봄나들이에 나서선 온갖 세상 소문을 다 털어놓는 모양이었다. 삼랑진에서 서울행 보통급행으로 기차를 바꾸어 타서 나는 곧장 서울로 올라왔고, 광대는 등산 백을 진 채 대구에서 하차했다. 입대 날짜 앞두고 서울에 놀러 가겠다고 광대가 차창 밖에서 말했다.

플랫폼에서 아침 햇살을 받으며 손을 흔들던 광대 모습이 시야에서 사라지자, 이어 떠오르는 장익과 연표 얼굴이 내 서울 도착을 재촉했다. '전위 드라마'의 공연 준비로 먼저 상경한 장익은 지금쯤 무얼 하고 있을까? 연표는 카메라 가방 메고 쫑을 안고선 한강 건너 전원의 봄 풍경을 찍으러 나다닐까? 클럽 아마존은 지금도 열광하는 젊음의 광장으로 제 구실 다하고 있을까? 기대로 부푼 상상은 기차 안의 무료한 분위기와 공모해 술을 강요해, 나는 두 홉들이 소주 한 병을 마시고 곯아떨어졌다. 차 안이 소란스러워지고, 당겨 앉을 수 없냐는 상냥한 목소리에 정신을 차리니 기차는 어느덧 대전역에 정차해 있었다.

내 옆자리의 새 승객은 단정한 춘추용 교복에 ㅌ여자대학교 배지를 달고 있었다. 봄방학을 고향에서 보내고 나처럼 신학기를 맞아 상경하는 모양이었다. 조치원을 넘고부터 여대생과 나는 봄빛으로 무르녹은 목가적인 시골 풍경으로 말을 붙여 간단한 자기소개를 거쳐 남녀공학 대학과 여자대학의 차이점을 화제에 올려 무료한 시간을 때웠다. 여대생은 수줍음을 많이 탔는데 차분한 성격 같아 보였다. 기차가 천안을 통과할 때 나는 콜라 두 병을 샀고, 여대생은 답례로 해태표 캐러멜을 샀다. 낮부터 술을 마시겠다는 나를 그쪽이 중독자로 치부하든 말든, 나는 깨기 시작한 정신에 다시 술을 부었다. 여대생은 술을 못 마신다고 했다. 그때부터 나는 술 힘을 빌려 재즈와 영화 이야기를 부산히 지껄였고, 여대생은 다소곳이 경청했다. 여대생은 수다스런 내 이야기 끝에 대전에서 봤다는 마리아 셸 주연 「사랑과 죽음의 마지막 다리」의 몇 스틸을 두고 말했다. 전쟁의 격랑 속에 부침하는 셸의 연기가 너무 감동적이었다며, 라스트 신을 들먹일 때는 목소리가 잠기기까지 했다. 시골에서 지냈기에 나는 그 영화를 보지 못했다며 서울 재개봉관에서 꼭 보겠다고 말했다. 말을 하고 나니 그런 약속까지 할 아무런 이유가 없음을 알았다. 기차가 서울에 도착해 역광장으로 같이 나오자, 나는 오후 다섯시경의 시간을 핑계로 저녁밥을 사겠다고 제안했다. 여대생은 기숙사로 가겠다며 사양했다. 보기 좋게 딱지 맞고, 우리는 헤어졌다. 등 보이며 걷자, 내가 딱지 맞은 게 아니라 이성과의 첫 만남에서 남자 요구에 금세 승낙함은 정숙한 여자의 도리가 아니란 고정관념이 그 여대생의 진짜 거절 이유겠거니 해석했다. 나 역시 더 추근거리지 않았음이 떳떳했고, 한동안 잊었던 열망이 나를 사로잡았다. 주머니 사정도 좋은데다 클럽 아마존이 그리 멀지 않아 빨리 도착하고 싶은 마음에 시건방지게 택시를 잡아탔다.

  클럽 아마존에는 장익과 연표가 없었으나 마담과 후경이가 반갑게 나를 맞아주었다. 둘은 어제 클럽에 들러 두 시간 정도 술을 마시고 같이 나갔다고 했다. 자리잡자 나는 막걸리 한 되와 간천엽을 시키고 실내를 둘러보았다. 스피커를 통해 마구 쳐대는 드럼 소리를 배경으로 재즈가 쏟아졌고, 젊은이들이 웅성거리며 술을 마시고 있었다. 후경이는 술상 사이를 바쁘게 빠져 다녔다. 전에 없었던 시 한 편이 신문지 두 장 크기로 벽을 장식하고 있었다. 나는 누구 작품인지 짐작이 갔다.

자화상(3)

시원한 바람이 늑골(肋骨)을 지난다.
아마존강 상류, 한 마리 악어는 오수(午睡)를 즐기고 반짝이

는 물빛,
　잎들은 술렁이며 태양을 노래한다

　수림(樹林)과 햇빛, 사랑은 어둑한 그늘 아래 애액(愛液)으로
흘러버리고 어둠을 질주하는 야간열차, 재즈에 취해 재즈를 마
시면 추락하는 흑녀(黑女)의 얼굴, 나의 내부는 설레이며 소요
의 고요 안으로 잠긴다

　쓰러진 술병, 휴지 몇 조각, 우리는 늘 구겨져 구겨진 손끝에
어리는 수풀,
　나의 실재(實在)는 남미 원시림에서나 기식하는 것일까
　허전한 갈빗대가 술을 마시며 출발을 유혹한다

　떠나는 것이 마지막 겨눔이라면
　우리는 출생 이전의 죽음,
　음모(陰毛)는 열풍에 펄럭이는데
　철 지난 남방과 흑녀
　묵직한 바람이 늑골을 지난다
　(습작 노트에서)

　내가 막걸리 한 되를 비우고, 밖으로 나가 중국집에서 자장면
한 그릇을 먹고 올 때까지 친구들은 나타나지 않았다. 취기가 올
랐고 기다리는 초조함을 더 견디기 힘들었다. 나는 한남동 자취

방으로 돌아가기로 작정했다. 기차의 딱딱한 의자에서 옆자리 여대생 탓에 긴장하며 장시간을 배겨냈기에 씻은 뒤 쉬고 싶기도 했다. 한남동 이층 방에 장익은 몰라도 연표는 있을 것 같았다.

버스를 타고 종점에 도착할 동안, 발 앞에 놓인 봄살이 옷이 담긴 볼품없는 여행용 백과 엄마가 장만해준 몇 개의 밑반찬용 단지들이 말해주듯, 나는 다시 객지의 찬기 도는 방에서 풀 먹이지 않은 팬츠를 입고 생활해야 할 서글픔에 기운이 빠졌다. 버스 안의 무표정한 서민들 표정과 서울 밤거리 상점의 네온사인이 나를 울적함에 잠기게 했다. 별빛 맑던 고향의 어두운 들길이 떠오르자, 갑자기 친구를 만난다는 사실도 시시해졌고 다시 고향으로 내려가 가족의 도타운 사랑에 묻히고 싶었다.

한남동에 도착하니 의외로 장익이 그 특유의 환호성을 지르며 나를 껴안으며 반겼다. 그를 보자 울적했던 내 기분도 회복되었다. 연표는 필름을 현상하러 금호동 집 암실로 가고 없었다. 장익과 나는 그동안 밀렸던 여러 이야기를 나누었다.

이튿날, 어둠이 내리고부터 장익과 연표와 나는 밤이 깊도록 클럽 아마존에서 술을 마셨다. 우리가 잠에서 깬 곳은 다음날 낮으로, 종로 3가 유곽에서였다. 여자는 어디 가고 우리 셋만 뒹굴고 있었다. 질금거리는 울음소리가 들렸다. 연표가 방 모서리에 쪼그려 앉아 무릎에 머리 박아 흐느끼고 있었다. 연표는 만취 상태로 이곳에 오자 장익의 우격다짐을 뿌리치고 돌아서지 못한 걸 후회하는 눈치였다. 어젯밤에 자기는 여자가 필요 없다는 연표를 두고, "아직 동정을 고수하는 저 친구도 남자가 맞긴 맞느냐"고

장익이 혀를 찼던 게 생각났다. 어쨌든 연표는 여자와 접살 없이 버텨냈고, 친구들이 그짓을 하든 말든 방구석에 돌아누워 새우잠을 잤다. 나는 성병에 걸리지 않았을까 걱정되어 축축한 샅 사이가 불쾌했고, 질질 짜는 연표의 감정 상태에 기분이 상했다.

잠에 곯아떨어진 장익을 깨웠다. 장익이 투덜거리며 일어나더니 우리를 보곤, 미안하지만 골목길에 먼저 나가 기다려달라고 말했다. 장익이 어젯밤 숏 타임으로 재미 보았던 자기 여자를 찾아내 한 번 더 성합을 시도한 통에 연표와 나는 골목 어귀에서 헛헛증에 시달리며 멀거니 서 있어야 했다. 쏟아 붓는 정오의 햇살이 따가웠다. 햇살이 너무 눈부셔 어지럽다며 연표가 시멘트 담장에 기대어 주저앉더니, 『이방인』의 뫼르소가 살인한 이유를 알겠다고 중얼거려 자신의 현재 기분을 단적으로 표현했다. 나는 잠시 시골의 엄마를 생각하자 목부터 아려왔다. 아껴서 쓰라며 고무줄로 꽁꽁 묶어 쥐어준 돈을 이런 곳에서 흔전만전 뿌리고 있었던 것이다.

셋이 아침밥 거른 점심참으로 순대국밥을 허겁지겁 먹자, 순대국과 비슷하다는 브라질 음식 페이조아타가 생각났다.

"브라질 음식 페이조아타 알아?" 내가 묻자 둘이 묵묵부답이었다. "검은 콩에 돼지 귀와 꼬리, 내장을 넣고 끓인 걸죽한 국밥이래. 아프리카에서 끌려온 흑인 노예들이 돼지고기 중 버리는 부위로 처음 그 요리를 해먹었다더라. 그게 오늘날 브라질 서민층에 널리 보급되어 보편적인 음식이 됐다나."

"역시 그쪽 사정에는 아는 게 많군. 네가 클럽 아마존의 지배인 노릇해라." 장익이 말했다.

"월급을 술값으로 몽땅 조질 낀데?"

그날 이후, 장익과 연표와 나는 별다른 일 없이 동거 생활을 유지해나갔다.

그즈음 연표는 사진 찍기에 매달려 있었다. 서구 문물 이입으로 시작된 우리나라 근대화가 백년을 넘겼으나 여전히 근대화 이전 상태에 머물러 있는 초라한 현실을 기록으로 남기겠다며, 춘궁기에 직면한 농촌 구석구석을 헤집고 다녔다. 영양 결핍에 시달리는 헐벗은 농촌 어린이들, 전래의 납작한 초가집 풍경에서부터, 도시 변두리 빈민촌 하꼬방, 보육원과 고아원을 찾아 열심히 뛰느라 이층 방 잠자리마저 비우는 날이 잦았다. 넝마 같은 삼베 옷 걸친 맨발의 까까머리 촌아이가 칡뿌리를 씹는 사진을 금호동 암실에서 현상해 와서 보여주기도 했다. 연표의 날카로운 사진 감각이 느껴졌는데, 그런 데 쓰는 돈을 뒤에서 대느라 수고할 그의 새엄마의 공도 인정해줄 만했다. 그러나 그는 끼니마저 자주 걸러 얼굴색이 더 헬쑥해졌고, 바람 불면 날아갈 듯 몸이 여위어갔다. 장익과 나는 건강이 제일이니 몸부터 돌보라고 충고했으나 연표는 묵묵부답으로 자기 일에 몰두했다. 충고도 자주 하면 잔소리가 되듯, 수수방관할 뿐 다른 묘책이 없었다. 술마저 끊다시피 해서 우리와 어울릴 시간이 없었기에, 그의 지나친 사진 집착이 그 어떤 불길한 결론에 도달할 것 같아 조마조마했다. 대구에서 종적을 감춘 사건은 끝내 그의 묵비권으로 이유를 알 수 없었던 만큼, 그즈음에 몰입된 '사진 만들기'의 집착 역시 수수께끼였다.

장익은 집필에 곧 착수한다는 말만 잦았을 뿐 단막극 「계시」는, 원고지 첫 장에 제목과 자기 이름만 그럴듯하게 도배해놓은 채 학교와 드라마센터로 부지런히 나다녔다. "방귀 잦으면 똥 쌀 징조라잖아. 조만간 집필에 착수할 거야." 그의 그럴듯한 변명이었다. 그 대신 그는 '전위 드라마'에서 오월 초순에 공연키로 한 에드워드 올비 작 「동물원 이야기」의 제리 역을 따내어, 스스로 장담했듯 연기자로서의 성공을 향한 날갯짓을 시작하고 있었다.

사일구학생의거 일주년 기념일을 맞은 다음 일요일이었다. 활짝 열어놓은 창문으로 넘쳐 들어오는 봄 햇살이 우리 마음을 밖으로 유혹했으나, 셋은 이를 완강히 거부하며 방 안에 들어박혀 있었다. 장익은 방바닥에 배 깔고 엎드려 로우건 씨로부터 부쳐온 뉴욕 브로드웨이판 신간 연극잡지를 들췄다. 연표는 안양 나환자수용소에서 찍어온 사진을 보다 잠에 들었다. 나는 신간 종합 월간지를 뒤적였다.

버스종점 부근 단골식당으로 가서 점심 끼니를 해결하고 나자 우리는 다시 이층 방으로 발길을 돌렸다. 장익이 방바닥에 벌렁 네 활개 펴고 누워선, 이렇게 좋은 날 우리는 왜 이천 환 정도의 여윳돈도 없냐며, 연표와 내가 입 다물 수밖에 없었던 금기의 말을 기어코 입에 올렸다. 우리는 하루 한 끼만 먹는다는 조건으로 한 달 식비를 단골식당에 선불해놓았고, 버스 회수권은 넉넉했으나 술 마실 용돈만은 빈털터리였다. 내게는 비상금 오천 환이 있었으나 그 돈만은 섣불리 헐지 않기로 내밀히 작심했기에 애써 유혹을 누르는 참이었다. 객지에서 생활하는 학생 신분으로 일요일 외출이란 돈을 적소에 쓰는 게 아니라 길바닥에 흘리고 다니는 경우가 태반임을 알고 있었다. 두 편 동시 상영 극장 순례를 거쳐, 음악실에 죽치고 앉아 포켓용 위스키를 마시거나, 대낮부터 취해 딱히 할 일도 없이 명동이나 무교동을 싸대며, 넉넉한 주머니 사정으로 주말을 한껏 즐기는 선남선녀를 보고 질투 섞인 푸념이나 읊을 게 뻔했다. 연표가 아버지 승락을 받지 않고 집에서 나와버렸기에, 부자간의 대화는 단절 상태였다. 그는 필름 현상차 금호동 집을 들락거렸으나 당분간 아버지로부터는 용돈을 타내지 않겠다며 묵비권을 행사했기에, 새엄마한테 얻어내는 돈은 필름대와 사진 촬영비로 소모되어 주머니 사정이 좋지 않았다.

"미국에는 가정용 활동사진기 텔레비전 보급이 활발해 거실 소파에서 뒹굴며 권투, 미식축구, 농구, 야구를 실제 상황으로 본다는데, 우린 언제쯤 가정용 텔레비전이 보급될까? 텔레비전으로 스포츠 경기 마음대로 볼 수 있다면 감옥에서도 한 달쯤은 지루한 줄 모른 채 보낼 수 있겠다." 장익이 연극잡지에 실린 텔레비전 광고를 들여다보며 말했다.

"라디오라도 갖춘 집이 우리나라 전체 가구 절반이 못 될 낀데, 요원한 얘기야. 연표가 집에서 라디오를 가져왔기에 망정이지, 우리 처지에 어디 라디오라도 듣게 됐어?" 내가 기지개 켜며 대답했다.

"청춘들아, 돈 떨어진 주말은 외출을 삼가라. 나가본들 오직 실의와 만날 뿐이니 숙소에 처박혀 통금이 오기만을 기다려라." 장익이 두 팔 벌려 하품하며 외쳤다.

장익이 신소리를 늘어놓다 읊던 말대로 잠에 들었다. 연표와 나도 장익의 코고는 소리에 감염되어, 셋은 달콤한 낮잠에 취했다.

창문을 통해 서늘한 저녁 바람이 넘쳐 들어올 때 나는 한기로 잠에서 깨어났다. 한기 탓만 아니었다. 누군가 길 아래쪽 종점 부근에서 나를 부르는 소리가 잠결에 얼핏 스쳤던 것이다. 눈을 뜨자 목소리의 주인공이 경상도 억양의 광대임을 알았다. 반가움으로 내 심장이 세차게 뛰기 시작했다. 입대 전 마지막 서울 구경을 한다더니 녀석이 드디어 왔음을 알았다. 나는 옥상 마당으로 나와 길 아래쪽을 내려다보았다. 입대를 앞두고 머리칼을 스포츠형으로 깎은 광대가 봄 점퍼 차림으로 언덕길을 오르고 있었다.

"약도 보고 용케 찾았구나. 어서 와!" 내가 고함쳤다.

"대구서 새벽에 출발했다. 놈들도 다 잘 있제?"

"있고말고. 저녁도 아닌데 나갈 데가 어디 있겠나."

나는 새우잠 자는 연표와 개구리 꼴로 엎어져 자는 장익을 흔들어 깨웠다. 광대가 왔다는 내 말에 이층 방이 갑자기 부산해졌다. 붕 뜬다는 말이 맞게, 둘의 표정이 반가움으로 붕 떴다.

"여기 자취방에는 고자들만 사나? 아무도 연애 안하는 모양이제? 일요일에 죽은 좆처럼 방구석에 처박혀 있게. 서울 와서 보니까 한길에는 쭉 빠진 가시나들이 널렸던데, 너그들은 뭐 하노? 이럴 바에야 차라리 내 뒤따라 군대나 들어 온나. 내가 고참인께 빳다 안치고 잘 봐줄 테니." 방으로 들어선 광대가 너스레를 떨었다.

"팔자 좋은 소리 하는군. 빈털터리로 똥개처럼 명동이나 종로 바닥 싸대면 뭘 해. 돈이 있어야 연애라도 걸지. 우리 처지가 지금 '배고파서 못 살겠다 급 송금'이란 전보라도 쳐야 할 형편이야." 장익이 응수했다.

"연표 넌 어째 된 거냐? 날 보러 대구까지 와선 이틀 자고 잠적했으니. 대구 와서 지낼 때 무슨 불만이라도 있었나? 말 좀 해봐라. 형님 체면 영 구겨놓고 그렇게 사라지다니." 광대가 대문니를 보이며 히죽 웃었다.

"불만은 무슨 불만. 너네 집이 기찻길 옆이라 오줌 누러 일어난 새벽에 기적 소리 들으니깐, 그냥 훌쩍 열차 타고 싶더라. 그래서 역으로 나가니 마침 포항 가는 기차가 있기에 거기 바다 구경하곤 버스 타고 동해안 따라 올라가 강릉에서 서울로 들어갔지." 연표가 눈곱을 털며 말했다. "어쨌든 그땐 미안했고, 널 보니 기뻐."

"사는 꼴이 가관이군. 꺼칠한 꼬라지들 하며, 홀아비 세 마리 뒹구니 방 꼴이 엉망진창이다. 아직 해는 안 빠졌다만 저녁이나 먹으러 나가자. 궁상 떠는 너그들한테 내가 한턱 쓰마." 광대가 말하곤 이층 방을 먼저 나섰다.

"우리야 늘어지게 낮잠 자고 나서 그렇지만, 네놈 꼴이 더 가관이다. 촌놈 냄새 물씬 풍기는 그 나일론 푸른색 점퍼 하고선, 와룡선생 상경기가 따로 없어." 장익이 말했다.

"와, 어떤데? 이 점퍼, 누님이 입대 선물로 양키시장서 사줬어."

"내 이 빤질빤질한 구두 봐. 이 정도는 돼야지. 이것 역시 대구 양키시장서 큰어머님이 사주었어. 그래서 털털이 군화를 개비했지." 장익의 자랑이었다. 구두코가 빤질빤질한 가죽구두였다.

셋은 서둘러 외출복으로 한껏 멋을 내고 광대를 뒤따라 버스 종점으로 나섰다.

"어둠이 내리면 우린 아마존으로 외상술 마시러 나가기로 작정하고 있었어. 네가 왔으니 잘됐다." 내가 광대에게 말했다.

시내로 나가는 버스에서 장익과 광대는 앞쪽 자리에 앉아 담배 연기 뿜어대며 큰 소리로 떠들었다. 헤어져 있을 동안의 개인적 사연에서, 럭비와 연극 이야기로 화제가 종횡무진 늘어졌다. 연표가 시무룩했기에 그와 나는 대화 없이 어둠에 잠겨가는 창밖을 내다보았다. 거리의 상점들이 불을 밝히기 시작했다. 열어놓은 창으로 훈훈한 봄바람을 맞으며, 심심해하던 나는 휘파람으로 「희미한 옛사랑의 그림자」를 불었다. 그 노래의 반주 음인 색소폰 소리가 귓전에서 길게 꼬리를 끌었다.

버스가 충무로 4가를 지나갈 때였다.

"넌 그런 예감 느끼잖니?" 묻는 연표의 얼굴이 심각했다.

"뭘?"

"한남동 우리 생활이 조만간 끝날 거 같은……"

"끝나다니? 난 생각해보지 못했는데. 끝난다면 어디로 흩어져? 넌 금호동 집으로 들어가면 되겠지만, 익이하고 난 그냥 이층 방에 남을 수밖에."

"난 집에 안 들어가. 글쎄, 내가 어디로 갈지는 모르겠어."

"갈 곳도 정해놓지 않았다면서, 왜 깨진다는 말부터 해?"

"어쨌든 요즘 와서 그런 예감이 들어. 장익과 네가 한잠에 들었을 때 너들 씩씩하게 자는 꼴 보면 짐승같이, 왜 그렇게 흉물스럽게 보이는지 몰라."

"짐승같이 자는 꼴이 흉물스럽다? 그게 무슨 말이야?"

"매사에 자신이 없으니 그런가봐. 어쨌든 내가 너들 옆을 떠날 것 같은 예감이 들어. 조만간 한남동에서 사라져버릴 것 같아. 너들이 싫어서가 아냐. 그러니 날 미워하거나 오해하진 마. 나도 내 마음을 다스릴 수 없어."

"대구에서 사라진 이유도 그런 마음이었나?"

"글쎄……"

버스에서 내리자 광대가, 자장면이라도 먹고 술 마시는 게 어떠냐고 물었다. 서로 얼굴만 쳐다보며 아무도 대답을 않았고, 우리들 발길은 클럽 아마존으로 서둘러 걷고 있었다. 무슨 음식이든 술 앞서 먹으면 술을 훨씬 많이 마셔야만 취한다는 걸 장익과 나는 알고 있었다. 그날따라 클럽이 유난히 멀게 느껴졌다.

"뛰는 게 어때? 뛰어서 도착하면 술 맛이 더 날 거야. 뛰고 난 후면 담배 맛도 그렇잖아." 장익이 불쑥 말했다.

"넌 진짜 아이디어맨이다." 내가 말했다.

광대와 내가 장익과 나란히 뛰기 시작했으나 연표는 뛰지 않고 뒤처졌다. 우리가 클럽 아마존의 문을 밀고 들어서자, 웬걸 실내가 만원이라 앉을 자리를 찾아야 할 형편이었다. 화창한 봄날 일요일 오후를 방구석에서 뒹굴며 배겨내기가 억울하다며 몰려나온 젊은이들이었다.

"엿새 열심히 일했으면 하루쯤은 쉬는 게 원칙인데, 우리 민족 근성이 도대체 쉴 줄을 몰라. 일요일 문을 연 누님도 그렇지만,

술꾼도 너무해." 장익이 자기는 술꾼이 아니란 듯 혀를 찼다.

"너 말 되는 소리 좀 해봐. 우리도 피장파장이다." 광대가 장익을 홀 가운데로 밀어 넣었다.

"사일구 주역이 공부는 뒷전 아닌가. 이렇게 술로 망해가고 있으니." 내가 말했다.

분단된 조국의 한쪽만은 책임져야 한다며 각자 전공 분야의 공부에 매진하는 학생도 있지만, 사일구세대 중 일부는 모래 위의 성곽처럼 허세만 세워 제풀에 망가져가고 있었다. 혈기 앞세워 난장판인 정치 무대에 팔 걷고 뛰어들거나, 학생운동이란 이름 아래 온갖 사회 문제에 혈기 올리거나, 우리처럼 술망나니가 되어 청춘을 소진해가기도 했다. 그러나 우리 경우, 젊음 자체가 냄비처럼 달구어지기도 빠른 만큼 식기도 빠를 테니, 그 점이 젊음의 속성이다 싶어 한때의 열정이 결코 낭비만은 아니라고 여겼다.

"드디어 주인공 입장하신다. 청춘들이여, 술과 음악에 취하라! 무엇에든 취해 있어야 한다고 읊었던 보들레르를 기억하라!" 장익이 기분을 만회하려는 듯 외쳤으나 공허한 울림이었다.

음악이 시끄러웠고, 모두 자기네 대화에 몰두하고 있어 그의 말에 귀기울이는 자는 아무도 없었다. 전축에는 최근 해외 유행 팝송을 메들리로 묶은 레코드판이 걸려 있었다. 홀 공간에 떠도는 담배 연기가 돼지고기 굽는 냄새와 뒤섞여 천장이 연기로 찼고, 잡음과 웃음소리로 실내는 시장판이었다. 우리의 감정이 그 분위기에 금방 휩쓸렸다. 우리는 카운터 옆 술상에 냄비, 번철, 소쿠리 따위가 놓인 구석자리를 발견하고 그곳으로 갔다.

광대는 군홧발로 시멘트 바닥을 구르며, "우, 아!" 하고 쏟아지는 음악에 돼지 멱따는 소리로 단절음을 섞으며, 기분 유쾌할 때 하는 특유의 하이에나식 발광을 떨기 시작했다. 그가 후경이에게 술부터 청했다. 마담이 우리를 보곤, "대구서 광대씨 왔네" 했다.

"오랜만이네요. 악수나 합시다." 광대는 손을 내밀었다.

"머리 싹 쳤어. 그러니 더 건강해 보여요. 입대할 거란 말은 들었는데……" 마담이 광대 손을 잡고 흔들었다.

"오늘은 제가 물줍니더. 현금으로 몽땅 처먹을 끼라요."

"육고기 기름끼부터 채워야 힘이 나지. 돼지고기 두루치기 한 접시부터 내와. 순곤이 좋아하는 간천엽도 있어야겠구." 장익이 후경이에게 말했다.

후경이 우리 쪽을 보곤 뱅긋 웃으며 전축 볼륨을 낮추었다. 막걸리 주전자와 공짜 안주인 술국, 깍두기, 고구마 접시를 마담이 날랐다. 그녀가 연표와 장익 사이에 끼어 앉아 주전자 운전을 맡았다.

"누님은 재혼도 않고 평생 이래 술장사나 하고 살 겁니까?" 광대가 물었다.

"이렇게 보내는 시간이 좋아 세월 가는 줄 모르겠네. 그러나 내게도 꿈은 있어요."

"꿈 없는 사람도 있나?" 장익이 술잔을 비워내곤 말했다.

"열심히 돈 벌어 전쟁으로 부모 잃은 고아 모아 보육원 할래요."

"누님다운 착상이네" 하며, 장익은 술이 얼마나 고팠던지 두 잔째 숨도 안 돌리고 비워냈다.

막걸리 한 되가 금방 바닥나자 마담이 빈 주전자 들고 자리를 떴다. 두 되째가 오고, 석 되째를 바닥내며, 우리는 빈속에 급하게 술을 부었다. 연표만이 쓴 약 먹듯 한 모금씩 조심스럽게 짤끔 짤끔 마셨다. 빈속에 붓는 술이 위장을 들볶아 이튿날 아침이면 골이 패이고 구토를 유발함을 알고 있었으나 아무도 저녁밥 먹어 야겠다는 말은 꺼내지 않았다. 광대의 자장면 제의조차 술에 대한 모독으로 여겨 사양한 터였기에 그런 실속 차릴 분위기가 아니었다. 다섯 되째 술이 왔을 때 장익이 불쑥 일어섰다.

"여러분, 우리의 호프 럭비선수 장광대 군이 용약 입대하게 되었습니다. 삼 년간 국토방위 의무를 다할 장군의 건승을 위해 제가 즉흥 판타지를 추겠습니다."

박수와 환호성이 터지고, 어떤 친구는 빈 술잔으로 술상을 두들기며 호응했다. 광대가 일어나 박수와 환호성에 두 손을 흔들며 답례했다. 누군가, 생김새로 보아 진짜 장군감이네 했다.

"후경아, 「베사메무쵸」 좀 걸어라." 소매를 걷어붙이며 장익이 나섰다.

마담이 박수를 짝짝 치며, 장익씨 춤 솜씨 오래간만에 보겠다고 했다. 「베사메무쵸」로 판이 바뀌자, 장익은 입이 째지게 웃음을 물고 썩 유쾌한 표정으로 두 발로 스텝을 밟더니, 빠른 탱고 템포에 맞추어 어깨부터 흔들어대기 시작했다. 드디어 그의 발장단이 빨라졌다. 구두 바닥으로 장단을 맞추며 시멘트 바닥을 팍팍 굴렀다. 군화가 아닌 그의 반짝거리는 맵시 있는 구두가 더없이 어울렸다. 나는 그의 탱고 솜씨에 말려들어 손바닥이 터져라 힘차게 손뼉을 쳤다. 장익이 두 팔을 한껏 벌리더니 경련을 일으키듯 비틀어 올리며 하반신을 꼬아대기 시작했다. 실내 분위기를 한순간에 움켜쥔 장익은, 이 순간만은 누구도 부정할 수 없는 우리의 진정한 우상이었다. 광대가 장익 주위를 돌며 거위 목청으로 꽥꽥 고함을 질렀다. 연표는 졸린 눈으로 장익의 춤을 무표정하게 멀거니 바라보았다. 실내 술꾼들의 시선과 숨소리마저 장악한 장익이 허리에서 어깨로 스텝의 폭을 넓혀갔다. 춤에 몰입된 그의 얼굴이 땀으로 번질거렸다.

장익은 자신의 춤에 혼신을 다했다. 내가 보건대 그의 춤은 정식으로 배우다 만 탱고에 자신이 고안한 벨리댄스를 믹스한 '장익 류의 탱고'라고 볼 수밖에 없었는데, 어쨌든 열정의 탱고 곡에 맞춘 뜨거운 감정의 율동인 점은 인정치 않을 수 없었다. 나는 그가 독무로 연출해내는 그 춤을 볼 적마다 기록영화에서 본 브라질 원주민의 춤 '카포에이라'가 떠올랐다. 발동작만으로 리듬을 타는 무술을 겸한 댄스였다. 전사들이 출정 전에 북소리에 맞추어 전투 예행 연습하듯 격렬한 발동작으로 추는 춤이었다. 한편, 장익이 훗날 무대에 서게 된다면 뮤지컬 배우로 적격이겠다 싶었다. 가히 독창적이라 할 만한 그의 춤 솜씨는 뮤지컬 배우 진 켈리나 빙 크로스비를 연상시켰다.

"너는 왜 조니? 가축병원에 보낸 쫑 생각하나, 평양 어머니 생각하나?" 나는 멍청해져 있는 연표 어깨를 흔들었다.

"글쎄……" 머리칼을 쥐어뜯는 연표의 핏기 없는 얼굴이 조각 같았다.

음악이 끝나자 장익이 몸을 던지듯 카운터에 기대어 가쁜 숨을 몰아쉬었다.

"수고했어요. 못 부르는 노래지만 제가 형씨 바통을 받지요." 한 젊은이가 엉거주춤 일어섰다.

박수 소리가 다시 실내를 흔들었다. 국방색 점퍼 차림의 키가 훤칠한 사내였다. 카운터 앞으로 걸어 나온 그는 음정을 잡느라 기침을 했다. 음악이 멎었다. 그는 에디트 피아프의 「장미빛 인생」을 원어로 불렀는데, 목청이 봄바람같이 부드러웠다. 애절한 서정적인 노래가 끝나자 휘파람이 빛살같이 공간을 갈랐고 박수가 쏟아졌다. 브라보를 외치는 소리가 여기저기서 쏟아졌다.

연표가 다소곳이 젊은이에게로 다가가 깍듯이 절을 하곤 예의를 갖추어, 한 곡 더 불러달라고 청했다. 사내는 조르주 게타리의 샹송 한 곡을 눈 지그시 감고 역시 원어로 불렀다. 노래가 끝나자 더 세찬 박수와 환호성이 일었다. 그렇게 두 사람의 막간 공연이 막을 내렸다.

카운터에선 다시 라틴 송으로 카니 프란시스의 노래가 쏟아졌고, 실내는 잡담으로 소란해졌다. 장익이 광대를 상대로 자신의 미군부대 체험담이라며, 군 생활의 이모저모를 들려주었다. 어떻게 처신하면 군대 생활을 요령껏 보낼 수 있는지 조언했다.

"순곤아." 연표가 나를 불렀다.

나는 대답 없이 연표를 보았다.

"아마 늦가을이었을 거야. 어렸지만, 기억은 비교적 분명해."

"말하는 솜씨 보니 술 마신 표가 전혀 안 나."

"절제해서 조금씩 마셨으니깐. 그런데 갑자기 생각나서 하는 말인데…… 내 이야기 좀 들어줘." 그의 눈동자가 간절한 빛을 띠었다.

"듣고 있잖나."

"난 최소한 하루의 삼분의 일은 전쟁 났던 해, 그 시절을 생각하며 살아."

"그것도 일종의 정신병이야."

"그럴지도 모르지. 거기서 헤어날 수 없으니깐……"

"그럼 이야기해봐. 들어줄게."

"부산 함락이 시간 문제라구 가두행진하며 「적기가」 불러대던 시위대두 전황이 불리해지자 그만 열기가 식었어. 아버진 밤중에 이불 둘러쓰구 라디오로 남한 방송을 듣곤, 유엔군이 곧 평양에 입성할 거라고 할아버지께 말씀하셨어. 당으로부터 부르주아로 지목되었기에 숱한 고초를 겪은 할아버지는 그즈음 병석에 누워 계셨지. 인민위원회에 불려 나가 자아비판에 시달리던 아버지는 유엔군만 입성하면 서울로 잠시 몸을 피했다 평양이 안정되면 다시 들어오자구 할아버지를 졸랐어. 할아버진 선산에 뼈를 묻겠다며 너들만 몸을 피하라고, 그 의견을 물리쳤지. 시월 하순, 드디어 유엔군이 평양에 입성했어. 아버지는 평양수복 재건회 총무로 뽑혀 대외 활동에 나섰구. 영어를 잘해 곧 미군 통신부대 통역관이 됐지. 그런데 십일월에 들자 중공군 참전으로 전세가 역전되기 시작했잖아. 할아버지 병세는 더욱 위독해졌구. 십이월 초, 피난민 대열이 북에서 밀려 내려오고, 미군 비행기들이 연일 폭격에 나서서 하늘을 새까맣게 덮었으니 평양은 풍전등화였어. 아버지는 하는 수 없이 할아버지를 일제 때 파둔 방앗간 밑 방공호에 모셔두구, 눈보라 치는 그 춥던 겨울에 우리 남자 형제만 데리구 피난길에 올랐지. 추풍령을 넘을 때 추위와 주림에다 폐렴이 악화되어 아우는 그만 숨을 거두구……" 연표가 울먹이기 시작했다. "……우리가 떠난 후, 평양 시가를 철저히 초토화시킨 미군 폭격기의 평양 대공습이 시작되었다니 남은 식구는……"

"그만큼 해둬라. 네가 지금 무슨 말 하려는지 알겠다. 그래서 엄마가 평양에 남아 병석에 계신 할아버지를 지키느라 반쪽 식구가 거기 남았다는 것 아냐? 평양 대공습에 그 식구가 어떻게 안 됐을까 궁금하기도 하고……"

"태어날 때부터 모자가 그렇게 갈라지려는 운명이었을까? 만약 전쟁이 안 났다면 그 운명이 나를 비껴갔을까? 넌 어떻게 생각해?"

"자꾸 그래 곱씹는다고 지우개로 지난 세월을 지워버리고 새로 쓸 수야 없지 않겠나?" 나는 대답이 궁해 돌려 말할 수밖에 없었다. "그런데 인간의 기억력은 보통 댓 살 적부터 시작된다던데, 넌 꼭 성년에 겪은 체험처럼 되새겨."

"보았던 체험이 기둥이 되어선, 아버지한테 들은 것, 책에서 읽은 것, 나름대로 추리한 것, 이런 게 다 섞였는지도 몰라……"

내가 겪은 그해 늦가을이 생각났다. 추수가 끝나자 드넓은 진영 들판은 황량해졌다. 빈 들을 울리며 밤새도록 군용 장비와 보급품을 나르던 화물열차의 기적이 잠결까지 따라왔다. 하얀 바탕에 빨간 십자가가 선명한 병원열차도 레일을 울리며 지나가곤 했다. 마산이나 부산에서 출발한 기차가 기적을 울리며 진영을 거쳐 갈 때, 기차 안은 전방으로 떠나는 군인들로 늘 초만원이었다. 하굣길에 우리들은 철길 옆 둑에 앉아 군용열차를 구경하며 손을 흔들었다. 창밖으로 얼굴들 내밀고 마주 손을 흔들어주는 형님들을 보며, 화약내 물씬 나는 전쟁터를 상상했고, 우리가 어른이 될 때까지 전쟁이 끝나지 않는다면 저 기차 타고 전선으로 떠나겠지, 하는 생각도 했다. 먼지 자욱 일으키며 신작로를 달리던 군용차량의 흑인 병사 모습도 자주 보았다. 너무 검어 무서웠던 그들이 유독 흰 이빨 보이고 웃으며 던져주던 초콜릿은 엿보다 더 달콤했다. 학교가 군병원으로 징발 당해 공회당 마당에 가마니 펴고 야외수업을 하던 우리는 오키나와에서 날아온다는 비행기 편대에 한동안 눈을 주었다. 비행기가 일으키는 굉음이 너무 시끄러워 선생님이 잠시 말을 중단했기 때문이다. 폭격기 편대가 어떤 때는 오십 대가 넘어 우리는 그 숫자를 세다가 비행기가 북으로 멀어져버려 포기한 적도 있었다. 학교의 탱자 울타리를 지날 때 크레졸 냄새와 함께 목발 짚고 붕대 감은 상이병사 모습도 더러 보곤 했다. 오물장에 쌓인 피 묻은 붕대와 솜뭉치, 의수, 의족 따위의 석고 폐품은 보기에도 끔찍했다. 시신은 학교 뒤 임시 화장장에서 몇십 구씩 화장하는데, 야심한 밤이면 몽달귀신이 된 병사가 인불을 켜고 운다는 누군가의 말을 듣고부터 낮에도 그쪽으로는 걸음할 수 없었다. 또 학교 소사가 똥장군으로 변소를 칠 때, 똥오줌보다 피가 더 흥건한 걸 보았다는 급우의 말을 믿어, 밤중이면 그 연상으로 변소 가기가 무서웠다. 학교 면회실을 지나다 우연히 목격한 한 장면도 잊을 수 없었다. 목발다리 한 상이병사의 환자복 가슴에 얼굴을 묻고 통곡하던 할머니와 할머니 뒤에서 손수건을 입에 막고 울음 죽이던 쪽진 젊은 아낙네였다. 그들의 그런 고통과 피눈물을 외면하며 전쟁이 삼 년을 끌 동안 나는 훌쩍 커서 어느새 중학생이 되었다.

10장

광대가 상경한 다음날, 쫑은 가축병원에서 죽었다. 연표는 자신의 분신처럼 사랑했던 쫑의 죽음에 애통해하며 며칠간 식음을 전폐하다시피 했다. 우리가 어떤 위로의 말도 꺼낼 수 없을 만큼 그가 침통해했으나, 늘어져서 멍청하게 시간을 보내는 그를 방구석에 방치해둘 수만은 없었다. 그에게는 환경의 변화가 필요했기에 장익과 나는, 카메라 가방 메고 서울을 떠나 바닷가나 산으로 여행을 권유했다. 연표는 그 제안을 받아들여 서해 쪽 연평도로 떠났다. 연평도 북쪽 해안에서 바라보면 평양 옆 진남포는 몰라도 황해도 장상곶 쪽 해안은 볼 수 있다며 그가 그곳으로 여행지를 정한 게 불길한 예감을 주었으나, 우리가 그 선택까지 간섭할 수는 없었다. 연표가 아버지로부터 용돈을 얻어 쓰지 않겠다는 고집을 관철해나갔기에 여행 경비는 장익이 별도로 연표 새엄마를 만나 은밀한 흥정을 통해 육만 환을 받아냈다. 새엄마를 통해 받아냈다지만 결과적으로 그 돈은 그의 아버지가 묵인했기에 가능했을 것이다. 연표는 돈의 출처를 대충 짐작했는지 받은 돈에서 절반을 잘라 장익에게 주며, 생활비에 보태든 술값으로 쓰든 마음대로 쓰라 하곤, 한남동 이층 방을 떠났다.

카메라 가방 메고 연표가 떠난 뒤, 장익과 광대와 나는 저녁 시간이면 날마다 클럽 아마존에서 술을 마셨는데, 광대와도 곧 헤어져야 했다. 광대는 상경한 지 아흐레 만에 소집일자를 앞두고 대구로 내려갔다. 광대가 지난번처럼 밤기차 편에 떠나던 날 밤, 아마존에선 광대 입대 송별연이 열렸고, 마무리에는 장익과 후경이가 남매의 의를 맺는 결연식도 가졌다. 둘은 고아 출신이라 가정의 따뜻함을 모르고 성장했기에 의지할 기둥을 갖게 되어 흐뭇했고, 남매간의 도타운 사랑이 지상을 떠나는 날까지 영원하기를 진심으로 축원했다. 의남매를 맺게 되기는 새학기를 앞두고 있었기에 후경이가 공부에 좀더 진력하려고 조만간 클럽 아마존의 나름이 노릇을 그만둔다고 했기 때문이었다. 마담은 후경이 대신 나름이로 청년 한 명을 쓰겠다고 했다.

광대가 대구로 내려간 며칠 뒤, 연표가 필름 열 통을 찍었다면서 바닷가 봄볕에 그슬린 얼굴로 다시 한남동 이층 방에 돌아왔다. 이튿날부터 그는 원기를 되찾은 듯 간간이 지껄였고, 필름을 현상한다며 금호동 집 암실로 들락거렸다. 새엄마와는 그런대로 대화가 잘되는 듯 보여, 장익과 나는 우리가 권유한 여행이 성공을 거두었음에 만족했다.

사월 하순의 포근한 밤이었다. 여덟시 남짓, 클럽 아마존에서 일차를 하고 종로로 빠져나온 셋은 얼근하게 취해 있었다. 연표가 집에서 가져온 양주 한 병에다 먹걸리 두 되까지 마셨던 것이다. 장익과 나는 그즈음 인기곡으로 젊은이들 사이에서 애창되던 카니 프란시스의 「정열의 꽃」을 원어로 부르며 바야흐로 밤의 환락이 뿌려지는 종로 뒷골목 2가에서 3가 쪽으로 걸었다. 바에서 넘쳐 나오는 밴드의 선정적인 연주가 우리를 유혹했으나 그곳은 가난한 대학생들이 출입하기에는, 그림의 떡이었다. 연표에게 거금 이만 환이 있었으나 바와 같은 주점에서 써버리기엔 아까운 돈이었다. 나는 담배 연기를 깊숙이 빨아 봄밤의 정애(情愛) 넘치는 공간에 내뿜었다. 우리는 한동안 말없이 포근한 봄밤의 뒷골목을 걸었다.

장익이 새로운 거리를 찾으려는 듯 주위를 둘러보는 눈동자가 번들거렸다. 그는 기분이 무척 좋은지 어깨를 흔들며 스텝 밟듯 건들건들 발을 내딛어, 만약 춤 파트너가 있다면 한남동 이층 방까지라도 춤을 추며 갈 듯싶었다.

"어디서 몸 좀 풀어야 하지 않을까?" 장익이 내게 물었다.

"연표 결재가 떨어져야지."

말은 그렇게 했으나 나 역시 클럽 아마존 외상 장부에 오른 셋의 술값 이만여 환을 갚고 남은 삼만 환을 어디에 쓸까를 두고 부푼 기대감을 어쩔 수 없었다. 연표는 그 돈을 타내오며, 이런 돈은 아낄 필요가 없다고 말했던 것이다.

"연표가 크게 선심 쓰기로 했으니 기대 한번 크다. 우리가 지금 어디로 걷는 것쯤은 순곤이 너도 알겠지?" 장익이 말했다.

"모르겠다 왜?" 내가 한마디 퉁을 놓았다.

내가 짐작키로 그는 종삼에 들러 여자를 안고 싶은 마음이 꿀떡 같겠으나 연표가 그런 곳을 가히 달가워하지 않기에 물주 눈치를 살피는 중이었다. 나는 지난번 셋이서 종삼을 다녀온 이틀 뒤부터 오줌을 눌 때 찌르르 하는 통증이 수반된 임질 증세가 있어 일주일 동안 술을 끊고 항생제를 복용하는 곤욕을 치렀기에, 그런 곳은 생각만으로도 연장이 움츠러들었다. 인사불성으로나 또 들르게 될지는 알 수 없지만, 당분간은 그런 곳에 출입할 마음이 없었다.

종삼 뒷골목을 지나자 아니나 다를까, 담배 꼬나물고 나와 섰거나 도마의자 내놓고 앉아 있던 여자들이 우리를 에워싸고 소매를 끌었다.

"더 들어가봐야 소용없어. 나 어때?" "싸게 해줄게, 하구 가." "학삐리 맞네. 이리 와봐." "학생들, 이 집이 좋아요. 십대 솜털 두 있구." 아가씨들과 포주 아줌마가 한마디씩 하며 달려들어선 길을 막아 앞으로 나갈 수 없을 지경이었다.

"앞길로 나가. 자꾸 여자들이 팔을 끌잖아." 내가 말했다.

"엇쭈, 이런 데 안 좋아하는 체하는 심보는 무슨 꿍꿍이속이야?" 장익이 내게 말했다.

"연표 너만 따라가는 참이다. 우리를 어디로 안내할라 카노?" 나는 장익의 말을 못 들은 체하고 연표에게 물었다.

"종로 오가, 광장시장 쪽이니깐 한길을 건너야 돼. 큰길로 나가자구." 연표가 말했다.

"눈요기 삼아 걸을 만한데 왜 그래? 안 들어가면 되잖아." 장익이 말했다.

"너들 혹시, 아르바이트 홀은 어때?" 연표가 말했다. 자기 의견이 무시당하지나 않을까 하는 조심스러운 목소리였다.

"아르바이트 홀이라니?" 장익이 놀랐다. "댄스홀 말이냐?"

"그래, 카바레."

우리 화제에 카바레가 끼어들긴 처음이었다.

"우리 처지에 카바레라니……" 내 입에서 나도 모르게 중얼거림이 흘러나왔다.

사실 나는 사교 댄스홀의 세계가 궁금하기는 했다. 땟국 전 고교 교모를 벗고 머리칼 길러선 포마드 바르고 사회로 나와 껍죽댄 지 햇수로 세 해째, 내가 경험한 성년의 세계란 니코틴의 몽롱한 중독 현상과, 술집의 감정 상태를 고양시키는 분위기와, 이류 영화관의 어둠 속에서 세상 훔쳐보기, 그리고 밤의 도발적인 쾌락이 뿌려지는 유곽에서의 성애(性愛) 정도가 고작이었다. 그러면서도 내가 너무 조숙하지 않나 하고 염려해왔는데, 나보다 나이한 살 어린, 여태까지 순진하다고 여겨온 연표가 그런 제안을 했다는 게 뜻밖이었고, 놀라웠다.

"그곳에 정말 갈 테야?" 장익이 걸음을 늦추며 되물었다. "그러고 보니 나로선 참 오래간만이군. 여자 손 잡고 춤추어본 지가 오래됐어. 여자를 안고 원무로 빙빙 도는 환희를 순곤이 넌 모를 걸? 단언하건대 넌 아직 그런 경험까진 없을 거야."

"촌놈이 모르는 게 당연하지."

"나는 그동안 그 황홀한 춤의 세계를 멀리하고 어느 이방의 뒷거리에서 방황하며 청춘을 한숨과 눈물로 보내왔나?" 연표가 꺼낸 카바레란 말에 기분이 한껏 고양된 장익이 연극 대사 풍으로 읊었다.

"삼십년대 「이수일과 심순애」의 유장한 대사로 어울릴 것 같다." 연표가 말했다.

"요즘식 대사로 말해볼까? 그렇다, 우리의 젊은 피는 부정한 시대와 싸워 이겼고, 지금도 민주주의를 짓밟으려 호시탐탐 노리는 도적떼와 싸우고 있다!"

"왠지 유치하다. 그만 해." 내가 말했다. "우린 진종일 방구석에서 뒹굴며 담배만 축냈잖아."

"말을 하자면 그렇다는 거지. 만들면 다 말이 되잖아. 연극은 말을 밥으로 먹고 사는 직업 아냐. 추녀도 셰익스피어 대사만 잘 구사하면 꽃이 되지." 장익이야말로 무엇이든 가져다 붙이면 다 말이 되었다.

"넌 춤 어디서 배웠니?" 연표가 장익에게 물었다.

"미군부대 있을 때. 운희누나가 내게 블루스부터 가르쳐줬어. 지금도 의 맺은 누나라 일 년에 한 번쯤은 만나. 부모 형제 없는 외로운 내게 운희누나가 있구, 이제 여동생 후경이까지 생겼잖나. 이 험난한 세상, 서로 기대어 정 주고 살아야지."

"카바레에서 곱상하게 생긴 널 보고 좋아한 여자도 있었을 것 같아." 내가 연표에게 말했다.

"나도 카바레엔 오랜만인걸. 한동안 출입 안해봤으니깐."

"연표가 카바레를 출입한다? 한 길 사람 속은 모른다는 말이 맞아. 사람의 내면이 겉과는 다르다는 걸 네가 증명해줬어. 내가 널 이해하는 데 함정이 있었구나." 장익이 탄식했다.

"그럴 수도 있잖아. 연표한텐 아웃사이더적인 면도 있으니깐." 내가 말했다.

"맞아. 네가 잘 봤어. 나와 첫 인연을 맺던 밤, 그때 연표는 한 마리 독사 같았어. 어쩌다 동면 시기를 놓쳐 닥치는 대로 아무것이나 물어 같이 죽자는 독사 말이야. 그런 피가 저 녀석 심장에 이무기처럼 눙쳐 있어." 장익이 말했다.

"동면 시기를 놓친 뱀? 말 되네. 동토의 산야를 싸돌다 죽겠군." 연표가 말했다.

"우리가 지금 카바레로 가는 건 맞아?" 장익의 말재간으로 엉뚱하게 흐른 화제를 내가 바로잡았다. "난 스텝 밟을 줄도 모르는데 거기 가서 도대체 뭘 해?"

"못 춰도 괜찮아. 구경한다고 돈 받진 않아." 연표가 말했다.

"아직 멀었어?" 장익이 물었다.

"따라와. 시간 있으니 얘기하며 걸어."

"댄스홀이라면 중년짜리들 출입처 아닌가? 그런데 연표 넌 언제 춤 배웠어?" 내가 물었다.

"카바레에 가면 제비족 빼구, 남녀 모두 사십대 전후가 많아. 그중에도 삼팔따라지가 많지. 남한 사람은 서양 춤 배울 기회가 없었지만, 이북 출신들은 해방 후 집체유희로 폴카 정도는 배워 기본 스텝은 밟잖아. 그러다 월남하니 타관살이 외로움에 사무쳐

돈만 생기면 댄스홀부터 찾아. 그게 유일한 오락거리지. 안 통하는 말은 안해도 그만이구 스텝만 밟으면 되잖아. 지금 거기 가서 보라구. 윗녘 사투리 쓰는 사람들을 쉽게 볼 테니."

"그 말 들으니 그럴 것 같군." 장익이 맞장구쳤다.

"내가 춤을 배운 게…… 그렇지, 대학 들어간 해 초여름이었어. 밤 열시쯤 됐을까? 아버지를 급히 만나 당장 결정을 봐야 한다는 전화를 내가 받았어. 인천 제삼부두래. 당시 아버지 사업이 막 자리잡을 때였어. 인천부두를 통해 원당(原糖)이 들어왔는데, 통관에 문제가 생긴 모양이라. 그런 사고가 자주 있었으니깐."

"자유당 정부 땐 돈 놓고 돈 먹는 빽 세상이라, 당연했겠지. 돈 찔러주면 처녀 불알도 살 수 있었으니, 해결 안 되는 게 어딨겠어?" 장익이 연표 말 중간에 간을 쳤다.

"마침 아버지 지프차 운전기사가 뭘 가지러 집에 왔기에, 내가 아버지 있는 곳으로 가자고 말했어. 기사 말이, 자기가 사장님께 말씀 전하겠다구 했으나 내가 직접 전할 용건이라 우겨 지프에 올랐어. 만날 술 취해 밤늦게 귀가하는 아버지의 밤 시간이 정말 사업에 바쁜 시간인지 어떤지가 궁금했거든. 왠지 아버지가 이상한 장소에서 나를 맞으리란 예감이 들었던 거야. 기사가 동화백화점 앞에 차를 세우며, 아버지가 백화점에 계신다잖아. 그 밤 시간에 백화점이라니…… 나더러 차에서 기다리라는 거야. 백화점이 오직 넓니. 정확히 어디 계시다구 말하지 않는 게 더 수상쩍었어. 그래서 밖에서 기다리겠다 하구, 내가 기사 뒤를 밟았어. 백화점 맨 꼭대기 층이 카바레였어. 한참 찾으니 아버지가 파트너와 춤을 추고 있더군……"

"홀아비 이북 출신이 카바레에서 댄서를 안고 춤을 춘다?" 장
익이 이해할 만하다며 머리를 끄덕였다.

"……조명등 반짝이는 어두컴컴한 카바레 풍경에 정신이 팔렸
는데, 중년여인이 내 손을 잡더니 춤 배우러 왔니, 하며 느닷없이
내 뺨에 키스를 퍼부어. 큰누나뻘쯤 되는 그 여인은 술에 취해 있
었어. 향수 냄새에 정신이 아찔한데. 처음 목격한 세계라 모든 게
너무 혼란스러워, 여인 손을 뿌리치고 밖으로 튀어 나왔어. 차로
돌아와서야 겨우 정신을 수습했지. 그후 그 여인 체취가 좀체 잊
혀지지 않더군……"

연표의 말을 들으며 장익이 여자를 안고 춤을 추듯 혼자 스텝
까지 밟았다. 그는 유행가를 흥얼거리기 시작했다.

"그날 밤 역전 앞에서 그 역전 카바레에서, 보았다는 그 소문이
들리던 순이……"

몇 년 전 안다성이 불러 크게 유행한 「에레나가 된 순이」였다.
그 노래는 경쾌한 탱고 곡이라 나도 좋아했기에 장익의 노래에
합세했다. 그 가사야말로 전쟁이 남긴 흉터라서 좋다며 연표까지
어울려 들었다.

그 빛깔 드레스에다 그 보석 귀걸이에다 / 목이 메여 항구에
서 운다는 순이 / 시집갈 열아홉 살 꿈을 꾸면서 / 노래하던 순
이가 피난 왔던 순이가 / 말소리도 이상하게 달라진 순이 순이
/ 오늘 밤도 파티에서 웃고 있더라

우리는 봄밤의 하늘에다 노래를 뿌리며 건들건들 걸었다.

"동화백화점 맨 위층 카바레를 출입하며 춤을 배웠단 말이지?" 노래의 2절이 끝나자 연표의 뒷말이 궁금해 내가 물었다.

"잠깐만. 내 추리가 맞는지 모르지만, 연표 네가 들어봐." 장익이 걸음을 멈추고 연표를 세웠다. "그날 이후 네가 동화백화점 카바레에 들러 아버지 상대했던 댄서를 찾아내선 신사장 아들이란 신분을 숨기구, 그 프로 춤꾼 댄서한테 춤 배우지 않았니?"

"……" 수사관의 추궁이듯, 연표가 대답을 못했다.

"내친김에 한마디 더 할까?" 남이 부추기면 기고만장해지는 장익의 우쭐거림이 발동되는 순간이었다. "그 댄서에게 동정을 바쳤겠지? 바친 게 아니라 따먹혔다는 표현이 적절하겠군."

"술과 담배도 그때부터 배웠겠고……" 장익의 빠른 머리 회전에 놀라며, 수사관 보조처럼 내가 한마디 거들었다.

"잠깐." 장익이 내 말을 자르곤 연표를 보았다. "혹시 아버지 파트너 그 댄서가 네 새엄마로 들어앉지 않았니?"

"대체로 동의하지만, 틀린 점도 있어. 만약 그런 불륜까지 있었다면 아버지가 새엄마를 받아들였을 때, 난 지상에서 숨 쉬고 있지 않았을 거야."

"미안해. 아픈 데를 찔러서. 댄서 출신이라구 네 엄마를 낮추어 말한 건 절대 아냐. 전쟁통에 집안이 풍비박산이 되자 굶고 앉은 식구 먹여 살리느라 대학물 먹은 요조숙녀까지 다방이며, 요정이며, 카바레 같은 업종에 나선 경우가 흔했으니깐. 아마존 마리누님도 전쟁이 안 났다면 그런 업종에 나섰겠어? 전쟁 통에 실패 감던 순이가 이름조차 에레나로 달라질 수도 있었잖아." 장익이 식으려는 분위기 수습에 나섰다.

"이북에서 피난 나온 순이가 미군부대 주변의 양공주로 전락한 슬픈 현실이 전후의 한국 아냐?" 연표가 말했다.

"넌 미군의 평양 시가지 융단폭격 탓에 반미주의 성향이 있어 그런 해석을 하게 됐는지 모르지만, 난 견해가 달라. 전쟁 전후를 돌아봐. 이 나라 사대근성 탓에 서양식 예명을 멋으로 쓰는 세상이 됐잖아. 특히 연예계가 그렇지."

"어쨌든 너들 앞에 내 집안 꼴이 드러나 부끄럽군." 연표가 흐늘흐늘 중얼거렸다.

"우릴 믿어. 영원한 비밀로 덮어주마. 무덤 속에 갈 때까지. 순곤이도 약속해."

"아무렴." 내가 말했다.

장익은 촉새 같은 입놀림이 미안했던지 청바지 주머니에 손을 꽂고 어깨 숙여 앞서 걸었다.

"그게 문제가 아니야" 하던 연표의 침울한 목소리가 금방 밝아졌다. "오랫동안 그 문제로 고민해왔다만, 이젠 문제될 게 없어. 흘러간 지난 일은 이미 지난 일 아냐. 새엄마하고 그런대로 서로가 서로를 이해하며 살아. 상처 안 주구 안 받고, 한 세월 그냥 그렇게 살기로 무언의 약속을 한 셈이랄까……"

장익이 돌아서더니 연표 어깨에 팔을 걸쳤다.

"연표야, 우린 본인 의사와 상관없이 이 세상에 핏덩이로 던져

졌잖아. 실존주의를 들먹이지 않더라도, 어차피 죽는 그날까지 단독자로서 고독한 존재로 살아야 해. 철저한 외톨이로서 이 부조리한 모순투성이의 세상을 이겨나가자면⋯⋯" 장익이 컥, 하며 목구멍으로 무언가를 삼키더니 말을 멈추었다. 그가 연표를 위로한다는 게 오히려 분위기만 숙연하게 만든 꼴이었다.

"카바레에 가봐야 난 헛방이다. 정식 스텝은 한 발도 뗄 수 없으니." 말하는 내 기분도 하강하기 시작했다.

"춤 못 추면 어때? 공연히 주눅들 필요 없어. 거기도 술 파니깐 술 마시며 춤판 구경이나 해." 연표가 말했다.

"막걸리는 안 팔겠지?"

"맥주와 양주가 있어. 어쨌든 말이 나왔으니 구경 삼아 가보자구." 연표가 빠른 걸음을 떼었다.

"스무 살 넘어선 어른 됐다고, 이것도 경험 축에 드나?" 내가 혼잣말을 중얼거렸다.

연표가 앞장서서 셋은 종로 5가에서 을지로 쪽으로 빠지는 골목길로 들어섰다.

"골목길이 미로 같군. 아편굴인가, 촌놈은 못 찾아서 못 오겠군." 장익이 구시렁거렸다.

파지덩이가 쌓였고 넝마주이 바구니가 어수선하게 널린 공터 뒤로, 페인트칠 벗겨진 허름한 삼층 콘크리트 건물이 나섰다. 연표가 그 건물의 외등 달린 문짝을 밀고 들어갔다. 전등이 띄엄띄엄 켜진 침침한 복도를 통해 뒷마당으로 빠지자 좁은 공터가 있었고, 악단 연주 소리가 여리게 들렸다.

"장면 정권 들어서구, 이런 퇴폐영업장이 된서리 맞았잖아? 그런데도 이런 비밀 댄스홀이 엄연히 영업하고 있다니." 장익이 분개했다.

"정권이 바뀌어도 뒷돈 먹은 공무원은 자리에 더 연연하니, 묵인되는 게 어디 이런 곳뿐이겠니." 연표가 말했다.

퇴폐영업장 단속을 두고 정부 시책을 비난하면서도 이런 곳 출입에 호기심 등등한 장익의 이율배반을 두고 한마디 하고 싶었으나, 내 심정 역시 장익의 이율배반과 도토리 키 재기여서 입을 다물었다.

공터 건너에 있는 단층 건물 철문 앞에 나비넥타이 맨 청년이 서 있었다. 연표가 '십오번 철수' 단골이라고 말했다. 웨이터가 그 말에 깍듯이 절을 하곤 철문을 열어주었다. 철문 안의 베니어로 칸막이 된 좁은 공간 중앙의 매표구 양쪽으로 신체 건장한 검은 양복 정장 차림의 청년이 둘씩 버티어 서 있었다. 연표가 셋이라 말하곤 매표구로 돈을 밀어 넣었다. 입장권을 받아 청년에게 넘기자, 방음 장치된 문을 열어주었다. 확 끼얹어 오는 트럼펫 소리가 귀청을 찢었다. 연표가 먼저 들어섰고, 뒤따라 장익과 내가 담배를 빨며 어두컴컴한 홀로 들어갔다.

실히 백오십 평은 넘음직한 홀 천장엔 사이키델릭한 회전 조명등이 빛을 튀겼고, 벽에 설치된 반투명한 불빛으로 홀 안은 사람 얼굴조차 식별할 수 없게 어두웠는데, 춤추는 쌍쌍의 남녀로 붐볐다. 무대의 악단이 연주하는 맘보 곡은 활기에 넘쳤고 그쪽 벽은 색색의 꼬마전구로 치장해 크리스마스트리처럼 빤짝거렸다.

춤꾼의 발 끄는 소리, 그들의 속삭임 외, 청각과 시각에 닿는 홀 안 광경이 나를 기죽게 했다.

장익의 제안으로 우리는 카운터에 기대어 바텐더에게 잔으로 위스키를 청했다. 웨이터가 무슨 술로 할 거냐고 물어, 장익이 연표 집에서 빼냈던 캐나디언 버번을 택했다. 노란 액체가 담긴 작은 잔 세 개와 땅콩, 계산서가 같이 나왔다.

"홀은 자리가 혼란해, 술값은 즉시 지불입니다." 나비넥타이 맨 웨이터가 말했다.

나는 뛰는 마음을 진정시키려 한 모금을 들이켰다. 목 안을 타고 내려가는 화끈한 느낌이 시원했다.

"한강변 철길에 앉아 공짜로 한 병을 마셨는데, 병아리 눈물 밖에 안 되는 이게 도대체 얼마야?" 장익이 계산서를 들여다보더니 깜짝 놀라며 계산서를 찢어버렸다.

"남자들만 입장료를 받는데, 몇 시간을 춤춰두 상관없어. 그 대신 술값이 비싼 편이지." 연표가 십오번 웨이터를 찾는지 홀 안을 두리번거렸다.

"우리 처지로선 이거 너무 심하잖아. 꼭 사기 당한 기분이야." 장익이 투덜거렸다.

"지금 우리 처지 따지기엔 이미 늦었어." 내가 말했다.

"그래서 이런 곳은 춤꾼보다 술꾼이 환영받아." 연표가 말했다.

"봉 쓰는 건 좋은데, 우린 너무 심심해." 장익이 위스키 잔을 한 모금에 비워내곤 홀을 둘러보았다.

"이런 곳에서 아버지를 발견했다니 네 눈은 올빼미 눈인가?"

내가 연표에게 물었다.

"한참 있으면 어둠에 익숙해져 사람을 알아볼 수 있어."

"클럽 아마존에서처럼 우리끼리 떠들 수도 없구⋯⋯" 장익이 불퉁거렸다.

마음껏 떠벌릴 수 없으니 장익의 불만은 당연했다. 그가 바텐더에게 더블로 위스키를 한 잔 더 달라고 말했다.

"천천히 마셔도 돼." 연표가 말했다.

"돈 있겠다, 왕창 깨져보자."

"어디든 일단 앉고 봐." 나는 내 술잔을 들고 자리를 떠 소파 있는 쪽으로 갔다. 의자든 방바닥이든 앉아서 술 마시는 데 익숙한 나는 생소한 분위기에 카운터 앞에 서 있자니 멋쩍었다. 한 쌍의 남녀가 손을 잡고 춤판으로 나갔다.

소파에는 여러 남녀가 연주 레퍼토리가 바뀌기를 기다리며 낮은 소리로 잡담하고 있었다. 트레머리한 어깨 드러낸 댄서, 너털웃음 웃는 배불뚝이 중년남자, 머릿기름 반들거리는 해사한 청년도 있었다. 짝 없이 홀로 앉아 있는 중년여인도 더러 보였다. 제비족이 아니더라도 춤을 청하면 금방 내민 손 잡고 일어설 것 같았다. 악단의 경음악 연주는 곡목을 모르겠는데 무척 경쾌했다.

나는 다리 꼬고 앉아 어둠 속에서 바닥을 스치듯 밟는 가벼운 발놀림의 춤꾼을 구경했다. 춤꾼이 가까이 스쳐갈 때 모습이 언뜻 드러났다 곧 지워져버려, 이곳에 연표 아버지가 있다 해도 쉬 맞부딪힐 것 같지 않았다. 한복 입고 머리 쪽진 중년여인도 있어 그네 신분이 가정주부인지, 미망인인지, 이혼녀인지 알 수 없었다.

고등학교 시절 마산의 도서대여점에서 정비석 소설 『자유부인』을 빌려 급우들과 돌려가며 읽었는데, 거기에 등장하는 오여사가 저런 여성이 아닐까 싶기도 했다.

내 마음이 홀의 선정적인 분위기와 거리를 두자, 왜 여기에서 시간을 보내야 하는지 슬며시 화가 끓어올랐다. 빨리 이곳을 빠져나가 우리끼리, 우리가 좋아하는 음악에 취해 우리 술 마시며 대화를 나누고 싶었다. 나는 소변도 볼 겸 파란 아크릴 불빛이 'WC' 영문자를 밝힌 쪽으로 갔다.

나는 오줌을 누며 산에서 맞는 아침을 생각했다. 운무의 빠른 이동이 그치면 말갛게 드러나는 수목들, 산새의 우짖음, 쏟아지는 시냇물 소리, 이슬 털고 활짝 피어나는 야생화들…… 산에서 맞는 아침의 상쾌함이 그리웠다. 광대가 서울에 있다면 당장 녀석과 배낭 꾸려 야간 등반에 나서고 싶었다. 어차피 산이 생각났으니 내일 아침 혼자 등반에 나서서 도봉산 팔부 능선 부근에서 텐트 치고 일박한 뒤, 백운대 능선 타고 정릉 계곡으로 빠져 하산하는 일박이일 코스를 밟기로 마음먹었다.

"너 여기 있었구나." 연표가 바쁘게 화장실로 들이닥쳤다.

"무슨 일인데?" 나는 바지 단추를 채웠다.

"익이가 바텐더하고 다투고 있어."

연표와 나는 화장실에서 나왔다. 밴드 연주는 「사요나라」로 바뀌어 있었다.

"내가 십오번 웨이터를 불러 말을 붙이는 새 익이 위스키 잔을 깨뜨린 모양이야."

"실수야, 아니면 의도적으로?"

"원체 쇼를 잘하니, 연긴지도 모르겠어."

"그까짓 걸 가지고 뭘 그래. 잔 값 물어주면 되잖아."

"내가 너들 여기로 데려왔으니 책임져야지."

"너 기분만 괜찮다면 다 괜찮아."

"우리가 마신 위스키 값과 깨트린 잔 값은 내가 지불했어."

"그럼 됐지 뭘."

연표와 내가 카운터로 갔을 때 말다툼은 싱겁게 끝난 뒤였다. 코끝을 주무르던 장익이 원병을 보자 힘이 난 듯 떠들었다.

"잔 값까지 변상했잖아. 실수로 깼든, 다른 이유로 깼든, 남에게 피해 준 게 뭐 있어? 그런데 저 나비넥타이가 뭐라구 나발 불잖아. 나도 성질 있는데 가만있게 됐어? 어깨까지 동원해서 공갈 친다구 내가 설설 길 줄 알았냐? 노깡서 한뎃잠 자며 나도 산전수전 겪은 놈이야."

"알겠습니다. 그 문젠 끝났잖아요. 사태 파악을 미처 못해 제가 사과했구, 형씨 쪽은 잔 값 변상했구, 그럼 문제 끝난 것 아닙니까. 죄송합니다." 조용하게 수습하는 데 이골이 난 듯 검은 신사복 차림의 어깨 넓은 청년이 허리를 꺾으며 말했다.

"자넨 몸 굵다구 나서지 마. 뭐가 몇 단인지 몰라두 나도 냉방에서 콩밥깨나 먹었어. 동대문 바닥에 뒤 봐주는 빽도 있으니 사람 우습게보지 말라구." 장익이 도끼눈으로 청년의 아래 위를 훑으며 능변으로 후려쳤다.

"알았습니다. 다른 손님들께 피해 주시지 말구, 잘 놀다 가십

시오." 청년이 장익에게 깍듯이 절을 하곤 자리를 떴다.

"저쪽으로 가서 앉자." 나는 장익의 허리를 밀었다.

장익은 내가 끄는 대로 순순히 따라왔다. 셋은 소파에 앉아 춤추는 선남선녀만 우두커니 바라볼 뿐, 말을 잃었다. 이제 누구도 우리에게 관심을 두지 않았다. 우린 패배자였다. 이런 곳에서 우리가 참패당하는 건 마땅하다고 생각했다. 결과적으로 셋은 어울리지 않는 장소에 온 셈이고, 초대 받지 않은 손님이었다. 내 마음이 깊은 수렁에 빠졌다.

"파주 고아원에 있을 때였지." 어느새 장익의 음성이 차분하게 가라앉아 있었다. "고아원 원장은 원아들에게 기를 쓰고 춤을 가르쳤어. 우리들은 보모로부터 갖가지 춤을 배웠어. 고전무용에서부터 폴카까지. 노래도 재롱떨며 합창으로 불렀구. 연습은 낮 시간은 물론이구 밤 시간까지 했는데, 애들 중에 내가 가장 키가 커서 뒷줄에 섰지. 율동이나 음정이 제대로 맞지 않으면 잠 안 재우고 연습을 시켜 팔다리가 퉁퉁 부을 정도였어. 무엇보다 배 쫄쫄 굶겨가며 그런 고역을 시키는 게 참을 수가 없더군. 나중에 안 일이지만 미군부대 구호물품을 원장이 양키시장에 내다팔았기 때문이야. 그렇게 춤과 노래를 가르친 목적 역시 미군들 앞에 재롱잔치 벌여 구호물자를 더 타내려는 장삿속이었으니…… 일 년에 서너 번씩 열 가지 넘는 프로그램을 준비해선 동두천 일대 미군부대를 순회했지."

"너 지금 여기가 어데라고 그런 한가한 얘기나 하고 있어?" 내가 장익에게 말했다.

"어쨌든 춤 얘기 아냐. 어때서?"

"지금 고아원 시절이나 회상할 땐가?"

"그럼 여기서 우리가 뭘 해?"

"춤 구경하지 뭘."

"썩어빠진 기성세대 노는 꼬락서니 보니 재미있어?"

"자꾸 따지지 마."

"알았어." 장익이 말을 맺곤 화장실로 가버렸다.

"넌 파트너 있으면 찾아내서 춤이나 춰라. 아니면 저기 노는 여인들도 있네. 얼마나 잘 추는지 보자." 내가 연표를 부추겼다.

"내가 카바레 제안한 건 전적으로 실패였어." 연표 목소리가 힘이 없었다.

"그걸 자꾸 되새길 필요는 없어."

"익이가 이 분위기 아주 싫어하잖아."

"걔한테 너무 신경 쓰지 마."

"내 입장은 네 입장과 달라."

"그렇다고 오늘 또 사라져버리진 않겠지?"

"글쎄, 예감이……"

"예감이라니?" 그는 예감 자체가 불안한 모양이었다.

"그런데, 진보 정당들이 하나같이 남북 교류를 떠드는데, 쉽게 이뤄질까?" 연표가 말을 바꾸어 엉뚱한 소리를 뱉었다. 그가 말한 예감이란, 남북 협상을 주장하는 혁신주의자들의 '남북회담 즉시 개최'가 왠지 불안한 모양이었다.

"갑자기 무슨 뚱딴지같은 질문이고?"

"사일구의거는 좋았는데, 하여튼 뭔가 불안해. 대다수 학생들은 의거에 성공하자 학생 본분의 입장으로 돌아갔잖아. 그런데…… 사회 곳곳에 박힌 극우파들이 과연 계속 침묵할까?"

"글쎄……" 이제 내 대답이 연표 말투를 닮아 모호했다. 장익도 카바레 분위기에 밸이 꼴려 심통이 난데다 연표 기분까지 하강하고 있으니 아무래도 카바레가 아직은 우리의 놀 터가 아니었다. "여기는 텄어. 나가서 시원한 바람이나 쐬자."

"그러는 게 좋겠어."

"한남동 이층방으로 돌아가 중국집서 탕수욕 시켜 빼갈이나 마시는 게 어때?"

"그래 한남동으로 들어가자."

그때, 장익이 허리띠 채우며 우리 쪽으로 성큼성큼 왔다. 걷는 거동이 다급했다.

"이건 조금 졸렬한 수단이긴 한데……" 장익이 자리에 앉자마자 목소리 낮추어 말했다.

"말 더 안해도 돼. 여기서 나가기로 순곤이와 합의했어." 연표가 장익의 말을 막았다. "너들 여기로 데려온 게 내 잘못이야."

"그게 아니고 내 얘긴즉, 여기서 도망치잔 말이다. 변소 창문이 맞춤하더라." 장익이 음험하게 속달거렸다. 연표와 나를 보는 눈초리가 어둠 속에 반들거렸다.

"유치한 소리 집어쳐." 나는 장익의 얼굴에서 눈을 거두었다. 계속 보고 있다간 그의 졸렬한 제안에 말려들 것만 같아서였다.

"이런 업소를 저주하며, 우리의 패배를 인정하자, 이 말이야.

조용히 사라져버리자구." 장익이 갑자기 내 어깨를 세게 쳐, 나는
이 업소의 검은 양복짜리가 우리 쪽으로 다시 온 줄 알고 깜짝 놀
랐다.

"너 지금 하는 말을 난 도무지 이해하지 못하겠어. 연표가 술값,
깨진 잔 값까지 다 지불했다는데, 왜 앞문이 아니고 변소를 통해
슬며시 나가자는 거야?"

"변소 창문을 통해 도망갈 이유까진 없잖아? 앞문으로 당당히
나가도 돼." 연표가 내 말에 동의했다.

"돈 문제가 아냐. 너들 나 강익이란 인간을 알잖아? 돈 따지는
치사한 놈이 아니란 것쯤. 찍소리 말구 내 말에 따라. 여기선 너
들보다 내가 연장자야."

장익이 호소력 센 쇳소리로 윽박지르곤 먼저 일어섰다. 연표와
나는 움직이지 않았다. 녀석이 앞문으로 나가다 아까 상대한 검
은 양복짜리들과 마주치면 봉변당할까 겁을 먹었나 싶었으나 고
아로 자라온 그의 잡초 근성으로 미룰 때 그렇게 옹졸한 겁쟁이
는 아닐 터였다. 그렇다면? 변소를 통해 도망가자는 그의 의도를
도무지 이해할 수 없었다.

"변소 창문으로? 이래 강요할 게 뭐냐? 그 이유나 알자." 일어
서며 내가 대들었다.

"이유를 왜 따져. 너들 내 친구 맞지? 제발 이번만은 친구 의견
에 좀 따라줘."

"넌 지금 치졸한 계획을 꾸미고 있어. 너 말에 따를 수 없어."

"나도 네 마음 알아. 홀을 박살내거나 경찰차가 싸이렌 울리며

비밀업소 들이치면 통쾌하겠지? 나 역시 마찬가지야. 그러나 난 말이야…… 하여간 내 말에 우선 따라주구 봐. 나가서 내 지금 심정을 말해줄게. 날 빨리 따라와봐."

장익이 당당한 자세로 화장실 팻말을 향해 앞서 걸었다. 그의 독단적인 행동에는 연표와 내가 감히 꺾을 수 없는 어떤 힘이 작용하고 있었다. 그 점이 곧 장익만이 가진 카리스마였다. 결과적으로 셋은 변소로 갔고, 나란히 늘어서서 오줌 누는 곳이 아닌, 비좁은 판자 칸막이 안으로 몸을 숨겼다.

셋이 켜켜이 먼지 앉은 낡은 변소 창문을 넘게 된 졸렬한 도망이야말로, 실로 굴욕적인 탈출이었다. 장익이 먼저 창틀을 넘어가선 두번째 넘어오는 연표를 받아냈고, 마지막으로 내가 창문을 넘을 동안 내 마음의 참담함이란 말로 표현할 수 없을 정도였다. 수치심은 물론이고, 들키면 어쩌나 하는 두려움으로 가슴이 연자방아 찍듯 뛰었다.

초등학교 시절, 곡마단이 읍내로 찾아들어 극장 앞마당에 천막 높이 치고 트럼펫으로 유행가를 풀어놓던 밤이면, 그 소리가 오리 밖 우리 동네 신용리까지 바람에 묻혀 아련하게 들려오곤 했다. 곡마단패 구경에 나선 처녀 총각들에 섞여 내 또래 아이들도 가슴 설레며 읍내로 나갔다. 곡마단 매표구 지킴이는 촌사람의 경우 입장료로 돈 대신 보리쌀이나 콩 따위도 반 되쯤씩 받았는데, 우리 소년들은 그런 곡물도 지참 않고 빈손으로 따라갔던 것이다. 읍내의 약삭빠른 장터 아이들은 감시의 눈을 피해 천막 뒤쪽의 허술한 개구멍으로 재빨리 기어서 들어가곤 했으나 겁이 많았던

촌 아이들은 차마 그짓을 할 수 없었다. 그런 앙생이 짓을 아무렇지 않게 해치우는 장터 아이들을 우리는 부럽게 지켜보며 떨었다. 창문을 타넘는 연표가 바로 어린 시절 내 꼴이었다. 내 앞에서 창틀을 넘는 동안 그는 공포에 질린 백짓장 얼굴로, 사시나무처럼 줄곧 떨어댔다.

어쨌든, 우리는 아무에게도 들키지 않고 무사히 변소를 넘어섰는데, 건물 밖은 악취 풍기는 하수도였다. 하수도 양쪽에 버티어선 건물 사이로 좁은 하늘이 보였고 하늘에는 뭇별이 반짝였다. 발아래 하수도는 어두워 보이지 않았으나 필경 오물 속에 죽은 쥐도 썩고 있을 터였다. 하수도 폭은 십 센티 정도였고 길이는 삼십 미터쯤 되어 보였다. 나는 양쪽 벽을 짚고 하수도 위를 힘들게 빠져나오며, 장익 저 자식의 삐뚤어진 주먹코를 코피 터지게 패줘야 한다고만 곱씹었다. 분노가 불덩이처럼 두근거리는 가슴을 치고 올랐다.

우리는 카바레 탈출에 성공했다. 종로통으로 빠져나올 때까지 누가 우리 뒷덜미를 낚아챌 것 같아 차마 뒤돌아볼 수 없었으나, 여유 부리는 체하며 뛰지 않고 천천히 걸었다. 종로통으로 늘어진 전깃줄에 불꽃 튀기며 전차가 지나가는 걸 보고서야 나는 안정을 되찾았다. 이제 장익과 한판 싸움이 남은 셈이었다. 녀석의 사과를 받아내든 뭉개버리든 해야 할 텐데, 어떤 방법이 좋을까를 궁리하며 걸었다.

"한남동 중국집서 안주하고 빼갈 시켜다 마셔." 연표가 풀 죽은 목소리로 말했다.

연표와 나는 바지 주머니에 손을 찌르고 철시한 광장시장 쪽으로 걸었다. 동대문을 미처 못 가 종로 6가에 한남동행 버스정류장이 있었다. 장익은 아무 일도 없었다는 듯 한가롭게 휘파람으로 「자메이카 룸바」를 불며 건들건들 앞서 걸었다.

"그 주둥아리 소리 좀 안 낼 수 없어!" 신경 긁어대는 휘파람 소리가 듣기 싫던 참에 내가 드디어 시비를 걸었다.

"넌 틀려먹었어. 뭐가 그렇게 불만이냐? 연표 쟨 그런 놈이라 치구, 너까지 날 못 잡아먹어 앙탈이군." 적반하장으로 장익이 오히려 호통 쳤다.

"시치미 떼고 얼렁뚱땅 넘어가지 마. 난 지금 너 상판을 뭉개고 싶어 죽을 지경이다, 새끼!" 나는 정말 장익의 면상을 치겠다며 그의 앞에 나서서 버티고 섰다. 나는 녀석의 변소 탈출 제의를 도저히 인정할 수 없었다.

"내 행동을 변명하고 싶진 않아. 그러나 너와 한판 붙을 수는 있어. 이 자식아, 춤판 꼴 보기 싫다면 앞문이 아니라 뒷문으로 빠져나올 수도 있잖아? 뭘 그리 꼬치꼬치 따져!"

"너 지금 그걸 말이라고 하나?" 내가 주먹을 쳐들었다.

"기어코 날 칠 텐가?" 장익이 잽싸게 내 손목을 낚아챘다.

"그래. 흠씬 패주고 싶다, 왜? 연표 녀석 봐. 불쌍하지도 않아?"

"널 한 방 먹이고 싶다만, 내가 참지." 어렴풋한 어둠 속에 장익의 성난 표정이 허물어지더니 잡은 내 손목을 놓았다. "변소에서 창문을 보았을 때 고아원 시절이 생각나, 그때 탈출을 재현해 보고 싶었을 뿐이야. 날마다 배 쫄쫄 곯며, 회초리 든 보모 앞에서 쉴 틈 없이 반복해야 하는 춤 연습이 너무너무 싫었구……"

어느덧 장익의 목소리가 울먹이고 있었다. "다른 뜻은 전혀 없었어. 난 그저 거기를 그때처럼 그런 방법으로 빠져나오고 싶었을 뿐이야. 또래 고아 셋을 꼬드겨서 고아원 변소 창문을 통해 같이 탈출했을 때……"

"그만 해. 그쯤 말해두 네 마음을 충분히 이해할 수 있어." 연표가 떨리는 목소리로 장익의 말을 제지시켰다.

"순곤아, 날 쳐. 공손히 맞아주마. 맞고도 참아야 진정한 친구 아니겠냐? 때려봐. 치라구!" 장익이 감정을 억제하지 못한 목소리로, 나를 빨아들여 녹여버릴 듯 방울눈을 크게 뜨고 얼굴을 들이밀었다.

나는 장익의 말을 어떻게 받아들여야 할지 난감해져, 허탈한 상태에 빠지고 말았다. 변소 창문으로 탈출해야 할 어떤 결정적인 이유가 있는 줄 알았던 나는, 지극히 사소한 개인적인 이유로 그 무모한 결행을 친구들에게까지 강요했다는 이야기를 듣고 그의 넌센스 코미디에 속고 만 기분이었다. 나도 모르게 피식 터지는 실소를 깨물었다. 나는 녀석에게 대꾸할 말을 잃고 묵묵히 앞서 걸었다.

"순곤아, 너가 잘 참았어. 장익을 이해하자구. 따져보면 재만큼 불쌍하게 자란 애두 없어. 우리가 따뜻이 위로해줘야지." 나를 쫓아온 연표가 조그만 소리로 속달거렸다.

장익 말의 여운이 차츰 따뜻한 물처럼 내 피를 적셨다. 어떤 땐 너무 단순하게 판단해서 우스꽝스러운 일도 벌이지만, 그가 계획적으로 어떤 악의를 숨기고 저지르는 짓은 없었다. 이번의 변소를 통한 카바레 탈출도 음성적인 댄스홀이 꼴 보기 싫던 참에 고아원 시절이 생각나자 일을 벌이고 싶은 충동을 억제 못한 단순한 동기에서 비롯되었음이 짚여졌다. 어찌 보면 녀석은 잡초처럼 자랐어도 경중대는 망아지처럼 엉뚱하게 순진한 놈이었다.

"장익아, 너 휘파람 잘 불잖아. 멋지게 한번 불어봐." 어느새 연표가 장익을 따라붙으며 간지러운 목소리로 말했다.

"좋지, 좋아." 장익이 머리를 끄덕이곤 연표를 보며 다정스레 말했다. "연표야, 변소 창문을 통해 하수구를 빠져나올 때 네 참담한 심경, 내 알아, 다 안다구. 왜 친구 마음을 모르겠어. 그런데 지금 따져보니 그런 속물 세계에서 빨리 벗어나고 싶던 내 마음은 이해가 가는데, 왜 그때 마침 고아원 탈출이 생각났고, 꼭 그 방법을 실현해보고 싶었는지에 대해선 내 마음이 아리송해. 그나마 네가 이해해줘서 다행이다만⋯⋯"

장익은 그 특유의 은근짜로 연표를 자기 쪽으로 끌어들였다. 연표가 아양 떨고 그 아양을 장익이 너그러운 척 받아들이자, 나만이 왕따 당한 기분이었고 열외자가 된 느낌이었다. 나는 고개 빠뜨리고 둘 뒤를 허정허정 따라갔다.

"네 마음을 알아, 안다구. 내가 이해하니, 그래, 휘파람이나 불어." 연표가 말했다.

장익이 휘파람으로 「자메이카 룸바」를 다시 불기 시작했다. 그의 휘파람 소리는 부드러운 밤하늘, 어둠 속으로 출랑출랑 우쭐거리며 퍼져나갔다.

그로부터 며칠 뒤 나는, 학업에 충실할 것과 건강에 조심하라는 아버지의 편지를 받았다. 막내아우도 끄트머리에 한 자 적었는데, 이제 자기가 '큰 바위 얼굴' 같은 어른이 되고자 지금부터 노력하겠다고 썼다.

그날 밤, 장익과 나는 클럽 아마존에서 「살롱 멕시코」를 들으며, 이틀 전 금호동 집 암실에서 목을 맨 연표의 '유작 사진전' 준비 문제를 두고 그의 부친 신사장을 만날 일과, 논산훈련소에서 신병훈련 받으며 땀투성이로 껄껄댈 광대를 두고 말을 나누었다. 그리고 소년기에 전쟁을 겪고 성장한 우리 세대가 헤쳐가야 할 남북조 시대의 현실에 대해서도 이야기했다.

출간 서지

『어둠의 祝祭』, 『현대문학』 제1회 장편소설 공모에 준당선.
　　　　　(『현대문학』, 1967년 5월호~1968년 2월호까지 10회 연재됨.)
『어둠의 祝祭』(예문관, 1975) 출간.
『어둠의 祝祭』(중앙일보, 1986) 개정판 출간.
『어둠의 축제』(강, 2009) 제2개정판 출간.

그리고 소설은 계속된다

함정임(소설가)

여기 한 청년이 있다. 한반도 남쪽 끝 낙동강 하구의 진영 땅에서 나고 자란 스물한 살짜리 순곤. 그는 1961년 현재 서울 소재 Y대학 재학생이다. 소년 시절 전쟁을 겪었고, 남미를 꿈꾸어 서반아어과에 들어간 그는 1960년 4월 19일 학우들과 어깨동무로 스크럼을 짜고 경무대를 향해 돌진하는 혁명의 대열에 가담하기도 했다. 대구 출신의 C대학 럭비 대표선수 광대와 음악감상실을 전전하며 서울살이를 익히던 중 그는 종로의 뒷골목에서 우연히 '클럽 아마존'을 발견한다.

나는 라틴음악을 특히 좋아했다. 경쾌하면서도 애상(哀想)이 느껴지는 탱고, 삼바, 맘보에 흠씬 빠져 있었다. 그래서 학과 애들과 시내로 나와 음악감상실 '돌체'나 '메트로'에서 시간을 보낼 때면 디제이에게 신청곡으로 라틴음악 몇 곡을 쪽지에 적어내곤 했다. 그런 내게 클럽 아마존의 발견이란 황금광이 금맥을 발견했다거나, 심마니가 '심봤다'를 외친다거나, 첫눈에 반한 평생 배필감을 본 것과 다름없었다.(19~20쪽)

김원일 선생의 데뷔작 『어둠의 축제』는 1960년 2월부터 이듬해 4월까지 순곤, 광대, 장익, 연표라는 네 청년이 '클럽 아마존'을 드나들며 '서울에서 보낸 일 년'의 기록이자 객기 어린 청춘들의 비망록이다. 순곤은 '클럽 아마존'에서 전쟁고아 출신의 연극학도 장익과 실향민으로 고양이와 사진기를 끼고 사는 연표와 사귀는데, 그들은 모두 4·19 학생혁명의 주역들이다. 그러나 그들은 혁명의 물결에는 동참했으나, 갑자기 주어진 자유를 어찌할 바 모르고, 열병처럼 끓어올랐던 4·19 혁명의 후유증을 앓듯 뒷골목 주점 '클럽 아마존'과 서울의 거리를 전전하며 알코올과 음악, 춤과 영화, 연극과 사진에 경도된 채 청춘을 소비한다. 대학럭비팀의 해체 위기를 맞은 광대는 군에 입대하고, 실향의 그리움을 끝내 다독이지 못한 연표는 아버지의 집 암실에서 목매 자살한다. 신춘 무대에 올릴 연극을 준비하던 장익과 모처럼 마음잡고 학업에 충실하려던 순곤은 갑작스럽게 죽은 연표의 '유작사진전'을 준비한다. 사라진 청춘과 남은 청춘, 이 소설은 혁명 이후의 흔들리는 청춘의 초상을 마치 카니발의 가면놀이처럼 현란하면서도 허무하게 재현하고 있다.

쌀로 빚은 술을 마시며 서양 대중음악에 심취된다는 이율배반을 감수하면서도, 우리는 수도 서울에서 아마존만한 안식처를 달리 발견할 수 없었다. (……) 취흥이 오르면 장익과 나는 곧잘 맘보나 로큰롤 흉내 춤을 추며, "어, 악!" 하는 단절음을 노래 사이에 끼워 넣었다. (……) 클럽 아마존은 우리 청춘의 스트레스 해결 장소였고, 한편으로 휴식 공간으로서의 안식처였다. 우리들의 그런 광란의 막춤, 곧 발광 떨기 이면에는 사일구의거의 성공에 따른 허장성세의 객기도 작용하고 있었다.(105~106쪽)

26세의 청년 김원일이 혼신의 힘을 다해 소설 속에 그려낸 4·19 직후 서울과 청춘들의 내면 풍경은 1980년대에서 1990년대에 이르는 나의 이십대 시절 서울과 격동적인 내면을 환기시키며 오버랩되었다. 순곤과 장익, 연표와 광대의 동선을 따라 되살아나는 1960년대 초 서울은 제임스 조이스에게는 더블린이 있고, 박태원에게 1930년대 식민지 수도 경성이 있듯이, 김원일에게는 1960년 4·19 직후의 대한민국 수도 서울이 있음을 외치고 싶을 정도로 생생하게 다가왔다. 소년기에 전쟁을 겪은 청춘들 특유의 조숙과 허무, 객기와 광기 사이를 줄타기하듯 오가는 네 청년의 위태로운 행로에 너무 깊이 몰입한 탓인지 소설의 마지막 단락에 이르자, 내 눈은 침침해져 있었고, 형언할 수 없는 그리움이 가슴팍을 짓누르며 밀려들었다. 누군가를 부르고 싶었고, 누군가가 나를 불러주었으면 했다. 4·19 혁명 직후의 자유와 꿈, 방탕과 공허를 투영시켜 청춘의 비망록을 그려낸 소설, 더욱이 김원일 선생의 데뷔작이란 그저 마지막 장을 조용히 덮고 일어설 수만은 없는 '어떤 것'을 내장하고 있었다. 그러나 누구를 부르고 싶은 마음뿐, 나는 서울에서 멀리 떨어진 낙동강 하단으로 내려와 있었고, 둘러봐도 주위엔 아무도 없었다.

소설을 덮고 일어서자 연구실 유리창으로 해가 반짝 들었다. 나도 모르게 빛이 드는 창가로 갔다. 창문을 열고, 멀리 서쪽으로 시선을 던졌다. 낙동강 하구, 을숙도가 한눈에 들어왔다. 그 너머 너른 들판과 들판 끝에 병풍처럼 둘러쳐진 산자락으로 시선을 옮겼다. 커튼에 가려진 듯 흐린 허공 속에 해가 지나가고 있었다. 나는 시간을 확인하고, 용수철처럼 문을 열고 밖으로 튀어 나왔다. 이른 아침 해운대에서 광안대교를 건너고 황령터널을 통과해 낙동강변을 달려올 때 라디오에서는 오후부터 많은 비가 내린다고 예보했었다. 그렇지만 흐린 하늘이긴 해도 해의 실체를 확인한 이상, 가만히 앉아 있을 수 없었다. 부르고 싶은 누구 대신, 저 해를 따라 서쪽으로 달려가야 했다. 소설 주인공 순곤의 고향, 아니 작가 김원일 선생의 태생지 진영으로. 멀지 않았다. 삼십 분이면 족히 닿을 것이었다. 지난 몇 년간 지척에 살면서 몇 번이나 그곳에 가리라 마음먹었지만, 한 번도 감행하지 못했다. 『어둠의 축제』를 만나려고 미루어둔 듯했다.

낙동대교 건너 김해, 진영으로 향했다. 지도도 네비게이션도 없이 순전히 승학산 기슭의 연구실 창가에서 바라보던 눈의 감각, 소설에서 얻은 지리적 인상을 믿고 달렸다. 매년 가을에서 겨울 사이, 해질녘이면 낙동강 물을 오묘하게 물들이는 붉은 노을빛에 빠져 살았다. 산이고 강이고 바다고 핏빛으로 물들 때면 천상천하 한 개의 티끌로 겨우 버티고 서 있는 내 육신도 그들과 함께 불타올랐다가 어둠의 재로 스러지는 듯했다. 그것은 나에게 숭고함과 처절함, 허무와 평온을 남기고 속절없이 산 너머로 사라지곤 했다. 104번 도로는 장유를 지나 10번 남해고속도로와 합류했다. 도로표지판의 김해, 장유, 진영이 눈에 들어오자 나는 다시한번 나의 현실을 의심했다. 혹시 지금 나는 꿈을 꾸고 있는 것은 아닐까. 나는 왜 여기에 와 있는 것일까. 인생은 참으로 기묘해서 한 번도 상상하지 않은 길로 나를 인도하곤 했다. 소설가의 삶이 그러했고, 낙동강 하단에서 진영의 슬프도록 아름다운 노을빛을 바라보며 살고 있는 현실이 그러했다.

김윤식 선생의 표현을 빌리자면, '아!'라는 감탄사 없이는 부를 수 없는 이름들이 있으니, 내게 진영이 그랬다. '아, 진영!' 단감의 고장 진영에 대해 나는 또 한 분 진영 출신인 김윤식 선생으로부터 많은 이야기를 들었고, 또 김원일 선생의 작품을 통해 수없이 낯을 익혔다. 그들의 육성과 작품에 새겨진 장면이 하도 강렬해 진영은 언젠가는 꼭 가보고 싶은 성소(聖所)가 되어버렸다. 그렇다. 나는 『어둠의 축제』를 읽고, 그리운 문우를 부르는 대신, 그곳, 작가의 혼이 고스란히 고여 있는 성소를 향해 달려가고 있는 것이었다. 소설 속의 순곤과 광대, 장익과 연표가 손에 잡힐 듯이 가까이 다가와 있었다. 일가붙이에게 빌붙어 사는 전쟁고아 출신에다가 가난한 시골 유학생인 주제에 단지 대학생이라는 이유만으로 알코올에 젖어 현란하게 부려대는 그들의 낭만적 허영과 객기와 절망과 공허를 나는 그저 관객으로 바라보고 있을 수만은 없었다. 순곤이 학기 중의 짧은 방학을 이용해 내려온 고향을 찾아가보아야 했다. 남해고속도로에서 진영으로 빠지는 14번 도로로 우회전했다. 지나만 갈 뿐, 한 번도 들어설 수 없었던 땅에 처음 발을 들여놓은 것이었다. 김원일 선생을 처음 만났을 때가 떠올랐다.

김원일 선생과 나의 인연은 1990년 내가 『문학사상』에 편집기자로 재직하던 시절로 거슬러 올라간다. 그해 선생은 중편 「마음의 감옥」으로 문학사상사가 주관하는 이상문학상을 받았고, 나는 그 잡지의 신출내기 기자이자 문단에 막 얼굴을 내민 햇병아리 작가였다. 나에게 선생은 차마 올려다보기 까마득한 존재였다. 그해 11월 나는 『작가세계』의 편집장으로 자리를 옮겼고, 이듬해 특집 작가로 김원일 선생을 모셨다(『작가세계』 1991년 여름). 잡지가 나온 뒤 선생은 신사동의 '고선'으로 나와 필자들을 초대하셨다. 그곳은 『문학과지성』의 (나에게는) 전설적인 동인들—김현, 김치수, 김병익, 김주연—과 필진들의 단골 주점이었다. 선생은 늘 하시던 대로 맥주에 멸치, 노가리 등속을 안주로 시키신 뒤 특별히 (나를 배려해서) 과일 안주를 주문하셨다. 민주화 세대로 1980년대 중후반에 대학을 다녔고, 졸업 뒤 1990년대 광화문과 강남, 압구정의 포스트모던 문화에 익숙했던 나로서는 담배 연기 자욱한 선생의 단골 주점 분위기가 고유한 동시에 낯설게 느껴졌다. 선생의 초대가 아니면 문을 열고 들어설 수 없을 것 같은 딴 세상이었다. 술자리가 무르익자 선생은 나에게 노래를 청했고,

나는 선생과 공유할 수 있는 노래를 도무지 찾을 수 없어 망설이다가 이브 몽탕의 샹송「고엽(Les feuilles mortes)」을 불렀다. 반주 없이 부르는 노래를 고요하게 경청하신 뒤 선생은, 이십 년 전으로 돌아간다면, 샹송을 부를 수 있는 여자와 결혼해보고 싶다고 낮은 목소리로 말씀하셨다. 선생의 공적인 이미지는 약간 냉소적이고, 엄숙한 것으로 각인이 되어 있어서, 나는 선생께서 나의 쑥스러움을 덜어주려고 배려해서 말씀하신 것으로 해석했다. 그후, 선생은 당신에게 좋은 일이 생길 때마다 인사동, 서초동의 단골 주점으로 아끼는 후배 작가들과 함께 나를 초대하셨다. 한번은 어느 겨울 밤 안국동의 참여연대 건물 넓은 홀에서 선후배 문우들이 반주에 맞추어 노래를 부르며 흥에 취해 어울렸는데, 그때 선생께서 선택한 곡은「베사메무초」였다. 매우 의외로 생각되었지만, 일행 중의 막내였던 나는 노래에 맞추어 유쾌하게 라틴 리듬을 탔다. 그런데 선생은 노래를 부르시다가 말로는 표현할 수 없는 기괴한 동작으로 '춤'을 추셨다. 그 춤은 내가 태어나서 한 번도 본 적이 없는 독특한 몸놀림이었고, 나와 일행들은 라틴 리듬의 전류에 압도된 선생의 거대한 몸짓 앞에 그만 추던 춤을 멈추고 말았다. 선생의 형상은 내가 파리에서 몇 번이나 찾아가 보았던 로댕이 창조한「발자크」조각상과 흡사했고, 안으로 거느린 거부할 수 없는 폭발적인 에너지를 눈앞에 보고 있는 듯했다. 나는 전위적인 퍼포먼스를 연상시키는 선생의 춤 앞에서 지금까지 선생의 소설을 잘못 읽어온 것은 아닐까, 라는 생각까지 잠깐 들었다. 한 작가와 작품에 내린 문학사(평단)의 평가란 얼마나 편협한가. 장자 의식, 분단소설의 전범 등등…… 신사동의 주점 '고선'이 문 닫을 즈음 선생은 '장유'라는 곳으로 또 한 차례 나를 초대하셨다. 처음 귀에 와 닿는 술집 이름이 무척 인상적이었다. 선생은 김해와 진영 어름에 장유라는 곳이 있다고 귀띔해주셨고, 그후 나는 김해와는 아무런 관계도 없는 삶을 살면서도 뜬금없이 장유라는 이름을 미지의 소설의 지명으로 떠올리며 상상에 빠지 곤 했다. 그리고 몇 해 전, 부산 낙동강 하구의 동아대학교로 내 려오면서 통영으로, 진주로, 전주로 가기 위해 남해고속도로를 이용할 때면 도로표지판에서 장유라는 이름과 마주쳤다. 그러면 어김없이 1990년대 초, 서울 신사동 골목에 있던 장유라는 김원 일 선생의 단골 주점이 떠오르곤 했다.

『어둠의 축제』의 여운으로 마음의 지도를 좇아 진영에 당도했다. 어디든 차를 세우고 물으면 대창초등학교와 금병공원, 그리고 김 원일을 훤히 알고 있을 것이라고 생각했다. 진영 읍내를 관통하 는 14번 도로를 천천히 달리면서 읍내의 형세를 가늠하며 순곤의 형상을 가진 청년을 찾아 두리번거렸다. 나를 그리로 이끌었던 해는 사라지고, 빗방울이 차창 유리에 떨어지기 시작했다. 서행 을 했으나 어느덧 남해고속도로 진입을 알리는 도로표지판이 눈 에 띄었다. 진영읍의 끝에 닿고 있었다.

우리 동네 신룡리는 사십여 호 남짓했는데, 우리 집은 마을에서 조 금 떨어진 언덕 위 완만한 경사지에 위치했다. 집 아래쪽은 한 해 전 에 아스팔트로 포장된 마산과 부산을 잇는 국도를 낀 마을이었고, 국도 아래는 경전남부선 철길이었다. 철길 뒤로 나지막한 동산들을 끼고 펼쳐진 너른 들이 진영평야의 일부였다. 낙동강이 들판 끝 이십여 리 밖에 있었다. 아버지와 우리 형제들이 졸업했고 막내아우가 다니는 대창초등학교가 있는 읍내 여래리는 우리 동네에서 오 리 정도, 이 킬로미터 거리였다. 딸기와 복숭아 제철인 늦봄이나, 익은 감을 거두어들이는 가을철이면 읍내의 먹고 살만한 계층과 인근 도시 한류객이 과수원으로 소풍 나와 한동안 누렁이가 낯선 객을 보고 짖느라 바빴다.(194쪽)

어디에도 순곤은 없었다. 차를 돌렸다. 길가 카센터 주인에게 금병공원을 물었다. 안쪽으로 난 골목을 가리키며 철길을 건너 쭉 가라고 했다. 내 직감은 틀리지 않았다. 철길은 경전남부선일 터. 부산진에서 출발하여 한림, 신룡, 여래, 진영을 거쳐 진주에 이르는 길. 그가 가리킨 대로 철길을 지나 구불구불한 이차선 도로를 달려갔다. 붉은 벽돌의 진영성당이 눈에 들어왔다. 흰 뾰족 탑이 마을을 굽어보고 있었다. 성당을 지나가자 어느 시인의 이름을 단 아파트단지가 금병공원 입구에 들어서 있었다. 아파트를 지나도록 금병공원이라는 푯말도, 내가 찾아가고 있는 김원일 문학비의 표석도 눈에 띄지 않았다. 얼마 가지 않아 작은 연못 하나가 나왔다. 여래못이라는 연못을 중심으로 두 개의 나지막한 산이 나뉘어 있는 형국이었다. 아니 하나의 산이 골짜기를 이루고, 물을 연못으로 흘려보내고 있는 것일지도 몰랐다. 성하(盛夏)를 앞둔 산야는 한두 방울 떨어지는 빗줄기에 후두둑 몸을 털고 있었다. 차에서 내려 사방을 둘러보니, 산은 단감나무가 울울한 과수원이었다. 차를 잠시 길가에 세워놓고 이차선 도로를 우산 없이 걸었다. 백여 미터 걸어 올라가자 길 왼편에 사각의 검은 형체가 눈에 들어왔다. 책이 빼곡히 꽂힌 서가의 한 칸을 떼어낸 형상의 검은 서석(書石)이었다. 돌에는 노을과 불, 제전, 어둠, 혼, 피카소, 한글, 사전 등의 단어가 새겨져 있었다. 그 단어들은 저마다 고유한 의미로 엮어져 한 권의 책등에 얹어져 있었고, 그것은 작가의 이름과 함께 거기 영원히 붙들려 있었다. 마치 김원일 선생이 거기 서 있기라도 하듯 목구멍에서 뜨거운 것이 북받쳐 올라왔다. 나는 하늘에서 떨어지는 빗방울마냥 홀로 서서 가슴속에서 요동치는 감정을 지그시 누르며 두 팔로 몸을 감쌌다. 거기 내가 마주하고 있는 것은 '김원일문학비'였다. 그러나 그것은 나에게 신의 손이라 불리던 로댕이 거친 돌덩어리를 부여안고 시력을 잃어가며 마지막 생의 작품으로 창조해낸 조각상 「발자크」처럼 '김원일' 그 자체였다. 김원일 선생을 가운데 두고 한 바퀴 돌아보았다. 나는 선생의 서가에서 제일 먼저 만나야 할 단어를 찾기 위해 서석의 앞과 뒤, 좌우를 살피며 몇 바퀴를 돌았다. 내가 찾고자 한 것은 선생이 일생을 바쳐 길어올린 '어둠의 혼'과 '노을', 그리고 '불의 제전'을 아우르는 단어, '축제'였다. 나는 뚜렷하게 표기된 '노을'과 '어둠의 혼' 언저리에 지워진 듯, 그러나 묻혀 있는 '어둠의 축제'를 손가락으로 새겨 넣었다. 힘주어 돌의 거친 표면을 긁었다. 손가락이 뜨겁게 아려왔다. 부질없는 새김질이었다. 그러나 그것은 선생을 만난 지 이십 년이 흐른 뒤에야 읽은 선생의 처녀 장편 『어둠의 축제』를 향한 나의 진심 어린 갈구였다. 이 소설은 오직 이십대 시절의 작가만이 쓸 수 있는 치기와 순정으로 빚어진 아름다운 작품이다. 치기를 거치지 않은 성숙이 있을까. 사랑처럼, 혁명처럼, 순간은 찬란했으나 곧 희미해지고, 결국은 잊히고 마는 세계, 그것이 작가가 이 작품으로 꿰뚫어본 '어둠의 축제'라는 것을 깨닫는 순간 나는 돌에서 손을 떼었다. 그리고 결국은 잊히고 사라지는 것들 속에서 기어이 다시 떠오르고야 마는 불꽃같은 기억으로 소설은 계속된다는 생각에 새삼 몸을 떨었다. 돌아오는 길, 쏟아지는 빗줄기들 속에 겹겹이 어둠이 내려앉았다. 내일은 붉은 노을을 볼 수 있을 것이었다.

작가의 말

1962년 서울 소재 서라벌예술대학을 졸업하자 가족이 거주하는 대구로 내려가 한 해를 일용직 잡역부로 보내곤 이듬해 봄, 지금은 교명조차 없어진 대구 소재 청구대학 삼학년에 편입학했다. 한 학기를 마치고 사병으로 입대하여 군 복무를 필했으나 등록금 조달이 여의치 않아 복학 엄두를 못 내던 참에 대학신문 편집을 맡던 후배가 입대하자, 학자금이 충당되는 그 자리를 물려받았다. 한 해를 편집국장으로 어영부영 보내곤 후배에게 자리를 내주었는데, 졸업장을 쥐자면 몇 학점이 모자랐다. 내 처지를 딱하게 여긴 학과 선생이 시골 학교 교편 자리를 주선해주었다.

1967년 3월부터 시골 중학교 선생으로 묻히자, 『현대문학』지가 처음 공모하던 장편소설에 응모해보기로 했다. 군 입대 전에 삼백 장 남짓 진척시키다 왠지 시시해져서 던져둔 글이 있었기 때문이다. 그 원고를 꺼내 다시 읽으니 마음에 차지 않았으나 이걸 계속 써서 투고할 수밖에 없다는 생각이 들었다. 공모 마감이 한 달 남짓밖에 남지 않아 새 장편소설을 써낼 시간도, 그럴 만한 글감도 떠오르지 않았다. 낮에는 학생들 가르치고 방과 후는 쓰다만 소설의 뒤를 잇기에 매달렸다. 벽지 면청 소재지여서 당시에는 전깃불이 들어오지 않아 등잔불을 밝히고 하룻밤에 의무적으로 서른 장씩 진척시키면서, 앞서 써놓은 원고를 수정 가필했다. 그러다보니 자정을 넘겨서야 볼펜을 거두었고, 어떤 날은 봉창이 밝아올 때까지 집필에 매달렸다. 원고를 쓰느라 세 갑째 태운 담배로 목구멍이 부어 수업 시간에는 목소리가 잠겼고 등잔불 그을음으로 코를 풀 때면 콧물이 새까맸다. 늘 잠이 모자라 비몽사몽으로 학생을 가르쳐 무슨 말을 지껄이는지 아리송할 때도 있었다. 그렇게 한 달 만에 급조된 소설이 『어둠의 축제』다. 이십대 초반의 젊은이들이 밤마다 '클럽 아마존'이란 주점에서 술 퍼마시는 얘기인데다 급조된 내용이라 별 자신감 없이 투고했는데, 이 장편소설로 나는 중앙문단에 발을 들여놓았다.

참혹했던 전쟁의 상처를 씻으며 사회가 안정을 찾아가던 50년대 말, 전집 형태로 출판되기 시작한 세계명작소설에 심취하며 의욕만 앞섰던 문학청년이었기에 문장이 설익은 번역투여서 정확성이 떨어졌다. 거기에다 갓 소개된 미국 비트문학 분위기를 얼버무려 넣은 소설이 『어둠의 축제』인데, 지금 생각하면 이런 소설이 선에 든 게 부끄러울 따름이다.

1960년, 대학에 입학한 그해 4월 학생혁명이 일어나 이승만 정권이 축출되었다. 그 성취감에 들떠 사회 전반에 '자유의 물결'이 넘치자 이듬해 5월, 이를 국가적 혼란으로 간주해 반공을 국시로 내건 군부가 쿠데타를 일으켰다. 소설의 시대적 배경은 내가 서울에서 초급대학에 다녔던, 두 정치적 사건 사이에 낀 늦겨울부터 봄까지의 시간대로, 짧았던 '민주주의의 봄' 몇 개월이다.

어느 시대를 살든 청춘은 각자가 나름대로 통과의례를 거치는데, 성장통을 겪으며 우정, 알코올, 음악, 춤, 영화의 도취 속에 보낸 스무 살 전후 내 주변 삶의 편린이 이 소설에 담겨 있다. 소설의 등장인물 장익, 광대, 연표는 친구들 면면을 섞어서 따왔다. 모든 면에서 나보다 윗길을 걸었던 그들이 어쩌다 생을 일찍 마감했는지, 지금 이 지상에 있지 않다. 60년대 초, 어둠이 내리면 소설 내용처럼 취중에 좌충우돌했던 친구 이상실, 김원두, 양문길, 김수명의 명복을 빈다.

1967년 『현대문학』 5월호부터 열 달간의 연재를 거친 뒤, 1975년에야 예문관에서 초판 단행본이 나왔는데, 노년에 들어 다시 읽자 문청 시절의 객기가 겸연쩍어 전집 목록에서 뺐으면 싶었으나 이 소설이 내 문학의 출발점이었기에 그럴 수가 없었다. 줄거리는 처음 그대로 두었으나, 이번 기회에 치기 심한 문장을 정리하고, 거친 부분을 덜어내고, 살을 붙이기도 하며, '거의 새로 쓰다시피' 손을 보아 내놓게 되었다.

2006년 여름 어느 날, 경동맥협착증에 따른 뇌졸중을 경험하곤 평소의 우울증이 악화된 가운데 불면증에 시달릴 즈음, 마지막 개고를 거친 '소설전집' 출간을 생각하게 되었고, 중앙문단 데뷔작인 『어둠의 축제』가 전집 첫자리에 앉았다.

2009년 6월

김원일

작가 연보

1942 3월 경남 김해시 진영읍 출생
1954 진영 대창초등학교 졸업
1957 대구 수성중학교 졸업
1960 대구 농림고등학교 졸업
1962 서라벌예술대학 문예창작학과 졸업
1968 영남대학교 문리대 국어국문학과 졸업
1984 단국대학교 대학원 국어국문학과 졸업
1966 「1961 알제리」, 『대구매일신문』 매일문학상 당선
1967 『어둠의 축제』, 『현대문학』 장편소설 공모 준당선
2008~ 대한민국 예술원 회원

작품 목록

장편소설
『어둠의 축제』(예문관, 1975)
『진토』(동화출판공사, 1977)
『노을』(문학과지성사, 1978)
『바람과 강』(문학과지성사, 1985)
『겨울 골짜기』(민음사, 전2권, 1987)
『마당 깊은 집』(문학과지성사, 1988)
『늘푸른 소나무』(문학과지성사, 전9권, 1992)
『아우라지로 가는 길』(문학과지성사, 전2권, 1996)
『불의 제전』(문학과지성사, 전7권, 1997)

『사랑아, 길을 묻는다』(문이당, 1998)

『가족』(문이당, 전2권, 2000)

『전갈』(실천문학사, 2007)

연작소설

『슬픈 시간의 기억』(문학과지성사, 2001)

『푸른 혼』(이룸, 2005)

중·단편집

『어둠의 혼』(국민서관, 1973)

『오늘 부는 바람』(문학과지성사, 1976)

『도요새에 관한 명상』(홍성사, 1979)

『환멸을 찾아서』(동서문화사, 1984)

『그곳에 이르는 먼 길』(현대소설사, 1992)

『물방울 하나 떨어지면』(문이당, 2004)

『오마니별』(강, 2008)

산문집

『사랑하는 자는 괴로움을 안다』(문이당, 1991)

『삶의 결, 살림의 질』(세계사, 1993)

『그림 속 나의 인생』(열림원, 2000)

『김원일의 피카소』(이룸, 2004)

『기억의 풍경들』(작가, 2007)

수상

현대문학상(1974)—수상작 단편「바라암」「잠시 눕는 풀」

한국소설문학상(1978)—수상작 장편『노을』

대한민국문학상(대통령상·1978)—수상작 장편『노을』

한국일보문학상(1979)—수상작 중편「도요새에 관한 명상」

동인문학상(1984)—수상작 중편「환멸을 찾아서」

요산문학상(1987)—수상작 장편『겨울 골짜기』

이상문학상(1990)—수상작 중편「마음의 감옥」

우경예술문화상(문학 부문·1992)—수상작 장편『늘푸른 소나무』

서라벌문학상(1992)—수상작 장편『늘푸른 소나무』

한무숙문학상(1997)—수상작 장편『아우라지로 가는 길』

이산문학상(1998)—수상작 장편『불의 제전』

기독교문화대상(문학 부문·1999)—수상작 장편『사랑아, 길을 묻는다』

황순원문학상(2002)—수상작 중편「손풍금」

대한민국문화예술상(대통령상 문학 부문·2002)

이무영문학상(2002)—수상작 연작소설『슬픈 시간의 기억』

이수문학상(2003)—수상작 연작소설『슬픈 시간의 기억』

현대불교문학상(2005)—수상작 중편「여의남 평전」

만해문학상(2005)—수상작 연작소설『푸른 혼』

『바람과 강』『마당 깊은 집』『노을』『겨울 골짜기』 등의 작품이 여러 외국어로 번역됨.